HEYNE<

Marcel Häußler

KANT

und der sechste Winter

Kriminalroman

WILHELM HEYNE VERLAG
MÜNCHEN

Sollte diese Publikation Links auf Webseiten Dritter enthalten,
so übernehmen wir für deren Inhalte keine Haftung,
da wir uns diese nicht zu eigen machen, sondern lediglich
auf deren Stand zum Zeitpunkt der Erstveröffentlichung verweisen.

Penguin Random House Verlagsgruppe FSC® N001967

Originalausgabe 11/2021
Copyright © 2021 by Marcel Häußler
Copyright © 2021 dieser Ausgabe
by Wilhelm Heyne Verlag, München,
in der Penguin Random House Verlagsgruppe GmbH,
Neumarkter Str. 28, 81673 München
Redaktion: Lars Zwickies
Printed in Germany
Umschlaggestaltung: Nele Schütz Design, München,
unter Verwendung von Motiven von © Shutterstock.com
(Attidude, Valerii Elakhov, rangizz, BergelmLicht, Malivan_Iuliia)
Satz: Satzwerk Huber, Germering
Druck und Bindung: CPI books GmbH, Leck
ISBN: 978-3-453-42540-8

www.heyne.de

1

Der Ostwind rüttelte an den Rollläden.

Er träumte, dass er durch die Wüste robbte. Sand kroch ihm in Augen, Ohren und Mund. Der Sturm schwoll zu einem Brausen an, das alle anderen Geräusche verschluckte. Er hatte die Orientierung verloren und war allein unter dem braunen Himmel. Seine Beine versanken im weichen Boden. Er ruderte mit den Armen, aber die Wüste zog ihn unaufhaltsam in die Tiefe. Als der Sand ihm den Brustkorb zusammendrückte und den Atem nahm, versuchte er zu schreien.

Er erwachte von seinem eigenen Keuchen. Wie jede Nacht hatte er die Bettdecke zu einem dünnen Strang gedreht und weggeschoben, trotz der Kälte im Zimmer. Er konnte nur bei offenem Fenster schlafen, sonst hatte er das Gefühl zu ersticken. Hustend setzte er sich auf. Der Luftzug hatte seinen Schweiß getrocknet. Er zitterte.

In der Dunkelheit tastete er auf dem Nachttisch nach seinem Handy. Das Display zeigte fünf nach sechs. Die Temperaturanzeige aktualisierte sich und sprang auf vier Grad unter null. Viel zu kalt für Mitte November. Damit hatte er nicht rechnen können. Er starrte noch eine Minute an die Decke, bevor er sich zu einem Entschluss durchrang.

Leise stand er auf und zog sich an. Thermounterwäsche, Fleece, Goretex-Jacke, Trekkingschuhe. Outdoorkleidung hatte er schon immer gemocht; sie gab ihm das Gefühl von

Unabhängigkeit. Sämtliche Klamotten, die er besaß, passten in eine Reisetasche, und falls er hier ausziehen sollte, müsste er nicht mehr als drei Kartons packen. Dinge bedeuteten ihm nichts mehr.

Fünf Minuten später saß er im Auto. Er fuhr zu dem Parkplatz, auf dem am Wochenende die Ausflügler aus der Stadt ihre SUVs abstellten, um mit ihren Kindern und Hunden und E-Bikes und Wanderstöcken in den Wald einzufallen. Ein einziges Krakeelen, Kläffen und Klappern, das ihn fast in den Wahnsinn trieb. Respektlos.

Er selbst bewegte sich ohne einen Laut zwischen den Bäumen. Nur der gefrorene Boden knirschte unter seinen Sohlen, als er im Licht der Taschenlampe dem Weg folgte. An der Abzweigung, von der aus ein schmalerer Pfad durch das Unterholz führte, hatte er einen Bindfaden gespannt. Niemand war dort seit gestern Nachmittag entlanggegangen.

Während er über den gewundenen Pfad zur Hügelkuppe aufstieg, kehrte langsam das Licht in die Welt zurück. Er blieb stehen und knipste die Lampe aus. Unten auf der Wiese zeichnete sich der Heuschober vor den Bäumen ab. Er konnte sich nicht erinnern, dass in dem Schuppen jemals Heu gelagert worden wäre. Als Kind hatte er sich manchmal dorthin zurückgezogen, wenn er aus dem Haus gelaufen war, weil seine Eltern sich stritten. Bei trockenem Wetter hatte er auf der Lichtung gelegen und versucht, in den Wolken Gesichter zu erkennen, bei Regen hatte er im Inneren an der Wand gelehnt und Comics gelesen. Aber niemals hätte er sich in der Dunkelheit hergewagt.

Damals trafen sich die Jugendlichen dort, um Feuer zu machen und Bier zu trinken und Musik zu hören. Im Heuschober hatte er manchmal schmutzige Kleider, leere Flaschen und

Decken gefunden, die Obdachlose hinterlassen hatten. Pornohefte. Kondome. Einmal sogar eine gebrauchte Spritze. Es war ein verbotener Ort gewesen. Niemand hatte gewusst, dass er sich dort herumtrieb.

Jetzt hatte er keine Angst mehr. Er war derjenige, vor dem man Angst hatte.

Er stieg hinab zu dem Stacheldrahtzaun, der das Grundstück vom Wald trennte, schob das Holztor auf und ging durch das kniehohe Gras auf den Schuppen zu. Durch die mit Brettern vernagelten Fenster konnte man nicht erkennen, was im Inneren vor sich ging. Moos bedeckte die Holzwände wie ein Pelz und dämpfte etwaige Geräusche. Ein Stück Teerpappe, das sich vom Dach gelöst hatte, flatterte im Wind.

Er legte das Ohr an die Tür und lauschte. Zuerst hörte er nur seinen eigenen Herzschlag, dann ein leises Rascheln.

Na also, dachte er, so schnell stirbt man nicht.

Mit steifen Fingern fischte er den Schlüssel aus der Hosentasche und öffnete das Vorhängeschloss. Er schaltete die Lampe wieder an. Langsam schob er die Tür auf. Trotz der Kälte roch es modrig. Eine Ratte erstarrte im Lichtkegel, bevor sie in einem Loch zwischen den Bodendielen verschwand.

Auf der Matratze hinten in der Ecke lag, zusammengerollt unter einer Wolldecke, ein dünner Mann. Wirres, fettiges Haar hing ihm ins Gesicht. Er ging näher heran und hielt ihm die Lampe direkt vor die Nase. Die Augen waren geschlossen. Der Mann rührte sich nicht.

»Hey«, sagte er laut.

Der Mann reagierte nicht.

Er rammte ihm durch die Decke die Schuhspitze in die Rippen. Es fühlte sich an, als träte er gegen einen morschen Baumstamm. Plötzlich wurde er wütend. Es war einer dieser Anfälle, die er nicht kontrollieren konnte. Mit aller Kraft trat er gegen den leblosen Körper. Immer wieder.

Seine Wut verpuffte genauso schnell, wie sie gekommen war. Er lehnte sich mit dem Rücken an die Wand, ließ sich langsam zu Boden sinken und legte die Stirn auf die Knie. Sein Gefangener war tot.

Es war nicht seine Schuld. Was konnte er dafür, dass der Mann so eine schwächliche Konstitution hatte und dass das Wetter plötzlich umschlug?

Trotzdem würde man ihm Vorwürfe machen. So war es schon immer gewesen. Zu Hause, in der Schule, beim Militär, egal ob ein Zierteller zerbrach, eine Katze jaulte oder ein Gefangener starb. Es war immer seine Schuld. Er konnte ihre Stimmen schon hören.

»Das ist kein Kriegsgefangener«, sagte er zu den Holzdielen. »Das ist ein Krimineller.«

Oder galt für die jetzt auch schon die Genfer Konvention?

Er lachte leise. Dieses Mal war niemand da, der ihm Vorwürfe machen könnte. Das eigentliche Problem bestand darin, dass er nicht alle nötigen Informationen bekommen hatte. So schwach und erbärmlich sein Gefangener auch gewesen war, der Mann hatte es geschafft, jemanden zu schützen. Normalerweise hätte ihm das Respekt abgenötigt.

Nicht in diesem Fall. Nicht bei dem Mann, der aus einer Laune heraus sein Leben zerstört hatte.

Als er zurückgekommen war und erfahren hatte, dass das Schwein frei rumlief, atmete, lachte, die Vögel singen hörte, da hatte er gewusst, was zu tun war. Es war leicht, ihn in die Falle zu locken. Man sollte sich eben nicht von jedem Fremden zum Bier einladen lassen. So waren sie, die Einsamen und Ausgestoßenen, sie klammerten sich an jedes bisschen Zuneigung. Ein kurzes Gespräch auf einer Parkbank, zwei Dosen Bier, ein paar Tropfen GBL, und schon hatte er ihn bei sich im Kofferraum liegen. Das Schwierigste war, den Bewusstlosen durch den Wald zu schleppen. Zum Glück wog der Mann höchstens fünfzig Kilo, und er war es gewohnt, mit schwerem Gepäck zu marschieren.

Er war sich nicht mal sicher, ob sein Gefangener wusste, worum es überhaupt ging. Für ihn schien das Ganze eine Art Spiel zu sein. Trotz der Fesseln war er anscheinend froh, dass sich überhaupt jemand für ihn interessierte. Der Mann redete eine Menge, verriet aber wenig. Irgendwann hätte er natürlich alles aus ihm herausgekriegt. Er hatte den Druck langsam erhöhen wollen, nur war es dazu nicht gekommen. Sein Gefangener war gestorben, bevor er seine gerechte Strafe hatte erhalten können.

Zwischen den Brettern drangen helle Streifen Licht in den Raum, als er schließlich den Kopf hob. Er wusste nicht, ob eine Minute oder eine Stunde vergangen war. Es wurde Zeit zu verschwinden, bevor noch irgendein Spaziergänger oder Jäger auftauchte.

Er stand auf, zog sein Messer aus der Jacke und ließ es aufschnappen. Nachdem er den steifen Körper aus der Decke gewickelt hatte, zerschnitt er die Fesseln an Handgelenken und Beinen. Die Stricke knüllte er zusammen und steckte sie ein. Dann deckte er den Toten wieder zu.

Von der Tür aus ließ er den Blick durch den Heuschober schweifen. Leere Weinflaschen, Zigarettenkippen, Plastiktüten mit zerlumpten Kleidern, eine verdreckte Matratze und ein unterernährter Mann unter einer zu dünnen Decke. Jeder würde sofort an einen erfrorenen Obdachlosen denken. Er wusste natürlich, dass das einer genaueren Untersuchung nicht standhielt, aber alles, was er brauchte, war ein wenig Zeit.

Durch den Türspalt beobachtete er eine Weile die Lichtung, bevor er ins Freie trat. Die ersten Sonnenstrahlen brachen sich in den Eiskristallen an den Grashalmen. Irgendwo schrie eine Krähe. Er hakte das Vorhängeschloss aus, steckte es ein und machte sich auf den Rückweg zum Parkplatz. Niemand begegnete ihm.

Wenigstens habe ich einen Namen, dachte er, als er ins Auto stieg. Wenigstens einen. Alles andere wird sich dann ergeben. Dieser Gedanke gab ihm Kraft und wärmte ihn, bis er wieder zu Hause war.

2

Weihnachten ist auch nicht mehr das, was es mal war, dachte Kant. Er erinnerte sich, wie er als Kind mit seiner Mutter den Baum geschmückt hatte, an die Eisblumen am Fenster, an das Lächeln seines Vaters, wenn er vor Aufregung nicht mehr still sitzen konnte, während sie auf die Bescherung warteten. Und er erinnerte sich an die Zeit, als er selbst seiner Tochter zuliebe das ganze Spiel mitgespielt hatte. Auch wenn Frida noch zu klein gewesen war, um es mitzubekommen. Kurz vor ihrem vierten Geburtstag hatten Konstanze und er sich getrennt.

Das war jetzt zwölf Jahre her. Seitdem verbrachte er die stille Zeit allein. Gewöhnlich machte er einen langen Spaziergang, legte sich in die Badewanne, bis die Haut schrumpelig wurde, und vertrieb sich die Zeit, in dem er in alten Büchern blätterte, nur um festzustellen, dass er keine Lust zum Lesen hatte. Abends trank er ein paar Gläser Wein und redete sich ein, er wäre froh, mit dem ganzen Irrsinn nichts mehr zu tun zu haben. Meistens gelang ihm das ganz gut.

Er hatte sich daran gewöhnt, und jetzt, da auch diese Phase ihr zumindest vorläufiges Ende nahm, sehnte er sich schon fast danach zurück. Seltsam, wie das menschliche Gehirn funktionierte. Konnte es sich nicht einfach mal mit der Gegenwart zufriedengeben, ohne ständig Vergleiche mit der Vergangenheit anzustellen?

Vor einem Monat war Frida bei ihm eingezogen, und Ruhe und Besinnlichkeit hatten ein abruptes Ende gefunden.

Um seiner Tochter ein wenig weihnachtliche Atmosphäre zu bieten, hatte er sogar einen Baum gekauft, eine ziemlich krumme Fichte, die jetzt ungeschmückt zwischen zwei Bücherregalen an der Wand lehnte. Ein Kind braucht einen Baum, hatte er gedacht, aber Frida war fünfzehn und interessierte sich nicht im Geringsten für Weihnachten. Nachdem er die Fichte in den dritten Stock des Altbaus geschleppt und eine Spur von Nadeln im Treppenhaus und der halben Wohnung hinterlassen hatte, gab sie nur das Schnauben von sich, mit dem sie ihre Verachtung für alles Uncoole, Langweilige und Gestrige ausdrückte, und verzog sich in ihr Zimmer. Er hatte kein Drama daraus gemacht. Man musste sich eben erst aneinander gewöhnen.

Geschenke wurden allerdings akzeptiert. Kant war zwar nicht der Meinung, dass eine Jugendliche ein Telefon für sechshundert Euro brauchte, aber erstens handelte es sich um eine Ausnahmesituation, und zweitens musste er zugeben, dass er nicht beurteilen konnte, was Frida brauchte oder nicht brauchte. Dafür reichten ein paar Wochenenden im Jahr einfach nicht aus. Jedenfalls saß sie jetzt auf dem Sofa, sah ihm beim Kochen zu und versuchte aus Höflichkeit, die Finger von dem Gerät zu lassen, das vor ihr auf dem Tisch lag und hin und wieder leise vibrierte.

Das letzte Jahr war eine Katastrophe gewesen. Ständig hatte Konstanze ihn angerufen, um ihm zu erzählen, was Frida wieder angestellt hatte. Ladendiebstahl. Schule schwänzen. Ein Tütchen Gras in der Schmutzwäsche. Konstanze schaffte es immer, es so darzustellen, als wäre das alles seine Schuld. Weil er sie damals verlassen hatte. Weil er sich nicht genug um Frida kümmerte. Weil er ihr zu viel durchgehen ließ. Was sollte er denn machen, sie verhaften? Er war bei der Mordkommission, nicht bei der Pubertätsbekämpfung.

Er machte sich nur Vorwürfe, dass er ihr nicht früher angeboten hatte, bei ihm zu wohnen. Konstanze litt schon seit Jahren unter depressiven Schüben, die er zugegebenermaßen nicht ernst genug genommen hatte. Er hatte gedacht, die ständigen Streitereien zwischen Mutter und Tochter wären eine Art natürlicher Ablösungsprozess, wie er in vielen Familien vorkam. In Wirklichkeit aber war Konstanze einfach nicht in der Lage, Frida emotionale Stabilität zu bieten. Das hatte zumindest der Jugendpsychologe gesagt.

Kant schob das Hähnchen mit den Kartoffeln und Möhren in den Ofen. Er hatte noch nie verstanden, warum sich so viele Männer mittleren Alters zu Feinschmeckern entwickelten, und aß immer noch überwiegend in Imbissen und billigen Restaurants, aber normale Familien scharten sich an den Feiertagen eben um den Herd, und er hatte sich vorgenommen, Frida möglichst viel Normalität zu bieten.

»Wie lange noch?«, fragte Frida.

Kant sah ins Kochbuch. »Ein bis eineinhalb Stunden. Wieso, hast du noch was vor?«

»Die anderen treffen sich nachher alle bei Nico.«

Er wusste nicht, wer die anderen oder Nico waren, und er würde auch nicht danach fragen. »Heute ist Weihnachten, da wird zu Hause geblieben.«

Sie hörte auf, an ihrem Nasenring herumzufummeln, und riss die Augen so weit auf, dass sie aussah wie eine Manga-Figur. Es war schön, ausnahmsweise ihre ungeteilte Aufmerksamkeit zu haben.

Kant warf den Topflappen quer durch die offene Küche und verfehlte Frida nur knapp. Sie lachte, wie sie als kleines

Mädchen gelacht hatte, wenn er sie gekitzelt oder kopfüber in den Papierkorb gesteckt hatte. Anscheinend hatte sie kurz vergessen, dass sie sich eigentlich als Erwachsene betrachtete. In solchen Momenten konnte er sich kaum vorstellen, wie sie mit irgendeinem Arschloch auf dem Klo einer Disco, in die sie sich mit dem Ausweis einer Freundin geschlichen hatte, Speed zog. Und sich dabei auch noch vom Türsteher erwischen ließ.

»Nur weil du selber keine Freunde hast«, sagte sie mit einem kurzen Seitenblick auf ihr Handy. Sie warf den Topflappen zurück, aber er trudelte einen halben Meter vor ihr zu Boden.

»Jetzt mal im Ernst.« Kant setzte sich neben sie aufs Sofa. »Wir essen zusammen, dann kannst du gehen. Aber ich will, dass du um elf zu Hause bist. Ich geb dir Geld für ein Taxi.«

Frida rieb den Kopf an seiner Schulter wie ein vernachlässigtes Kätzchen. »Zwölf«, sagte sie. »Ich bin fast sechzehn.«

In diesem Moment klingelte Kants Handy. Nach all den Jahren hasste er das Geräusch noch immer. Er musste sich überwinden, um sich von seiner Tochter zu lösen und zum Küchentisch zu gehen.

Frida grinste. »Du hast ja doch Freunde.«

Kant sah aufs Display. Es war die Mordbereitschaft.

Das Gespräch dauerte nicht lang. Als er aufgelegt hatte, schaltete er den Herd aus. »Tut mir leid.« Er zog dreißig Euro aus dem Portemonnaie und gab sie Frida. »Kauf dir was zu essen.«

Im Schlafzimmer zog er die Jeans und den schlabbrigen Pullover aus und warf die Sachen auf den Stuhl in der Ecke. So viel Zeit musste sein. Er hatte sechs Anzüge, die er je nach Stimmung bei der Arbeit trug, zwei blaue, zwei braune und zwei graue. Und natürlich einen schwarzen für Beerdigungen. Heute war ein grauer an der Reihe. Er sah in den Spiegel. Ein bisschen weit an den Schultern. Er konnte essen, so viel er wollte, hängen blieb nur etwas, wenn er auch trainierte. Aber er hasste Fitnessstudios, und mit dem Karatetraining hatte er aufgehört, seit bei jedem Kick über Hüfthöhe seine Gelenke knackten.

Er ging in die Diele und nahm seinen knielangen Wollmantel vom Garderobenhaken. Es war das Einzige, was er aus dem Erbe seines Vaters angenommen hatte, nachdem dieser vor drei Jahren vereinsamt im Altenheim gestorben war. Zuerst hatte er sich unwohl darin gefühlt, aber bald war der Rasierwassergeruch verflogen, und er hatte sich an das Fischgrätmuster gewöhnt. Jetzt konnte er sich nicht mehr von dem Mantel trennen, auch wenn er an den Ellbogen schon fast durchgescheuert war. Außerdem waren die Sechzigerjahre wieder in Mode, wenn er nicht den Überblick verloren hatte.

Er hörte, wie Frida den Fernseher einschaltete. Als er ins Wohnzimmer sah, hockte sie auf dem Sofa und zappte durch die Programme. Mit diesem abwesenden Gesichtsausdruck, den sie von ihrer Mutter hatte. Ein stabiles Umfeld hatte der Psychologe empfohlen. Da war sie ja bei ihm genau richtig. Er klopfte an den Türrahmen.

»Hey.«

Sie sah sich zu ihm um, als hätte sie schon vergessen, dass er noch da war.

»Das holen wir nach.«

»Soll das eine Drohung sein?«, fragte Frida.

»Um halb zwölf bist du wieder da, spätestens, okay?«

»Danke, Papa.«

»Tut mir echt leid mit dem Essen.«

»Macht nichts«, sagte sie, »ich bin sowieso Vegetarierin.«

Kant brauchte von seiner Wohnung in Schwabing achtzehn Minuten bis zum Fundort der Leiche in Obermenzing. Er parkte hundert Meter vor der Absperrung neben dem schmiedeeisernen Tor einer Gründerzeitvilla. Die vier Streifenwagen, die kreuz und quer auf der Straße standen, und der Rettungswagen auf dem Bürgersteig hatten schon genug Spuren zerstört, da musste er nicht auch noch mitten ins Geschehen fahren.

Dichte Hecken schirmten die Häuser zu beiden Seiten von der Straße ab. Die Gärten dahinter waren so groß wie der sogenannte Park gegenüber seiner Wohnung. Obwohl er sich schon vor sechzehn Jahren, als Konstanze schwanger geworden war, nach München hatte versetzen lassen, fühlte er sich in diesen Stadtteilen noch immer fremd. Er fragte sich, ob das soziale oder geografische Ursachen hatte. Vielleicht sollte er mal mit Weber darüber reden, der war schließlich im Glasscherbenviertel aufgewachsen, wie er immer wieder betonte.

Es versetzte ihm einen kleinen Stich, als er hinter einem mit Lichterketten verzierten Sprossenfenster eine Familie beim Weihnachtsessen sitzen sah. Die Kinder beobachteten fasziniert, wie der Vater mit einem schwertartigen Messer die Gans zerhackte. Es wirkte wie eine Szene aus einer anderen Zeit, und Kant musste an das nackte weiße Hähnchen denken, das in seinem Backofen langsam kalt wurde. Wie hatte er nur vergessen können, dass Frida Vegetarierin war?

Ein paar Jugendliche hatten sich an der Absperrung versammelt und warteten gelangweilt darauf, dass irgendetwas passierte. Sie folgten Kant mit ihren Blicken, als er dem Uniformierten seinen Ausweis zeigte. Er drehte sich zu ihnen um.

»Ihr könnt nach Hause gehen. Das Beste habt ihr schon verpasst.«

Natürlich rührten sie sich nicht von der Stelle. Er konnte es ihnen nicht verdenken. Endlich passierte mal was im echten Leben.

Kant entdeckte Polizeiobermeister Mühlbauer, der an einem Streifenwagen lehnte und sich aus einer Thermoskanne Kaffee eingoss. Als Kant zu ihm ging, stellte er den Becher aufs Autodach und reichte ihm seine fleischige Hand.

»Ah, Sie hat's also erwischt«, sagte Mühlbauer. »Eine Scheißkälte heute.« Zur Verdeutlichung stampfte er mit den Stiefeln in den Schnee.

»Mhm«, sagte Kant. »Was ist denn passiert?«

»Normalerweise hätten wir Sie deswegen an Weihnachten nicht rausgerufen.« Er machte eine vage Geste zu dem Notarztwagen vor dem Haus. »Verkehrsunfall. Fahrerflucht.«

»Aber?«

»Wir haben eine Zeugin, die behauptet, der Mann hätte noch gelebt, also nachdem er überfahren wurde, meine ich.«

Kant wartete, dass Mühlbauer weiterredete.

»Die Zeugin ist eine alte Frau. Irene Seifert. Halb blind. Den Unfall selbst hat sie nicht gesehen. Als sie mit ihrem Gehwägelchen um die Ecke kam, lag das Opfer schon auf der Straße. Vor der Stoßstange eines Pkw. Der Fahrer war ausgestiegen und hat sich über den Mann gebeugt. Um ihm zu helfen, dachte die alte Dame. Wäre ja auch normal.«

»Ich habe ein Hühnchen im Ofen. Das wird langsam kalt«, sagte Kant.

»Was?«

»Könnten Sie mal zur Sache kommen?«

»Ach so, ja. Wie gesagt, Frau Seifert ist schon ziemlich alt. Muss man das also mit Vorsicht genießen, ihre Aussage. Angeblich hat der Fahrer dem Mann die Kehle zugedrückt. Er hat noch geröchelt. Sagt die Zeugin. Dann ist der Unfallverursacher ins Auto gestiegen und weggefahren. Und der Mann war tot.«

»Läuft die Fahndung nach dem Fahrzeug?«

Mühlbauer zuckte mit den Schultern. »Wir wissen praktisch nichts. Die Zeugin konnte das Nummernschild nicht erkennen, dazu war sie noch zu weit weg. Beschreiben konnte sie den Wagen auch nicht.«

»Wo ist Frau Seifert jetzt?«

»Wir haben ihre Personalien aufgenommen und sie nach Hause gebracht. Sie wohnt gleich um die Ecke.« Mühlbauer nahm seine Tasse vom Autodach und wollte einen Schluck trinken, überlegte es sich aber im letzten Moment anders. »Wahrscheinlich hat sie sich geirrt. Ziemlich abstruse Geschichte. Aber Sie kennen ja die Vorschriften. Weihnachten hin oder her.«

»Ich rede nachher mit ihr«, sagte Kant. »Sehen wir uns mal das Opfer an.«

Mühlbauer führte ihn fünfzig Meter weiter, wo seine Kollegen auf der Straße vor dem geschlossenen Tor einer Einfahrt gerade ein schwarzes Sichtschutzzelt aufbauten. Er zog die Plane zur Seite, mit der der Tote provisorisch abgedeckt worden war. Der Mann war noch keine dreißig und trug einen dunklen Anzug. Um seinen Kopf hatte sich das Blut kreisförmig ausgebreitet. Eine Aktentasche lag daneben im Schnee.

»Sein Name ist Benedikt Spicher. Er wohnt hier, in dem Haus. Seine Frau kam gerade die Straße lang, als wir abgesperrt haben. Ich habe die Kollegin Berger gebeten, mit ihr reinzugehen.«

Kant atmete ein paarmal die kalte Luft ein. Schweigend betrachtete er die Leiche. Spicher lag auf dem Rücken. Der Winkel, in dem der rechte Unterarm vom Ellenbogengelenk abstand, ließ auf einen Bruch schließen. Sein halblanges Haar hing ihm ins Gesicht. Er war gut aussehend, mit gleichmäßigen Gesichtszügen. Der Mund stand leicht offen, als hätte er noch etwas sagen wollen, und die dunklen Augen fixierten einen Punkt in der Ferne.

»Wer war als Erster am Tatort?«, fragte Kant. Mühlbauer zeigte auf einen jungen Notarzt, der sich daraufhin aus dem Schatten des Rettungswagens löste und zu ihnen trat. »Die Zeugin hat bei den Nachbarn geklingelt, weil sie kein Handy hat. Die haben den Notruf gewählt. Um 19:36 Uhr.«

»Zwölf Minuten später waren wir hier«, sagte der Notarzt. »Keine Atmung, kein Puls. Wir haben noch versucht, ihn wiederzubeleben.«

Der Arzt kniff seine dünnen Lippen zusammen. Er hatte nichts Weiteres zu berichten, und Kant schickte ihn nach Hause, als er Grumann mit Daunenjacke und tief ins Gesicht gezogener Wollmütze ankommen sah.

»Frohe Weihnachten«, sagte der Gerichtsmediziner. »Die Kinder haben sich richtig gefreut, als ihr angerufen habt, und meine Frau erst mal.«

»Ich habe ihn nicht umgebracht«, entgegnete Kant.

»Das sagen sie alle.«

Grumann legte seine Schutzkleidung an und beugte sich über den Toten. Kant wandte sich an einen schnauzbärtigen Mann mit weißem Overall, der gerade eine Reifenspur mit einer Nummer versah und fotografierte.

»Wer leitet heute die Spurensicherung?«

»Klaus Weber«, sagte der Mann, ohne aufzusehen.

»Und wo ist er?«

»Wir konnten ihn nicht erreichen. Vielleicht hat er keinen Handy-Empfang.«

»Ja, vermutlich«, sagte Kant. Es war nicht das erste Mal, dass Weber in der Versenkung verschwand. Allmählich fing er an, sich Sorgen um ihn zu machen.

Hier gab es im Moment nicht viel für Kant zu tun. Er beschloss, die Spezialisten ihre Arbeit machen zu lassen und sich erst einmal um die Zeugin zu kümmern.

Langsam ging er unter den Kastanien entlang, deren schneebedeckte Äste tief herabhingen, und sah sich um. Hinter dem Haus der Spichers lagen zwei größere Anwesen, dann folgte ein kleines Waldstück. Niemand begegnete ihm, kein Auto fuhr vorbei. Er hörte noch die Stimmen der Spurensicherer, dann wurde es ruhig, nur ein Hund bellte in der Ferne.

Es war eine Straße, in der es keinen Durchgangsverkehr gab. Wer hier herfuhr, wohnte entweder in der Gegend oder wollte jemanden besuchen. Oder hatte sich verfahren. Kant konnte sich auch nicht vorstellen, dass hier normalerweise viele Fußgänger unterwegs waren.

Das Haus, in dem Irene Seifert wohnte, stand eingezwängt zwischen einem modernen Pavillon und einer von Ranken überwucherten Villa. Nur ein winziger Vorgarten trennte es von der Straße, keine Mauer mit eingegipsten Glasscherben, kein Tor, keine Doppelgarage. Es war ein einfaches, kleines Haus aus Backsteinen und mit Spitzengardinen vor den schmalen Fenstern. Vielleicht hatten hier einmal Bedienstete gewohnt, und man hatte vergessen, es abzureißen.

Im Erdgeschoss brannte Licht, und Kant konnte in der Küche eine alte Frau erkennen. Sie saß in einem geblümten Kittel sehr gerade auf einem Stuhl, hatte die Arme auf den Tisch gelegt und machte gar nichts.

Die Klingel war zu laut und zu schrill. Kant sah, wie die Frau erschrak, als hätte sie das Geräusch schon lange nicht mehr gehört. Sie verschwand in der Diele und tauchte wenig später an der Tür auf. Er zeigte ihr seinen Ausweis, und sie bat ihn herein.

Die trockene, rauchige Wärme eines Holzofens empfing ihn in der Küche. Das erinnerte ihn an seine Kindheit. Nur dass man in Duisburg mit Kohle geheizt hatte.

»Tut mir leid, dass ich so spät noch stören muss«, sagte er.

Frau Seifert zeigte auf einen der beiden Holzstühle, die an dem Tisch standen. »Ich bin sowieso meistens die halbe Nacht wach.« Sie setzte sich und trank einen Schluck aus einem fleckigen Wasserglas. Kant sah, dass ihre Hände zitterten.

»Wohnen Sie allein hier?«, fragte er.

»Mein Mann ist vor acht Jahren gestorben. Lungenkrebs. Meine Töchter sind beide aufs Land gezogen, sobald sie Kinder gekriegt haben. Das hätten wir auch machen sollen. Damals.«

»Ich möchte, dass Sie mir erzählen, was Sie beobachtet haben.« Kant zog seinen Block aus der Manteltasche und legte ihn vor sich auf den Tisch.

»Das habe ich doch alles schon dem jungen Mann mit der Uniform gesagt.«

»Ja«, sagte Kant, »aber der Herr Mühlbauer ist manchmal ein bisschen vergesslich. Wenn es Ihnen also nichts ausmachen würde ...«

Frau Seifert rückte die einzige Kerze auf dem Adventkranz gerade. »Ich mache abends immer noch einen Spaziergang. Nach der *heute*-Sendung. Man muss ja mal an die frische Luft. Nur bis zum Ende der Straße und zurück. Bei dem Schnee ist das anstrengend mit dem Rollator. Auf dem Rückweg habe ich ihn da liegen sehen. Auf der Straße vor dem Tor. Der wohnt ja da. Ich glaube, das ist ein Anwalt oder so. Ein netter junger Mann. Der hat mir schon ein paarmal mit der Einkaufstasche geholfen. Ich habe sofort gedacht, dass er einen Unfall hatte. Da stand ja auch das Auto, halb auf dem Bürgersteig.«

Sie sah in die Kerzenflamme und schwieg, während sie die Ereignisse noch einmal durchlebte. Ihr faltiges Gesicht war unbewegt, aber die Augen wirkten wach.

»Der Fahrer hat sich über ihn gebeugt. Erst habe ich gedacht, er wollte dem armen Mann helfen. Aber dann hat er seinen Hals gepackt und zugedrückt.«

»Können Sie den Täter beschreiben?«

»Meine Augen sind nicht mehr so gut. Und ich war noch ziemlich weit weg.«

»Wie weit?«

»Hundert Meter? Als ich näher kam, ist er aufgesprungen und zu seinem Auto gelaufen und sofort weggefahren.«

»Aber Sie sind sicher, dass er den Mann gewürgt hat?«

»Ich habe Grauen Star, aber ich bin nicht schwachsinnig. Auch wenn meine Töchter mich am liebsten ins Heim schicken würden.«

»Schon gut«, sagte Kant. »Ich wollte Sie nicht beleidigen. War der Täter groß oder klein?«

Sie rieb über ihre adrigen Hände. »Mittel, glaub ich.«

»Blond oder dunkelhaarig?«

»Weiß ich nicht. Er hatte eine Mütze auf. So eine, bei der man nur die Augen sieht.«

Eine Sturmhaube, dachte Kant. Um dem Unfallopfer zu helfen, hätte er sich wohl kaum maskiert. Außerdem, wer hatte schon eine Sturmhaube im Auto liegen? Vielleicht war das Ganze sogar geplant gewesen.

»Wie war der Täter sonst gekleidet?«

»Er hatte eine Hose an. Und eine Jacke. Gedeckte Farben, glaube ich.«

»Ist Ihnen sonst noch was an ihm aufgefallen? Hat er vielleicht etwas gesagt?«

Frau Seifert beobachtete eine Weile, wie die Bläschen in ihrem Glas aufstiegen und zerplatzten, dann schüttelte sie den Kopf. »Wenn Sie das Gesicht nicht gesehen haben, woher wissen Sie dann, dass es ein Mann war?«

»Och«, sagte Frau Seifert. »Ich weiß auch nicht. Irgendwie hatte ich so das Gefühl. Aber jetzt, wo Sie es sagen, wer weiß? Heutzutage kann man sich ja nie sicher sein.«

»Mh«, sagte Kant. »Und was ist dann passiert? Nachdem der Täter oder die Täterin weggefahren ist.«

»Ich bin so schnell wie möglich zu dem Anwalt gelaufen, aber der hat sich gar nicht mehr bewegt. Da hab ich bei den Nachbarn geläutet.«

»Warum haben Sie denn nicht an seinem Haus geklingelt?«, fragte Kant. »Das wäre doch näher gewesen, oder?«

»Ich weiß nicht, da war alles dunkel. Ich glaub, es war niemand zu Hause.«

»Wissen Sie noch, in welche Richtung das Auto gefahren ist?«

»Es kam mir entgegen, also zur Kreuzung hin.«

»Versuchen Sie bitte, das Auto zu beschreiben.«

»Auf das Auto hab ich gar nicht geachtet. Ich wollte doch dem Mann helfen.«

»Konnten Sie die Farbe erkennen?«

»Es war dunkel. Blau oder schwarz oder dunkelgrün oder grau.«

»Hatte es zwei oder vier Türen?«

»Das weiß ich wirklich nicht.«

Sie dachte eine Weile nach, und Kant störte sie nicht dabei.

»Es war irgendwie eckig, mehr so, wie die Autos früher aussahen.«

»Gut«, sagte Kant. »Es könnte sein, dass ich einen Kollegen vorbeischicke, der Ihnen ein paar Fotos von Autos zeigt. Vielleicht hilft Ihnen das, sich zu erinnern.«

Frau Seifert nickte.

»Soll ich jemanden anrufen, der sich um Sie kümmert? Wir haben …«

»Nein, nein. Ich hab keine Angst. Wer soll mir schon was tun?«

»Niemand«, sagte Kant. »Niemand wird Ihnen was tun.«

Als Kant zum Tatort zurückkehrte, war Weber endlich aufgetaucht. Seine grauen Haarstoppel leuchteten unter den Scheinwerfern, die die Spurensicherer aufgestellt hatten. Er wich Kants Blick aus, stellte seine Tasche in den Schnee und begann, darin herumzuwühlen. Kant fiel auf, wie dünn seine Beine geworden waren. Von Tag zu Tag war weniger von ihm übrig.

Er fragte ihn nicht, wo er gewesen war und warum er während seiner Bereitschaft nicht ans Handy ging. Er konnte es sich schon denken.

»Habt ihr schon was?«

Weber zog eine Stablampe aus der Tasche und richtete sich auf. »Keine Bremsspuren vor dem Aufprall.« Er ließ den Lichtkegel über den Schnee wandern. »Allerdings haben die Kollegen von der Schupo hier schon ganze Arbeit geleistet. Warum rücken die nicht gleich mit einer Pistenwalze an?«

Kant roch den Alkohol in seinem Atem. Er reichte ihm wortlos seine Packung Fisherman's Friend. Weber winkte ab.

»Hab schon zwei in den Backen. So wie es aussieht, hat der Fahrer erst nach dem Aufprall gebremst.«

»Willst du damit sagen, es war Absicht?«, fragte Kant.

Weber zeigte auf einen dunklen BMW, der auf der anderen Straßenseite stand. »Das ist der Wagen von Spicher. Als unsere

Jungs hier ankamen, lief der Motor im Leerlauf. Vermutlich hat er da angehalten und ist über die Straße gegangen, um das Tor zur Einfahrt aufzumachen. Als er die Straße überquert hat, wurde er von der Seite erwischt. Wäre natürlich möglich, dass ihm jemand aufgelauert hat. Dazu kann ich jetzt noch nicht viel sagen.«

Kant sah zu Spichers Haus. Hinter den vergitterten Fenstern im Erdgeschoss brannte Licht.

»Lässt sich das Tor denn nicht per Fernbedienung öffnen?«

»An seinem Schlüsselbund hängt sogar eine dran«, sagte Weber. »Funktioniert aber nicht. Vielleicht ist die Batterie leer. Haben wir noch nicht überprüft.« Kant bedankte sich bei Weber und ordnete den Abtransport des Toten ins rechtsmedizinische Institut an. Dann rief er den zuständigen Staatsanwalt an, um dessen Einwilligung zur Leichenschau einzuholen. Oldenburg hatte keine Einwände. Die schriftliche Anzeige würde er morgen nachreichen können.

Er ging zu Mühlbauer und erkundigte sich, was die Befragung der Anwohner ergeben hatte.

»Wir haben die ganze Straße abgegrast und alle rausgeklingelt«, sagte Mühlbauer. »Aber keiner hat was gesehen oder gehört.«

Kein Wunder, dachte Kant. Die Häuser standen alle von der Straße zurückgesetzt und waren von dichten Hecken umgeben. Es war eine Gegend, in der man seine Ruhe haben wollte und sich vor neugierigen Blicken schützte. Man fuhr das Auto in die Doppelgarage und ließ die automatischen Rollläden herunter. Niemand ging zu Fuß, weil es nichts gab, wohin man hätte gehen können. Die alte Frau war vermutlich die Einzige, die hier noch ihre einsamen Runden drehte.

3

»Ich gehe jetzt.« Melanie hatte Kopfschmerzen. Sie fragte sich, ob das an der trockenen Luft lag. Die Fußbodenheizung unter den grauen Fliesen und die Lüftung führten ein Eigenleben. Und jedes Mal, wenn sie ein Fenster aufmachen wollte, beschwerte sich Paul, weil dann angeblich der ganze Regelkreis durcheinandergeriet.

Paul löste den Blick von dem 75-Zoll-Fernseher, auf dem ein Musikvideo ohne Ton lief. »Du bist doch gerade erst gekommen.« Er stopfte sich ein Kissen hinter den Rücken und richtete sich auf dem Doppelbett auf, um einen Schluck Wodka-Redbull zu trinken. Melanies Glas stand unberührt auf dem Beistelltisch.

Sie stützte sich auf seiner rasierten Brust ab, während sie über ihn hinwegkletterte. Ihre Kleider lagen überall im Zimmer verstreut. Paul schaltete auf Netflix um und sah nach, ob es neue Serien gab, die ihn interessierten. Also irgendetwas mit Drogenhändlern, die sich gegenseitig abschlachteten. »Wo willst du denn überhaupt hin?« Er strich sich über den dünnen Schnurrbart, als wollte er Nachdenklichkeit demonstrieren.

»Ich weiß nicht. Einfach raus hier.« Sie spürte, dass er sie beim Anziehen beobachtete. Obwohl sie gerade noch miteinander geschlafen hatten, konnte sie seine Blicke kaum ertragen.

»Ich dachte, wir machen uns einen gemütlichen Abend«, sagte Paul. »Ich kann uns eine Pizza bestellen.«

Es tat ihr weh, seinen flehenden Tonfall zu hören. Paul konnte nichts dafür. Er war ein netter Typ, zumindest netter als die meisten anderen, die sie in den letzten Jahren kennengelernt hatte, aber im Moment konnte sie seine Gegenwart kaum aushalten.

Sie ging zum Fenster. Draußen auf der Straße war kein Mensch zu sehen. Der frische Schnee schimmerte bläulich im Laternenlicht. Am liebsten wäre sie einfach gegangen, ohne ein weiteres Wort zu verlieren, aber stattdessen setzte sie sich auf den Stuhl und zog eine Schachtel Zigaretten aus der Handtasche.

»Wir können auch noch ausgehen«, sagte Paul. »Ein Bekannter von Ingo gibt heute eine kleine Party. Oder wir gehen einfach irgendwo was trinken.«

»Ich hab keinen Bock auf Party.« Sie kramte in der Tasche nach dem silbernen Feuerzeug. »Und Ingo ist ein Langweiler.«

Paul schnaubte. »Was ist eigentlich los mit dir?«

Sie klopfte ihre Hosentaschen ab, aber das Ding war nirgends zu finden. »Nichts. Scheiße.«

»Suchst du das hier?« Er hielt das Feuerzeug hoch.

»Hast du in meiner Handtasche rumgeschnüffelt?«

»Blödsinn. Das kommt davon, wenn man im Bett raucht.«

»Gib her«, sagte sie.

»Woher hast du das? Von einem Kunden?«

»Gib einfach her.«

»Hol es dir doch.« Grinsend drehte er das Feuerzeug in der Hand. »Schick. Mit Gravur. *Von M & B. Für dich.* Mercedes-Benz?«

»Sehr witzig. Wenn du nicht sofort ...«

Er warf ihr das Feuerzeug zu. Ihre Hände zitterten, als sie die Zigarette anzündete.

»Komm doch zurück ins Bett«, sagte Paul.

Sie schüttelte den Kopf.

»Was ist los mit dir? Seit du heute Abend diesen Typen getroffen hast, kann man nichts mehr mit dir anfangen.«

Paul hatte recht. Was sie in dem Hotelzimmer erfahren hatte, machte ihr Angst. Und sie ekelte sich vor sich selbst. Warum hatte sie sich nur darauf eingelassen?

»Komm her«, sagte Paul.

Einen Moment lang war sie unschlüssig. Sie könnte zurück zu ihm ins Bett kriechen. Auf seine beschissene Party gehen. Cocktails trinken, Koks ziehen, sich ficken lassen, ohne etwas dabei zu empfinden. Alles vergessen. So wie sie es das letzte halbe Jahr gemacht hatte, seit sie mit ihm zusammen war.

Sie betrachtete das Feuerzeug, das sie sechs Jahre lang nicht gesehen hatte. Sechs Jahre, in denen so gut wie alles schiefgegangen war. Sie hatte ihre Schauspielausbildung abgebrochen, sie tingelte von einem Mann zum nächsten, sie tanzte in miesen Stripclubs, sie betäubte sich mit Drogen und Alkohol. Eine Zeit lang hatte sie sich eingeredet, ihr Leben wäre eine einzige große Party, aber in Wirklichkeit war sie bloß der letzte Gast, der noch nicht gemerkt hatte, dass es draußen hell geworden und alle anderen längst zur Arbeit gegangen waren.

»Ich glaub, es ist besser, wenn wir uns eine Weile nicht sehen«, sagte sie.

Pauls jungenhaftes Gesicht wirkte plötzlich ernst. Wenn er sie so ansah, konnte sie sich vorstellen, wie er als alter Mann aussehen würde. »Hab ich dich irgendwie eingeschränkt? Du kannst doch machen, was du willst.«

»Darum geht es nicht. Ich brauch einfach ein bisschen Zeit für mich selbst.«

»Und das war das Letzte, was er von ihr hörte.« Er lachte bitter.

Sie drückte die Zigarette im Topf des behaarten Kaktus auf der Fensterbank aus und packte ihren Kram in die Handtasche.

»Mach es nicht schwerer als nötig«, sagte sie.

»Hast du einen anderen?«

Sie wusste, dass er andere gehabt hatte, und das war okay, sie waren schließlich nicht verheiratet. Aber sie hatte nicht das Bedürfnis, mit anderen zu schlafen. In ihrem Leben gab es nicht zu wenige Männer, sondern zu viele.

»Ich ruf dich an.« Sie stand auf und überlegte, ob sie ihm einen Abschiedskuss geben sollte oder ob sie damit alles nur verschlimmern würde.

Paul sprang auf, als hätte ihn etwas in den Rücken gestochen. Er postierte sich im Türrahmen, verschränkte die Arme vor der Brust und zog einen Schmollmund.

»Sag mir wenigstens, was mit dir los ist.«

»Lass mich vorbei.«

»Wir können über alles reden.«

Langsam wurde sie wütend. »Mit dir kann man über gar nichts reden.«

Sie legte ihm eine Hand auf die Brust und wollte ihn sanft zur Seite schieben, aber er bewegte sich nicht.

»Sag's doch einfach, wenn du mich verlassen willst. Oder bist du zu feige dazu?«

Sie stand ganz dicht vor ihm, sodass sie seinen Geruch wahrnahm. Ein feiner, süßlicher Geruch, den sie sehr gemocht hatte. Jetzt ekelte sie sich davor.

»Mach nicht alles kaputt«, sagte sie.

»Fange ich an, dich zu langweilen?«

»Nein. Lass mich vorbei.«

»Ich liebe dich.«

Du fickst mich, dachte sie, aber für dich ist das wahrscheinlich dasselbe.

Sie versuchte, sich an ihm vorbeizudrängen. Er stemmte die Hände zu beiden Seiten gegen den Türrahmen. Sie hatte keine Chance gegen ihn.

»Das ist kein Spaß«, sagte sie. Plötzlich hatte sie das Gefühl, keine Luft mehr zu bekommen.

»Sag mir wenigstens, wo du hinwillst.«

»Mir ist schlecht.«

»Dann setz dich wieder hin. Ich koch dir einen Kamillentee.«

Er legte ihr die Hand in den Nacken und massierte sie sanft. Das hatte ihr immer gefallen, aber jetzt fühlte es sich demütigend an. Sie lehnte sich an ihn. Als sie spürte, wie er sich entspannte, rammte sie ihm mit aller Kraft das Knie zwischen die Beine. Er schrie auf und sank im Türrahmen zu Boden.

Sie rannte durch den Korridor zur Tür. Im Hausflur blieb sie kurz stehen und horchte. Sie hörte ein leises Wimmern.

»Wichser!« Sie knallte die Tür zu. Die paar Sachen, die sie im Laufe der Zeit in seiner Wohnung deponiert hatte, konnte er behalten.

Die kalte Luft brannte in ihrer Lunge, als sie zu ihrem Wagen lief. Eine dünne Schneedecke bedeckte den alten Fiesta, und darunter waren die Fenster vereist. Während sie mit einer CD-Hülle die Windschutzscheibe freikratzte, hielt ein Auto mit laufendem Motor am Straßenrand. Der Beifahrer ließ das Fenster herunter und sah ihr zu. Sein Kumpel hinter dem Steuer drehte die Anlage lauter, damit sie hören konnte, was für coole Musik sie am Start hatten.

»Können wir dir irgendwie helfen?«, fragte der Beifahrer.

»Ja, verpisst euch.«

Der Mann lachte, und die Reifen drehten durch, als das Auto davonschoss. Melanie kratzte weiter, bis die CD-Hülle brach. Ein Plastiksplitter bohrte sich zwischen den Fingern in ihre Haut. Blut tropfte in den Schnee. Sie setzte sich hinter das Lenkrad und schlug mit der Faust auf das Armaturenbrett. In dem kalten, engen Auto wartete sie darauf, dass die Tränen kamen, aber ihre Augen blieben trocken.

Als sie sich beruhigt hatte, ließ sie den Motor an. Sie fuhr durch die leeren Straßen, ohne zu wissen wohin. Hauptsache, weg, dachte sie. Immer in Bewegung bleiben, nicht zurückblicken.

Trotzdem brauchte sie einen Schlafplatz für heute Nacht. So tief war sie noch nicht gesunken, dass sie bei der Kälte im Auto übernachten würde.

Bei Klaus könnte sie jederzeit unterschlüpfen, er würde sie auch mitten in der Nacht hereinlassen, aber sie wollte nicht, dass er wieder anfing, sich Hoffnungen zu machen. Verena, die auch manchmal im Cleopatra tanzte, hatte jetzt ein kleines Kind. Vielleicht könnte sie trotzdem ein paar Tage bei ihr bleiben. Nein, verdammt, es war Weihnachten. Verena hatte ihr erzählt, dass sie an Weihnachten immer zu ihren Eltern fuhr.

Vielleicht sollte sie auch zu ihren Eltern fahren. Raus aus der Stadt. Nur für eine Nacht. Das letzte Mal war sie beim Geburtstag ihres Vaters dort gewesen, im Sommer. Seitdem hatte sie nicht mehr mit ihren Eltern gesprochen. Aber sie hatte noch einen Schlüssel. Sie müsste sie nicht mal aufwecken, sondern könnte sich einfach in ihr altes Zimmer schleichen, das unverändert war, seit sie mit neunzehn ausgezogen war. Dort hätte sie wenigstens ihre Ruhe. Das war ein Ort, wo sich garantiert niemand um sie kümmern würde.

4

Nachdem er den Tatort freigegeben hatte, blieb Kant allein zurück. Es war fast halb eins, und der leichte Schneefall, der vor einer halben Stunde eingesetzt hatte, verwischte die letzten Spuren des Verbrechens. Kant schlug seinen Wollmantel zu, lehnte sich trotz der Kälte an das Rolltor und rauchte eine Zigarette. Er wollte den Tatort noch ein paar Minuten auf sich wirken lassen. Oder vielleicht wollte er nur nicht die Decke über seinem Bett anstarren, denn auch nach all den Jahren kehrte in seinem Kopf lange keine Ruhe ein, nachdem er zu einem Mordopfer gerufen worden war. Es erinnerte ihn an seine eigene Sterblichkeit.

In dem Haus hinter ihm brannte noch Licht. Frau Spicher hatte den Beamten weggeschickt, psychologische Betreuung abgelehnt und versprochen, morgen zur Vernehmung aufs Revier zu kommen. Kant hätte gern sofort mit ihr gesprochen, denn die ersten Stunden waren oft entscheidend. Mit jedem Tag wurden Spuren unwiederbringlich ausgelöscht, Erinnerungen von Zeugen verblassten, belastendes Material wurde vernichtet. Die Zeit war immer auf der Seite des Mörders.

Er schnippte seine Kippe in den Schnee und wollte gerade zum Auto gehen, als er hinter sich ein Geräusch hörte. Die Haustür stand jetzt offen. Sobald sich die Außenbeleuchtung einschaltete, sah er, dass Frau Spicher über den Weg aus quadratischen Steinplatten auf ihn zukam. Sie trug ein hochgeschlossenes Kleid aus braunem Stoff, das ihre schlanke Figur betonte.

»Was machen Sie da?«, rief sie und blieb in sicherer Entfernung neben einem Rosenbeet stehen.

Kant trat aus dem Schatten der Hecke und streckte seinen Ausweis über das Tor. »Hauptkommissar Kant.«

»Ich habe vom Fenster aus gesehen, wie sich jemand eine Zigarette ansteckt.«

»Entschuldigung. Ich wollte Sie nicht erschrecken.«

»Sie haben mich nicht erschreckt. Ich dachte nur einen Moment lang …« Sie sah an Kant vorbei auf die leere Straße. »Tut mir leid, das ist wirklich lächerlich. Ich dachte, er würde nach Hause kommen. Irgendwie haben Sie mich an ihn erinnert. Er ist auch so groß und schlank.«

»Sie sollten wieder ins Haus gehen, sonst erkälten Sie sich noch.«

»Mir ist nicht kalt.«

»Okay«, sagte Kant.

»Warum stehen Sie hier alleine rum?«

»Ist so eine Angewohnheit von mir.«

Sie sah ihn durchdringend an, bevor sie sich abwandte und auf das Haus zuging. Nach ein paar Metern blieb sie stehen. »Würden Sie vielleicht kurz mit reinkommen? Nur für ein paar Minuten.«

»Natürlich.« Kant folgte der sauber gestutzten Hecke, die den Garten vom Nachbargrundstück abschirmte, und stieg die Steinstufen zur Haustür hinauf. Er strich mit der Hand über das blank polierte Holzgeländer. Das Haus stammte aus der Gründerzeit, aber jedes Detail war liebevoll restauriert worden. Er fragte sich, woher ein junger Anwalt das nötige Kleingeld dafür hatte.

Sie führte ihn durch eine großzügige Diele ins Wohnzimmer. Jemand hatte eine komplette Außenwand entfernt und durch eine Glasscheibe ersetzt, sodass man auf den Buchenhain hinter dem Haus sehen konnte. Eine Sitzgarnitur aus schwarzem Leder kontrastierte mit den weißen Bodenfliesen. Die Bücherregale an den Wänden wurden von in der Decke versenkten Strahlern beleuchtet. Ein Esstisch aus dunklem Holz war weihnachtlich dekoriert. Neben einem Leuchter mit fast heruntergebrannten Kerzen stand ein Weinglas. In der Luft hing ein Hauch von Parfüm.

Frau Spicher wies auf einen Stuhl, blieb aber selbst mit dem Rücken zur Tür stehen. Jetzt konnte Kant sie zum ersten Mal bei Licht betrachten. Sie hatte das Haar hochgesteckt, und jede Strähne saß wie betoniert an ihrem Platz. Ihr Gesicht wirkte gefasst, nur eine leichte Rötung der Augen ließ darauf schließen, dass sie geweint hatte.

»Ich möchte Ihnen mein Beileid aussprechen«, sagte Kant.

Frau Spicher nickte kaum merklich.

»Soll ich vielleicht doch jemanden anrufen?«

»Nein. Ich will Sie auch nicht lange aufhalten. Es war nur die Vorstellung, wieder allein in das verlassene Haus zu gehen ...«

»Wo ich schon mal hier bin, darf ich Ihnen ein paar Fragen stellen?«

»Sie können mir erst mal ein paar Fragen beantworten.« Ihre Stimme klang jetzt hart und kalt wie Eiswürfel, die in einem Glas klimperten. Sie passte nicht zu den sanften Gesichtszügen. »Keiner sagt mir, was wirklich passiert ist. War das jetzt ein Unfall oder nicht?«

»Das untersuchen wir noch.« Kant zögerte einen Moment. In diesem Stadium der Ermittlungen behielt man die Ergebnisse besser für sich, andererseits hatte sie ein Anrecht zu erfahren, was mit ihrem Mann geschehen war. »Ich glaube nicht, dass es ein Unfall war.«

Sie machte ruckartig einen Schritt nach vorn, als hätte jemand sie gestoßen. Kant wollte gerade aufspringen, um sie zu stützen, da hatte sie sich schon wieder gefangen. Sie umklammerte die Lehne des Stuhls neben ihm, bis ihre Fingerknöchel sich weiß verfärbten.

»Jemand hat ihn absichtlich überfahren?«

»Leider sieht es ganz danach aus«, sagte Kant. Mehr musste sie vorläufig nicht wissen. »Deshalb würde ich gern ein paar Sachen abklären.« Er wartete darauf, dass sie etwas entgegnete oder sich hinsetzte, aber sie stand nur still da und zerquetschte fast die Stuhllehne. Kant fragte sich, ob dieses Maß an Selbstbeherrschung noch im gesunden Bereich lag.

»Können Sie mir etwas über den Ablauf des Abends sagen?«

»Ich war bei meinen Eltern, Benedikt bei seinen. Das übliche Weihnachtsprogramm. Er ist früher nach Hause gekommen, musste aber noch mal in der Firma vorbei. Ich glaube, um eine Akte zu holen. Als ich zurückkam, war die ganze Straße abgesperrt. Ich weiß nicht, was ich sonst noch sagen soll.«

»Haben Sie Weihnachten immer getrennt verbracht?«

»Nur den zweiten Feiertag. Das war das Pflichtprogramm bei unseren jeweiligen Eltern. Wir waren immer froh, wenn das vorbei war.« Zum ersten Mal drohte ihre Stimme zu brechen. Kant beschloss, das Thema zu wechseln.

»Ihr Mann war Anwalt, oder?«

»Ja. Juniorpartner in der Kanzlei Grünwald.«

»Wissen Sie, womit er im Moment befasst war?«

»Wir haben kaum über die Arbeit gesprochen. Spielt das denn eine Rolle?«

»Das weiß ich nicht. Im Moment sammle ich nur Informationen. Bitte denken Sie nach.«

Endlich ließ sie die Lehne los und setzte sich auf den Stuhl neben ihm. Allerdings so weit vorn auf die Kante, als wollte sie sofort wieder aufspringen. Kant hätte gern geraucht, aber nirgendwo stand ein Aschenbecher.

»Benedikt kommt aus Schelfing am Ammersee«, sagte sie, ohne ihn anzusehen. »Er fühlte sich den Leuten da immer noch verbunden. So ist das wohl auf dem Land. Jedenfalls ging es um irgendwelche Bebauungspläne, gegen die jemand klagen wollte. Nichts Aufregendes, aber es hat ihn in letzter Zeit ziemlich beschäftigt.«

»Hm. Gab es mit jemandem Streit? Irgendwelche Drohungen oder seltsamen Begegnungen?«

»Benedikt ist Streit aus dem Weg gegangen. Er hat sich noch nicht mal in der Schule geprügelt, glaub ich. Manchmal ist er mir richtig auf die Nerven gegangen mit seiner Harmoniesucht.« Sie schlug die Augen nieder. »Entschuldigung, das hätte ich jetzt nicht sagen sollen.«

»Sie können alles sagen. Sie haben Ihren Mann verloren. Ich maße mir bestimmt kein moralisches Urteil an.«

Sie saßen eine Weile schweigend nebeneinander, bis Frau Spicher offenbar die Stille nicht mehr ertrug und aufstand. Kant sah zu, wie sie nicht vorhandene Flusen von einer Sessellehne zupfte.

»Ich muss Ihnen eine Frage stellen, die Sie wahrscheinlich als unverschämt empfinden«, sagte er. »Gab es Probleme zwischen Ihnen?«

Sie sah ihn mit ihren grauen Augen an. Ihre Miene verriet nicht, ob er sie verletzt hatte. »Sind Sie verheiratet, Herr Kant?«

»Einmal wäre es fast passiert.«

»Dann wissen Sie bestimmt, dass es in jeder Beziehung Probleme gibt.«

»Natürlich. Lassen Sie mich umformulieren: War es eine glückliche Ehe?«

Sie wandte sich ab und sah auf den dunklen Wald hinter dem Fenster. »Wir haben uns sehr gut verstanden«, sagte sie leise. Als sie sich wieder zu ihm umdrehte, wirkte sie mit einem Mal unendlich erschöpft. »Sie sollten jetzt gehen.«

Kant stand auf und machte einen Schritt auf sie zu. Er hatte das Bedürfnis, ihr über das Haar zu streichen oder eine andere tröstende Geste zu machen, aber es gab eine Grenze, die er als Polizist nicht überschreiten durfte.

»Vielleicht sollten Sie wieder zu Ihren Eltern fahren. Wenn Sie möchten, kann ich Sie hinbringen.«

»Nein«, sagte sie. »Ich will jetzt keine Ablenkung. Ich will in meinen Gedanken mit ihm allein sein.«

Sie begleitete Kant zur Haustür und reichte ihm die Hand. Ihre Haut fühlte sich kalt an, als wäre auch aus ihr jedes Leben entwichen.

»Eine Frage noch: Funktioniert eigentlich die Fernbedienung für das Rolltor?«

Sie sah ihn an, als hätte er den Verstand verloren.

»Ja, soweit ich weiß schon.«

»Also dann, auf Wiedersehen.«

Kant ging durch den Vorgarten, zückte seine Taschenlampe und ließ den Lichtstrahl über das Tor gleiten. Frau Spicher blieb an der Tür stehen und beobachtete ihn. Er konnte ihre Missbilligung spüren.

Er sah sich das Schloss an, ohne dass ihm etwas auffiel. Dort, wo das Tor an der moosbedeckten Mauer anschlug, befanden sich ein Messingschild mit dem eingravierten Familiennamen, ein Klingelknopf und ein Briefschlitz. Und darunter das, wonach Kant gesucht hatte.

Er zog sich einen Handschuh über und entfernte das fingernagelgroße Stück Klebeband, das den Infrarotempfänger bedeckte.

5

Sie erwachte in völliger Stille. Es war stockdunkel. Sie hatte keine Ahnung, wo sie sich befand. Ein hartnäckiger Traum, in dem sie auf einer Bühne stand und in einem Stück mitspielte, dessen Handlung ihr unbekannt war, versuchte, sie zurück in den Schlaf zu zerren. Sie wehrte sich und behielt die Augen offen.

Es roch muffig, als wäre seit Jahren nicht mehr gelüftet worden. Sie tastete nach Pauls warmem Rücken. Nichts, sie war allein. In einem Anflug von Panik schwang sie die Beine aus dem schmalen Bett.

Da fiel es ihr ein. Sie war in ihrem alten Zimmer. Im Kinderzimmer.

Blind fand sie die Rollladenschnur zwischen Nachtschränkchen und Fensterbank. Ein Ruck, und Lichtstreifen fielen auf die gegenüberliegende Wand. Die Gesichter von Schauspielern und Rockstars sahen sie an. Schön und überheblich und ein bisschen dumm. Genau wie Paul.

Sie stand abrupt auf und zog ihre Jeans und den Rollkragenpullover an, die sie gestern über die Lehne des Stuhls gehängt hatte. Die einzigen Sachen, die sie im Moment besaß. Der Rest hinterließ eine Spur von Pauls Wohnung über Verena und Klaus und Alex und ein paar andere zurück zu dem Kleiderschrank mit dem No-Angels-Poster, in dem noch die Klamotten hingen, die sie als Sechzehnjährige getragen hatte.

Bloß weg hier, dachte sie. Wie hatte sie nur auf die Idee kommen können, sich ausgerechnet bei ihren Eltern zu verkriechen? Es gab ja wohl kaum etwas Armseligeres für eine erwachsene Frau. Ein Eingeständnis des totalen Scheiterns.

Sie schlich sich durch den breiten hellen Flur, vorbei am Schlafzimmer ihrer Mutter. Die Tür stand einen Spaltbreit offen. Sie warf einen Blick hinein. Das Bett war leer und ordentlich gemacht. In der Luft hing der penetrante Orangenblütenduft, den ihre Mutter überall hinterließ.

Hier im Obergeschoss war niemand, aber von unten drang das Klappern von Geschirr durchs Treppenhaus. Schnell ging sie ins Bad und schloss die Tür hinter sich ab. Wenn sie schon hier war, konnte sie wenigstens kurz unter die Dusche springen. Wer wusste schon, wann sie das nächste Mal Gelegenheit dazu hatte.

Das heiße Wasser fühlte sich so gut an, dass sie duschte, bis sich die Glaskabine und das ganze marmorverkleidete Bad mit Dampf gefüllt hatten. Sie trocknete sich mit einem flauschigen Handtuch ab, warf es auf den Boden, zog widerwillig ihre alten Klamotten an und schminkte sich vor dem großen Spiegel mit dem Mascara ihrer Mutter. Immerhin das hatte sie von ihr gelernt: Nur weil man sich scheiße fühlte, musste man nicht auch so aussehen.

Sie ging ins Erdgeschoss. Während sie das Wohnzimmer durchquerte, warf sie einen Blick auf den See, der von einer dünnen Eisschicht bedeckt war. Von der Diele gingen die Küche und das Arbeitszimmer ihres Vaters ab. Der Mahagonischreibtisch war aufgeräumt und makellos wie am ersten Tag. Kein Wunder, ihr Vater arbeitete nie zu Hause. Seit sie sich erinnern konnte, benutzte er das Zimmer nur als Rückzugsort und Schlafzimmer. Wieder einmal fiel ihr auf, wie lächerlich es war, dass ihre Eltern dieses riesige Haus hatten und jeder sich die meiste Zeit in seinem kleinen Zimmer verkroch.

Aus der Küche wehte der Geruch von gebratenen Eiern in die Diele. Sie spürte, wie sich ihr Magen vor Hunger zusammenzog, als sie nach der Türklinke griff.

»Morgen, Mela«, sagte ihr Vater hinter ihr.

Fuck, ihr blieb auch nichts erspart. Sie schloss die Haustür wieder und drehte sich zu ihm um.

»Schön, dich mal wieder zu sehen.« Während sie noch überlegte, was sie sagen sollte, kam er mit drei federnden Schritten zu ihr und küsste sie auf die Stirn. »Du willst doch nicht ohne Frühstück los?«

»Hallo, Papa.«

Er schob sie vor sich her in die Küche. »Ich beneide dich um deinen Schlaf.«

Melanie sah auf die nachgemachte Bahnhofsuhr über dem sechsflammigen Gasherd. Es war kurz nach acht. Normalerweise schlief sie bis zehn oder elf und brauchte dann noch eine Stunde, bis sie halbwegs in Schwung kam. Ihr Vater ging jeden Morgen um sieben eine Stunde am See joggen, sogar bei minus zehn Grad noch in kurzer Hose. Er hatte schon geduscht, sich rasiert und ein frisch gebügeltes Hemd angezogen. Sie musste zugeben, dass er für sein Alter ziemlich gut aussah.

»Na los, steh hier nicht rum wie ein Staubsaugervertreter. Setz dich.«

Wenn er noch sauer auf sie war, ließ er es sich nicht anmerken. Ihre letzte Begegnung hatte nicht gerade erfreulich geendet. Soweit sie sich erinnerte. Es war sein zweiundfünfzigster Geburtstag gewesen. Eigentlich hatte sie gar nicht kommen wollen, sich aber in einem Anfall von Sentimentalität dann doch auf den Weg gemacht. Da hatte sie schon mit Paul drei oder vier Cocktails getrunken. Sie wusste selbst nicht, was sie sich dabei gedacht hatte. Natürlich war ihr alles sofort auf die Nerven gegangen. Die Möchtegern-Drehbuchautoren, die sich bei ihrem Vater einschleimten. Die Schauspielerinnen, die ihm für eine Nebenrolle einen geblasen hätten. Ihre Mutter, die wie ein Schmuckstück an seinem Arm hing und alles weglächelte.

Sie hatte sich eine Flasche Single Malt aus seiner Bar geschnappt und sich damit auf die Holzbank am Ufer zurückgezogen. Dann laberte irgendein aufgeblasener alter Sack sie an. Sie musste zugeben, dass es nicht sehr diplomatisch gewesen war, ihm gleich den Inhalt ihres Glases ins Gesicht zu schütten. Es gab ein paar Details, die ihr Gedächtnis ihr nicht ersparte: Ein Stehtisch war umgefallen. Sie hatte auf den frisch gemähten Rasen gekotzt. Ihr Vater hatte sie in ein Taxi gesetzt.

Und gestern Nacht hatte sie sich ins Haus geschlichen, nur um sich morgens wieder aus dem Staub zu machen. »Tut mir leid wegen neulich«, murmelte sie.

Er winkte ab. »Jeder hat mal einen schlechten Tag.« Willst du auch ein paar Eier?« Ohne ihre Antwort abzuwarten, schaufelte er Rührei auf ihren Teller. Er wollte nicht über die Sache reden. Die Vergangenheit interessierte ihn nicht, es sei denn, man konnte einen Film daraus machen. Gut, ihr sollte es recht sein.

Sie setzte sich auf einen Hocker an die Kücheninsel, die der Architekt ihren Eltern damals aufgeschwatzt hatte. Was früher modern gewesen war, wirkte jetzt wie eine Parodie auf eine amerikanische Fernsehserie. Ihr Vater stützte einen Ellenbogen auf die Theke und aß im Stehen. Mit dem Appetit einer Hyäne. Dabei checkte er seine E-Mails.

Plötzlich kam ihr die Vorstellung, ein paar Tage im Haus ihrer Eltern zu verbringen, gar nicht mehr so absurd vor. Nur bis sie sich neu sortiert hatte. Vielleicht könnte sie irgendwo ein WG-Zimmer finden, aber das ging nicht von heute auf morgen.

»Kann ich dich was fragen?«

»Ich bin selber pleite.« Er grinste. Der Zahntechniker war sein Geld wert. »Natürlich. Alles. Immer.«

»Paul und ich haben uns gestritten. Kann ich ein paar Tage hierbleiben?«

»So lange du willst. Ich bin im Moment sowieso kaum zu Hause.«

»Ach so.«

Er legte sein Handy zur Seite. Offenbar war ihm aufgefallen, dass seine Antwort nicht besonders feinfühlig gewesen war. »So war das nicht gemeint. Ich dachte, du willst vielleicht ein bisschen Ruhe haben. Wir drehen gerade fürs ZDF einen Zweiteiler und sind schon drei Tage über dem Zeitplan. Wenn ich da nicht alles selber mache …«

»Ist schon gut«, sagte sie.

»Wie geht's dir überhaupt?«

»Blendend.«

»Warum ziehst du dann so ein Gesicht? Reicht mir schon, wenn deine Mutter den ganzen Tag so rumläuft.«

Das muss man ihm zugutehalten, dachte sie, er lässt sich durch eine kaputte Ehe und eine missratene Tochter wenigstens nicht die Laune verderben. »Wo ist sie überhaupt?«

»Keine Ahnung. Du weißt ja, wie sie ist. Ehrlich gesagt, gehen wir uns in letzter Zeit aus dem Weg.«

Sie konnte sich kaum erinnern, dass es einmal anders gewesen war. Im Moment war sie allerdings froh, nicht mit ihr reden zu müssen. Ihre Mutter hatte die Gabe, aus allem ein Problem zu machen. Und Probleme hatte sie schon genug.

Ihr Vater wischte mit einem Stück Brot die Reste des Rühreis von seinem Teller. Beim Essen merkte man ihm noch an, dass er aus einfachen Verhältnissen kam. Er hatte sich alles selbst erarbeitet, und darauf war er stolz. Das schaffte man nicht, wenn man seine Tochter jeden Tag um vier vom Kindergarten abholte. Oder seine Zeit damit vergeudete, mit seiner frustrierten Frau zur Eheberatung zu gehen.

»Ich muss jetzt los«, sagte er. »Um neun haben wir eine Drehbuchbesprechung. Bist du heute Abend da? Dann können wir uns weiter unterhalten.«

Bevor sie antworten konnte, war er schon in der Diele verschwunden, um Mantel und Aktentasche zu holen. Er streckte noch einmal den Kopf durch die Tür. »Ach so, das hatte ich ganz vergessen. Weißt du, wen ich vorhin beim Joggen getroffen habe?«

»Keine Ahnung.«

»Den Bürgermeister.«

»Faszinierend.«

»Er hat mir was erzählt. Der Spicher ist tot. Autounfall.«

»Der alte Spicher?«

»Nein. Sein Sohn. Der Benedikt. Ich dachte, das würde dich interessieren. Ihr habt doch früher immer zusammen rumgehangen.«

Melanie spürte, wie die Gabel in ihrer Hand zu zittern begann. Vorsichtig legte sie sie auf den Tellerrand. Sie hatte überhaupt keinen Hunger mehr.

»Das ist schon lange her«, sagte sie. Ihr Vater hörte sie nicht mehr. Er hatte die Haustür bereits hinter sich zugeschlagen.

6

Es war einer dieser Tage, an denen es nicht richtig hell werden wollte. Kant hatte kaum geschlafen. Als er nach Hause gekommen war, hatte er einen Blick in Fridas Zimmer geworfen und festgestellt, dass ihr Bett leer war. Er hatte sie dreimal angerufen und ihr auf die Mailbox gesprochen. Morgens um halb sieben hatte sie sich immer noch nicht gemeldet, und er fuhr mit einem flauen Gefühl im Magen ins Präsidium. Zwischen den Aktenschränken zu sitzen, in denen sämtliche Spielarten der menschlichen Niedertracht dokumentiert waren, machte es nicht gerade leichter. Trotzdem versuchte er, sich auf den Fall zu konzentrieren. Schließlich war es nicht das erste Mal, dass sie nachts nicht nach Hause kam.

Er öffnete das Fenster, um den Geruch von Linoleum, abgestandenem Kaffee und durchgeschwitzten Hemden zu vertreiben. Ein ehemaliger Gefängnisinsasse, mit dem er sich manchmal zum Schachspielen traf, hatte ihm erzählt, dass der Knastgestank wahrscheinlich das Letzte wäre, was er in seinem Leben vergessen würde. Kant hoffte, dass es ihm nicht ähnlich erging. Komisch, wie viele Gemeinsamkeiten es zwischen den beiden Polen der Gesellschaft gibt, dachte er.

Draußen auf dem Gang war es noch ruhig. Kant hätte am liebsten die Ermittlungsmaschinerie in Gang gesetzt, aber die Besprechung war erst für halb neun angesetzt. Er zwang sich dazu, sich an den Schreibtisch zu setzen und den Tatortbefundbericht zu schreiben. Mühsame Kleinarbeit, bei der er regelmäßig kurz vor dem Wutausbruch stand.

Wer war wann am Tatort? Wie war das Wetter? Was wurde vorgefunden, was verändert? Identität des Opfers. Lage, Verletzungen, Kleidung. Gesicherte Spuren und Zeugenaussagen. Alles, was nicht dokumentiert wurde, war für immer verloren.

Er trank drei Tassen Kaffee, um die Müdigkeit abzuschütteln, aber der einzige Effekt war ein metallischer Geschmack im Mund. Alle zehn Minuten stand er auf und machte das Fenster auf oder wieder zu. Er dachte an Frida und an Frau Spicher, deren Mann nie mehr nach Hause kommen würde. Alle möglichen Dinge gingen ihm durch den Kopf, aber er biss sich durch und kehrte immer wieder zu seinem Bericht zurück.

Als die Besprechung endlich begann, hatte er das Gefühl, schon einen ganzen Arbeitstag hinter sich zu haben. Er setzte sich an das Rechteck aus drei zusammengeschobenen Tischen und ließ den Blick über die Runde schweifen. Gegenüber hatte Rademacher sein Frühstück ausgebreitet, Apfelschnitze, Vollkornbrot und Hagebuttentee, wie jeden Morgen. Ein frisch gebügeltes Hemd spannte sich über seinen massigen Oberkörper. Er wirkte ausgeschlafen und konzentriert.

Links saßen Petra Lammers und Ben Dörfner und unterhielten sich leise. Dörfner war der Jüngste im Team. Als er sich vor eineinhalb Jahren aus dem Drogendezernat bei ihnen beworben hatte, war Kant erst skeptisch gewesen, aber man durfte sich von seinem Äußeren nicht täuschen lassen. Nur weil er auf hässliche, aber teure Sweatshirts stand, sich Gel in die Haare schmierte und im Halbdunkeln mit Sonnenbrille herumlief, war er noch lange nicht dumm. Neben ihm wirkte Lammers wie eine Heilige. Alles an ihr strahlte Bescheidenheit aus. Das straff zurückgebundene Haar. Blond, aber nicht zu blond. Nur ein Hauch von Make-up. Dazu ein einfacher schwarzer Kapuzenpullover, der sie fast androgyn wirken ließ.

Auf der rechten Seite des Tisches stützte Weber den Kopf in die Hände. Im Licht der Neonröhren schimmerte seine Haut bläulich. Hätte an seiner Schläfe nicht langsam und gleichmäßig eine Ader gepocht, hätte man ihn für eine Steinskulptur halten können.

Kant breitete seine Unterlagen vor sich aus und begann, die Lage zusammenzufassen. Lammers und Dörfner hörten ihm aufmerksam zu. Rademacher kaute weiter auf seinem Brot. Ob Weber sich noch in seinem Körper befand, ließ sich nicht ohne Weiteres feststellen.

»Sieht also aus, als hätte jemand das Rolltor manipuliert und darauf gewartet, dass Spicher aus seinem Wagen steigt, um ihn dann zu überfahren«, beendete Kant seinen Bericht.

»Und weil er das überlebt hat«, sagte Weber, ohne den Kopf aus den Händen zu heben, »hat der Täter ihm die Kehle zugedrückt. Oder die Täterin, um korrekt zu sein. Schließlich war sich die Zeugin nicht sicher.«

»Ich hab noch nie gehört, dass eine Frau einen Mann mit bloßen Händen erwürgt«, schaltete sich Petra Lammers ein.

»Es gibt vieles auf der Welt, wovon du noch nichts gehört hast.« Weber schien langsam aufzuwachen. Lammers warf ihm einen verärgerten Blick zu.

»Der weise alte Mann hat gesprochen«, sagte Dörfner, der nicht ertragen konnte, wenn jemand Lammers angriff. Er grinste seiner Kollegin verschwörerisch zu. Als er merkte, dass sie ihn ignorierte, klappte er seinen Laptop auf, drehte ihn so, dass niemand den Bildschirm sehen konnte, und tippte irgendetwas. Kant fragte sich manchmal, ob er zwischendurch seine privaten E-Mails beantwortete.

Rademacher leerte seine Tasse, wischte sie mit einer Serviette aus und packte sein Geschirr zusammen. »Was ist mit der Ehefrau?«, fragte er. »Hat sie ein Alibi?«

»Sie war zur Tatzeit bei ihren Eltern oder auf dem Heimweg. Behauptet sie zumindest. Wir müssen sie noch mal eingehend befragen«, sagte Kant.

»Das ist doch absurd«, sagte Lammers. »Warum sollte sie so einen Tathergang inszenieren?«

»Wenn es umgekehrt gewesen wäre, hättest du sofort den Mann verdächtigt«, verteidigte sich Rademacher.

»Das lässt sich ja auch statistisch untermauern.«

»Jetzt lassen wir die Geschlechterfrage mal außen vor«, sagte Kant. »Vielleicht sollte der Kollege Weber die Spurenlage zusammenfassen. Um mal ein bisschen Systematik reinzubringen.«

Weber massierte sich die Schläfen. Ein schlechtes Zeichen, dachte Kant, dass er sich nicht mal mehr Mühe gibt, seinen Kater zu verbergen.

»Reifenspuren. Wir konnten sie zurückverfolgen. Das Tatfahrzeug muss ungefähr fünfzig Meter vor dem Haus eine Weile lang gestanden haben. Mit warmem Motor. Dort ist der Schnee angeschmolzen. Ein Kleinwagen. Reifen in schlechtem Zustand. Zu wenig Profil.«

Er goss sich ein Glas Wasser ein und leerte es in einem Zug, während die anderen darauf warteten, dass er fortfuhr.

»An Spichers Armbanduhr haben wir Spuren von blauem Lack gefunden. Vielleicht von der Motorhaube oder vom Kotflügel. Die Kollegen vom Labor sehen sich das unter dem Mikroskop an. Mit etwas Glück können sie den Wagentyp feststellen.«

»Und Fußspuren?«, fragte Rademacher.

Weber schnaubte. »Alles zertrampelt. Vom Notarzt, von seinem Assistenten und den Kollegen von der Schupo.«

Ben Dörfner zeigte Lammers irgendetwas auf seinem Laptop. Sie verdrehte die Augen, konnte sich ein Lächeln aber nicht verkneifen. Kant, dem die Vertrautheit zwischen den beiden schon lange auf die Nerven ging, sprach Dörfner an.

»Irgendwelche produktiven Vorschläge? Oder hast du den Täter schon im Internet ermittelt?«

»Ich habe mir die Gegend nur mal auf Google Maps angeguckt.« Schwungvoll klappte er den Laptop zu. »Da gibt es an jedem zweiten Haus eine Überwachungskamera. Würde mich nicht wundern, wenn die irgendwas auf der Straße gefilmt haben. Wir sollten uns die Aufnahmen von den Anwohnern besorgen.«

»Gar keine so schlechte Idee«, sagte Kant. »Aber glaub nicht, dass ich euch tagelang Filmchen gucken lasse. Ich besorge jemanden, der sich darum kümmert. Ihr beide geht zu diesem Anwalt, bei dem Spicher gearbeitet hat. Findet heraus, womit unser Opfer gerade beschäftigt war. Anton und ich fahren zu den Eltern raus. Die wohnen irgendwo am Ammersee.«

Rademacher nickte zufrieden. Im Gegensatz zu Kant liebte er das Landleben. Wenn es nach Gülle stank, lebte er erst richtig auf. Und Kant kannte ihn gut genug, um zu wissen, dass er auf ein Stück Schweinsbraten mit Knödeln und Rotkohl spekulierte.

»Was ist mit mir?«, fragte Weber.

»Versuch, was über das Tatfahrzeug rauszukriegen. Und sieh nach, ob es bei INPOL Einträge über Spicher gibt. Und wenn du dann noch Zeit hast, kannst du ja an der Obduktion teilnehmen.«

7

Sie fuhren mit dem Aufzug in den fünften Stock. Dörfner hinterließ Wasserflecke auf dem hellen Marmorboden, während er vor Lammers auf die Glastür zumarschierte. Sobald sie das Büro verlassen hatten, konnte er seine Energie kaum zügeln. Obwohl sie die Dienstältere war, musste er sich bei jeder Gelegenheit vordrängen. Als er vor eineinhalb Jahren bei ihnen angefangen hatte, hatte sie erst gedacht, es läge daran, dass sie eine Frau war, aber das stimmte nicht. Bei männlichen Kollegen verhielt er sich auch nicht anders. Es war einfach sein Wesen.

Er hob die Hand, um gegen die Scheibe zu hämmern, aber die Sekretärin, die unter einer Zehntausendwattlampe mit ihrem polierten Empfangspult um die Wette strahlte, hatte sie schon gesehen und drückte den Summer. Dörfner ging hinein, ohne stehen zu bleiben.

Lammers zückte unnötigerweise ihren Dienstausweis. Die Sekretärin kam schon um das Pult geschossen und nahm ihnen die Jacken ab. Sie führte sie durch einen weiteren Vorraum mit unbequem aussehenden Designerstühlen in Grünwalds Büro. Der Blick über die Innenstadt war atemberaubend.

Grünwald saß an seinem Schreibtisch und beschäftigte sich noch lang genug mit seinem Monitor, um zu demonstrieren, wie kostbar seine Zeit war. Als er aufstand, streckte Ben ihm die Hand entgegen, aber der Anwalt ignorierte ihn und begrüßte zuerst Lammers. Sie hatte nicht das Gefühl, dass ihn der Respekt vor dem anderen Geschlecht antrieb. Es war nur eine kleine Demütigung, damit Ben gleich wusste, wer hier das Alphamännchen war. Ben nahm es sportlich.

Grünwald lotste sie zu einem sechseckigen Konferenztisch am Fenster. Die Sekretärin huschte hinaus und kam sofort zurück, um ihnen auf einem silbernen Tablett Kaffee zu servieren.

Grünwald war ein knochiger Mann um die sechzig mit einem sauber getrimmten Schnurrbart. Sein Gesicht war schmal und von scharfen Falten durchzogen. Er kniff die Augen zusammen, als müsste er permanent in die tief stehende Sonne blicken. Vielleicht hatte er zu viel Zeit auf seinem Segelboot verbracht. Lammers konnte sein Rasierwasser riechen, als er sich mit steifen Bewegungen zu ihnen setzte und abwartete, was sie zu sagen hatten. Sie ekelte sich davor.

»Hübsches Büro«, begann sie.

Grünwald antwortete mit einem leichten, ungeduldigen Trommeln seiner Fingerspitzen auf dem Holztisch.

»Sie wissen, warum wir hier sind?« Dörfner hielt es ungefähr rei Sekunden lang auf seinem Stuhl aus, bevor er aufstand und zum Fenster ging.

»Seit Ewigkeiten habe ich mal ein paar Tage frei. Ich bin extra in die Stadt gefahren. Ich habe keine Lust auf Ratespielchen.« Grünwald sprach leise und akzentuiert, wie ein Mann, der es gewohnt war, dass man ihm zuhörte.

»Ihr Juniorpartner hatte einen tödlichen Unfall«, sagte Lammers. »Jemand hat ihn überfahren.«

Einen Moment lang wich die Solarienbräune aus Grünwalds Gesicht. Er zwinkerte ein paarmal, dann hatte er sich wieder gefangen. »Mein Gott. Das ist ja schrecklich.«

»Sieht ganz so aus, als wäre es Absicht gewesen«, sagte Dörfner vom Fenster aus.

»Wer sollte denn so was tun?«

»Wir dachten, Sie hätten vielleicht eine Idee«, sagte Dörfner.

»Als Anwalt hat man ja nicht nur Freunde.«

»Hören Sie, wir sind keine Strafverteidiger. Unsere Kundschaft ist nicht kriminell. Das sind alles gut gestellte Persönlichkeiten.«

»Ach so«, sagte Dörfner. »Dann kann es ja von denen keiner gewesen sein.«

Grünwald warf ihm einen wütenden Blick zu, aber Dörfner beachtete ihn nicht. Stattdessen begann er, im Büro umherzulaufen und sich die Buchrücken in den Regalen anzusehen, obwohl er sich, wie Lammers genau wusste, nicht im Geringsten für Bücher interessierte.

»Waren Sie mit Herrn Spicher befreundet?«, fragte sie.

»Das wäre übertrieben. Wir haben uns gegenseitig respektiert und sehr gut zusammengearbeitet. Das ist schon eine ganze Menge bei zwei Menschen, denen ihr Beruf das Wichtigste ist. Vielleicht ist es sogar mehr als Freundschaft.«

»Das klingt, als hätte er sein Privatleben vernachlässigt.«

Grünwald lehnte sich zurück und verschränkte die Arme.

»Dazu kann ich nichts sagen. Natürlich ist das kein Nine-to-five-Job hier. Aber soweit ich weiß, war er glücklich verheiratet.«

»Kennen Sie seine Frau?«

»Ich bin ihr zwei- oder dreimal beggnet. Bei Firmenfesten.«

»Wann war Herr Spicher zuletzt hier in der Kanzlei?«

»Am 23. Wir haben über die Feiertage geschlossen.«

»Seine Frau hat ausgesagt, er wäre gestern Abend hier gewesen.«

»Schon möglich. Er kann schließlich kommen und gehen, wann er will.«

Lammers erinnerte sich, über der Eingangstür einen Bewegungsmelder gesehen zu haben.

»Gibt es eine Alarmanlage?«, fragte sie.

Grünwald nickte. »Man muss einen Zahlencode eingeben, um sie auszuschalten.«

»Manche Alarmeinrichtungen speichern die Zeiten, zu denen sie aus- und eingeschaltet werden. Ich möchte Sie bitten, das zu überprüfen.«

»Ich werde unseren Haustechniker beauftragen.«

Lammers machte sich eine Notiz.

»Woran hat Herr Spicher denn gerade gearbeitet?«, fragte Dörfner hinter Grünwalds Rücken.

»Das dürfte für Ihre Ermittlungen kaum von Interesse sein. Wie gesagt, unsere Mandanten …«

»Was von Interesse ist und was nicht, entscheiden wir«, sagte Dörfner. »Irgendjemand muss einen Grund gehabt haben, ihm die Kehle zuzudrücken.«

»Ich dachte, er wurde überfahren«, entgegnete Grünwald kalt.

Jemand wie er lässt sich nicht so leicht aus dem Konzept bringen, dachte Lammers. »Beides nacheinander. Wir wissen von Frau Spicher, dass er mit einer Grundstücksangelegenheit befasst war.«

Grünwald blickte an ihr vorbei aus dem Fenster. Lammers fiel auf, dass man von seinem Büro aus die Kuppel des Justizpalastes sehen konnte. Sie fragte sich, wie viel Miete er hier wohl zahlte. Und wieso sie eigentlich ihr Jurastudium abgebrochen hatte und zur Polizei gegangen war.

»Also gut«, sagte Grünwald schließlich. »Herr Spicher hat sich da in etwas verrannt. Es geht um eine Angelegenheit in seinem Heimatort, möglicherweise sind da auch persönliche Motive im Spiel. Er vertritt einen Mandanten, der gegen den Bebauungsplan der Gemeinde klagt. Die Sache zieht sich nun schon viel zu lang hin und ist nicht gerade lukrativ für die Kanzlei. Außerdem ist unser Fachgebiet Urheber- und Medienrecht, nicht Baurecht.«

»Wie heißt der Mandant?«, fragte Lammers.

»Das ist vertraulich.«

Dörfner setzte sich mit einer Backe auf Grünwalds Mahagonischreibtisch. Der Anwalt verzog das Gesicht, als hätte er plötzlich stechende Zahnschmerzen. »Herr Spicher war Ihr Juniorpartner?«

»Ja.«

»Wie funktioniert denn so was? War er in irgendeiner Form finanziell an der Kanzlei beteiligt?«, fragte Dörfner weiter.

»Vor zwei Jahren ist er mit einer größeren Summe in die Kanzlei eingestiegen, das war eine meiner Bedingungen für unsere Zusammenarbeit. Wir haben eine notarielle Vereinbarung getroffen, die besagt, dass im Todesfall eines Inhabers das gesamte Geld in der Kanzlei verbleibt. Eigentlich hätte er davon profitieren sollen. Ich habe keine Angehörigen mehr, deswegen war es mir egal.«

»Woher hatte Spicher das Geld, um in die Kanzlei einzusteigen?«

»Soweit ich weiß von seinen Eltern. Jedenfalls war es das, was Herr Spicher mir sagte.« Grünwald erhob sich. »Das Ganze ist ein ziemlicher Schock für mich. Ich wollte eigentlich gerade mit meiner Freundin in den Skiurlaub fahren, aber jetzt muss ich hier alles umorganisieren. Wenn Sie noch weitere Fragen haben, können wir gerne einen Termin vereinbaren. Vielleicht im neuen Jahr?«

»Natürlich«, sagte Dörfner. »Wir wollen Ihnen ja keine Unannehmlichkeiten bereiten. Aber können wir uns noch kurz Spichers Büro ansehen?«

»Wenn Sie die Akten und den PC außen vor lassen, habe ich nichts dagegen.«

Grünwald ging zum Schreibtisch und drückte einen Knopf. Fast im selben Moment öffnete sich die Tür, und die Sekretärin kam herein. Lammers fragte sich, ob sie gelauscht hatte.

»Brigitte, führen Sie die Herrschaften doch bitte in Herrn Spichers Büro. Danach können Sie dann nach Hause gehen.«

Lammers folgte der Sekretärin in den Flur. Grünwald wollte die Tür hinter ihnen schließen, aber Dörfner war noch nicht fertig. »Was für einen Wagen fahren Sie eigentlich, Herr Grünwald?«

Bestimmt keinen Kleinwagen mit abgefahrenen Reifen, dachte Lammers, das ist doch nur ein Weitpisswettbewerb. Grünwald legte den Kopf schief, als hätte er die Frage nicht richtig verstanden. Dann grinste er.

»Gar keinen, ich fahre Taxi. Warum sollte ich meine Zeit mit so etwas Geistlosem wie Auto fahren verschwenden?«

8

Eine kurvige Straße führte nach Süden aus dem Dorf heraus, vorbei am Tennisplatz, und endete in einem kleinen Wendehammer. Neben der Viehweide und dem Stall drückte sich ein langes schmales Wohnhaus an den Hügel, als könnte es sich dort verstecken und so vom Unglück der Welt verschont bleiben. Hinter dem niedrigen Giebel ragten die Wipfel des Fichtenwaldes auf. Die Fassade konnte einen neuen Anstrich gebrauchen, und im Vorgarten, der von Brombeersträuchern überwuchert war, rosteten die Gartenmöbel vor sich hin.

Kant und Rademacher lauschten in die Stille, die auf den schrillen Klingelton folgte. Es dauerte ein paar Minuten, bis Herr Spicher die Tür öffnete. Er schleppte sich auf Krücken vor ihnen ins Wohnzimmer, wo sie von dunklen Polstermöbeln, einer Armee von Porzellanfiguren auf der Fensterbank und einer grob geschnitzten Christusfigur an der Wand empfangen wurden.

Frau Spicher kam mit einem Teller Spritzgebäck aus der Küche. Sie holte einen hölzernen Schemel aus einer Ecke und setzte sich zu ihnen an den Couchtisch. Ihre Haut war bleich, fast durchsichtig, als hätte sie seit Ewigkeiten nicht mehr das Haus verlassen, und ihre Augen waren vom Weinen gerötet.

»Ich versteh das alles nicht«, sagte Herr Spicher. »Warum sollte ihn denn jemand umbringen? Er hat doch keinem was getan.«

»Das wissen wir nicht.« Kant tastete nach seinem Tabak, ließ ihn aber, wo er war. »Deshalb versuchen wir, uns ein besseres Bild von Ihrem Sohn zu machen.«

»Er war gestern noch hier«, sagte Frau Spicher. »Hat da gesessen, wo Sie jetzt sitzen. Und jetzt soll er auf einmal tot sein?«

Sie schlug sich die Hände vors Gesicht. Ihr Mann sah sie hilflos an. Kant wartete ab. Manchmal musste man die Stille einfach ertragen. »Können wir ihn denn noch mal sehen?«, fragte sie schließlich.

»Natürlich. Ich kümmere mich darum.«

Herr Spicher hob den Blick von seinen breiten, schwieligen Händen. »Was wollen Sie denn wissen?«

»Wann ist er gestern hier aufgebrochen?«

»Nach dem Kaffeetrinken«, sagte Frau Spicher. »Um halb sechs ungefähr. Eigentlich dachte ich, er bleibt zum Abendessen. Ich habe doch extra Gans gemacht. Aber dann musste er plötzlich los. In die Kanzlei, glaub ich.«

Ihr Mann nickte. »Ja, er musste irgendwas holen. Nicht mal Weihnachten konnte er den lieben Gott einen guten Mann sein lassen.«

»Wissen Sie, was er holen wollte?«, fragte Rademacher.

»Nein. Er hat nie mit uns über die Arbeit gesprochen.«

»Ist irgendwas Besonderes vorgefallen, als er hier war? Hat er sich ungewöhnlich verhalten?«, fragte Kant.

»Er hat nur ein Stück Kuchen gegessen«, sagte Frau Spicher. »Und, wie gesagt, normalerweise bleibt er zum Abendessen.«

»Er hat zweimal mit dem Handy telefoniert«, sagte ihr Mann.

»War das außergewöhnlich?«

»Eigentlich nicht. Er hat ja andauernd das Ding in der Hand gehabt. Aber beide Male ist er nach draußen in den Garten gegangen, obwohl es geschneit hat.«

»Sie wissen also nicht, mit wem er gesprochen hat?«

»Nein.«

Kant nahm sich vor, das so bald wie möglich überprüfen zu lassen. Das Handy befand sich zusammen mit Benedikt Spichers übrigen persönlichen Gegenständen in der Kriminaltechnik.

»Irgendwie war er nervös«, sagte Frau Spicher. »Ich habe ihn gefragt, was los ist, aber er hat gesagt, es wäre alles in Ordnung. Da habe ich gedacht, es gäbe vielleicht Probleme mit Sonja, und ihn in Ruhe gelassen. Das geht mich ja auch nichts an.«

»Gab es denn öfter Probleme zwischen den beiden?«, fragte Kant. Aus dem Augenwinkel sah er, wie Rademacher vorsichtig ein Plätzchen von dem Teller nahm und ein Stück abbiss.

»Darüber haben wir nie gesprochen.«

»Und Ihre Schwiegertochter hat lieber bei ihren eigenen Eltern Weihnachten gefeiert?«, fragte Rademacher. Kant bewunderte ihn für seine Fähigkeit, so naiv und harmlos aufzutreten.

»Einmal war sie Weihnachten hier«, sagte Herr Spicher. Seine Frau rutschte auf ihrem Schemel herum, als wäre ihr das Thema unangenehm. »Aber im Winter ist es ihr zu kalt hier, und im Sommer gibt es zu viele Fliegen. Sie trinkt lieber Latte macchiato, oder wie das heißt, als Filterkaffee. Der Kuchen war ihr immer zu fettig und ...«

»Das reicht, Heinz.«

»Sie verstehen sich also nicht besonders gut«, sagte Kant.

»Das kommt vor.«

»Sie schaut auf uns herab«, sagte Herr Spicher.

»Was ist eigentlich mit Ihren Beinen?«, fragte Rademacher zwischen zwei Plätzchen.

»Er ist gefallen«, antwortete seine Frau für ihn. »Auf die Hüfte. Ein blöder Unfall.«

»Unfall ist gut«, sagte Herr Spicher. »Wenn der alte Horn nicht seinen Hund auf mich gehetzt hätte, wär das alles nicht passiert.«

»Das tut jetzt wirklich nichts zur Sache, Heinz. Es geht doch um unseren Sohn.«

»Wer ist denn der alte Horn?«

»Der kommt aus Rumänien oder so. Und hat sich mit seiner Familie hier breitgemacht«, sagte Herr Spicher.

»Das ist schon dreißig Jahre her. Außerdem sind das Deutsche. Die hatten es auch nicht leicht.«

»Ja, ja.« Mit einer hilflosen Geste ließ Herr Spicher die Hände in den Schoß fallen. »Ist ja auch egal. Jedenfalls sitze ich hier rum und kann nichts mehr machen. Aber als kleiner Landwirt verdient man ja sowieso nichts.«

»Haben Sie die Plätzchen eigentlich selbst gebacken?«, fragte Rademacher. »Die sind wirklich prima. Vielleicht können Sie mir das Rezept für meine Frau geben.«

Frau Spicher nickte. »Wir wollten immer, dass es der Benedikt mal besser hat. Das hat doch keine Zukunft hier.«

»Das ist Ihnen auch gelungen«, sagte Kant.

»Er war immer was Besonderes, als Kind schon. Die anderen haben Fußball gespielt, aber er hat lieber gelesen. In der Schule gehörte er immer zu den Besten.« Zum ersten Mal leuchtete in ihren Augen eine Spur von Leben auf.

»Wann ist er denn in die Stadt gezogen?«, fragte Kant.

Frau Spicher überlegte. »Mit neunzehn, glaube ich. Als er das Studium angefangen hat.«

»Und hatte er noch Freunde hier aus dem Dorf?«

»Ich glaub nicht. Er war ja mehr so ein Einzelgänger. Der Georg, der Sohn vom Bürgermeister, das war sein einziger richtiger Freund. Aber der ist auch schon tot.«

»Selber schuld«, mischte sich ihr Mann ein. »Hätte er halt die Finger vom Rauschgift lassen sollen.«

Frau Spicher schüttelte den Kopf. »Ein armer Junge war das.«

Rademacher sah von dem Teller mit dem letzten Plätzchen auf, das er seit einer Weile fixierte. »Hat Ihr Sohn denn auch ein Drogenproblem gehabt?«

»Um Gottes willen«, sagte Frau Spicher. »Der Benedikt hat noch nicht mal Bier getrunken.« Sie dachte eine Weile nach. »Ich glaub, als er in die Stadt gezogen ist, da wollte er das alles hier hinter sich lassen.«

»Wegen der Sonja«, sagte ihr Mann.

»Ach, die hat er doch erst später kennengelernt.«

»Wissen Sie vielleicht von irgendwelchen weiblichen Bekannten?«, fragte Rademacher.

»Sie wollen wissen, ob er fremdgegangen ist?«, fragte Herr Spicher. »Bestimmt nicht. Das passt nicht zu ihm. Ich hab mir ja früher eher in die andere Richtung Sorgen gemacht. Sie wissen schon. Er hatte es nicht so mit Mädchen.«

»Red nicht so über ihn«, sagte seine Frau. »Das stimmt ja auch gar nicht. Er war doch eine Zeit lang in die Monika verliebt oder wie die hieß.«

»Hatte er noch Kontakt zu ihr?«, fragte Kant.

»Ach was«, sagte Herr Spicher. »Das war nur so eine jugendliche Spinnerei. Außerdem hätte Sonja ihn kaltgemacht, wenn sie ihn mit einer anderen erwischt hätte.«

»Jetzt hör aber mal auf, Heinz. Sonst glauben die noch, du meinst, dass die Sonja …« Sie verstummte, als ihr Mann sie ansah.

»Glauben Sie das, Herr Spicher?«, fragte Kant.

»Das vielleicht nicht grad. Obwohl, man kann ja nie wissen.«

9

Ben Dörfner folgte dem Klappern der Absätze auf dem Parkettboden. Ein breiter heller Flur mit Topfpflanzen und abstrakten Bildern führte auf die andere Seite des Gebäudes zu Spichers Büro. Dörfner gab sich Mühe, nicht auf den wackelnden Hintern der Sekretärin zu sehen, denn Lammers hielt sich einen halben Schritt hinter ihm, und ihr entging selten etwas.

Spichers Büro war eine Nummer kleiner als Grünwalds, aber immer noch doppelt so groß wie das Zimmer, das er sich im Präsidium mit Lammers teilte. Auf dem Schreibtisch am Fenster lag kein einziges Staubkorn. Die Tastatur war millimetergenau an der Tischkante ausgerichtet und der Bleistift neben dem karierten Block so spitz, dass er als Mordwaffe hätte dienen können. Außer einem gerahmten Foto von Spichers Frau im Brautkleid gab es keine persönlichen Gegenstände.

»Wonach suchen Sie denn?«, fragte die Sekretärin, die an der Tür stehen geblieben war, um sie zu überwachen. Dörfner wusste es selbst nicht. Er beschloss, ihre Frage zu ignorieren.

»Haben Sie eng mit ihm zusammengearbeitet?«

Sie schlug die Augen nieder. »Das kann man so nicht sagen. Genauso wie mit den anderen.«

»Wie viele Anwälte gibt es denn in der Kanzlei?«, erkundigte sich Lammers.

»Außer dem Chef und Herrn Spicher noch drei.«

»Wie würden Sie Herrn Spicher beschreiben?«, fragte Dörfner.

»Kompetent. Fleißig. Pünktlich.«

»Ich meinte nicht seine beruflichen Qualifikationen.«

»Ach so. Weiß nicht. Er war immer sehr zurückhaltend. Aber nett.« Sie errötete ein wenig. »Was man nicht von allen hier sagen kann.«

Sofort fragte er sich, ob zwischen den beiden etwas gelaufen war. Sie war vermutlich zehn Jahre älter als Spicher und – auch wenn das Make-up die Falten an den Mundwinkeln nicht mehr verbergen konnte – noch immer eine attraktive Frau. Bei Grünwald hatte sie wahrscheinlich nicht viel zu lachen, da wäre es nur natürlich, wenn sie sich zu dem jungen Anwalt hingezogen fühlte. Auf den Fotos, die er von Spicher gesehen hatte, wirkte dieser wie ein Muttersöhnchen. Es hätte ihn nicht gewundert, wenn Spicher auf ältere Frauen stand.

»Wie lange arbeiten Sie denn schon hier?«, fragte er.

»Nächsten Monat sind es zehn Jahre. Ich gehöre sozusagen zum Inventar.« Sie lächelte traurig.

»Kennen Sie seine Frau?« Dörfner zeigte zum Foto auf dem Schreibtisch.

»Ich habe sie zwei- oder dreimal gesehen, als sie ihn hier abgeholt hat. Wieso?«

»Wir versuchen nur, uns ein Bild zu machen.«

Lammers, die schon eine Runde durchs Büro gedreht hatte, setzte sich auf die Fensterbank und sah demonstrativ auf die Uhr.

»Stand denn jemand von den Kollegen Herrn Spicher besonders nah? Oder hatte jemand Probleme mit ihm?«

»Hier steht niemand jemandem nah«, sagte die Sekretärin. »Außer sich selbst.«

»Das kann ich mir vorstellen. Vermutlich waren die Kollegen neidisch, weil Herr Spicher Juniorpartner geworden ist.«

»Darüber weiß ich nichts. Es interessiert mich auch nicht. Mein Leben spielt sich nach Feierabend ab.«

»Dann wollen wir Sie nicht länger aufhalten«, sagte Lammers. »Von uns aus können Sie gern nach Hause zu Ihrer Familie gehen.«

»Ich habe keine Familie. Nur eine Frau.«

So viel zu meiner Theorie, dachte Dörfner. Er wartete darauf, dass sie ging, aber die Sekretärin lehnte sich nur an den Türrahmen und beobachtete sie. Er meinte, eine Spur von Spott in ihrer Miene wahrzunehmen. Es wurde Zeit, etwas zu unternehmen.

»Könnte ich mal kurz telefonieren?«, fragte er.

»Hat die Polizei kein Geld für Diensthandys?«

Jetzt wurde sie auch noch frech. »Mein Handy ist in der Jacke, die Sie mir abgenommen haben.«

»Ach so. Na dann, bitte.« Sie zeigte auf das Telefon auf dem Schreibtisch.

Er hob den Hörer ab und zögerte.

»Mein Adressbuch mit den Nummern ist auch in meiner Jacke. Wären Sie so nett …«

Sie schien mit sich zu ringen, ob sie die beiden Polizisten in Spichers Büro allein lassen konnte. Dörfner schenkte ihr sein freundlichstes Lächeln. Er sah, wie Lammers die Augen verdrehte.

Die Sekretärin ging zu den Aktenschränken an der Wand und überprüfte mit einer flinken Handbewegung, ob sie abgeschlossen waren. »Bin gleich wieder da«, sagte sie.

Sobald sie im Flur verschwunden war, ging Dörfner um den Schreibtisch herum und zog an der mittleren Schublade.

»Warum flirtest du mit ihr?«, fragte Lammers. »Hast du nicht mitgekriegt, dass sie lesbisch ist?«

»Ich bin gegen jede Art von sexueller Diskriminierung.«

Die Schublade war nicht verschlossen. Zügig blätterte er die Papiere durch, die ungeordnet und lose übereinanderlagen und überwiegend privater Natur zu sein schienen.

Ein Mahnbrief von der Bibliothek, eine Rechnung aus der Autowerkstatt, verschiedene Quittungen, nichts Auffälliges. Zügig arbeitete er sich bis zum Boden der Schublade durch. Unter dem Papierstapel lagen ein paar Visitenkarten. Er hörte das Klackern der Absätze im Flur. Übertrieben laut. Als wollte die Sekretärin sie vorwarnen.

Hastig zog er eine schlichte schwarze Karte mit silberner Aufschrift heraus: *Nirwana*. Darunter stand nur eine Telefonnummer. Er sah zu Lammers. Sie schüttelte den Kopf. Er steckte die Karte trotzdem ein.

Kaum hatte er die Schublade geschlossen, kam auch schon die Sekretärin durch die Tür. »Sind Sie fertig geworden?«

Dörfner grinste. »Ich weiß nicht, wovon Sie reden.« Irgendwie gefiel ihm die Frau. Man konnte sich vorstellen, mit ihr in einer schicken Bar bis zum Morgengrauen Cocktails zu trinken und dann mit dem Kopf an ihrer Schulter einzuschlafen. Alles rein platonisch, natürlich.

Sie warf einen Blick in den Flur. »Tun Sie mir einen Gefallen, und sagen Sie meinem Chef nicht, dass ich Sie allein gelassen habe.« Sie warf ihm seinen Anorak zu.

Er zog das Notizbuch aus der Innentasche und blätterte darin. Dann ging er zum Telefon und drückte die Wahlwiederholungstaste. Ein Pizzaservice meldete sich. Er wartete einen Moment, bevor er auflegte.

»Keiner da«, sagte er.

10

Das rechtsmedizinische Institut befand sich in der Nußbaumstraße, nicht weit vom Sendlinger Tor. Es hatte einen prachtvollen Eingang mit hohen Säulen und breiten Steintreppen, die zu einem kleinen Platz führten. An der Seite gab es eine beschrankte Einfahrt, durch welche die Leichen über einen weniger prächtigen Innenhof und eine Tür aus gebürstetem Stahl in die Obduktionsräume gebracht wurden. Weber benutzte wie die meisten Leute, die in diesem Gebäude arbeiteten – Mediziner, Assistenten, Polizisten und Staatsanwälte –, den unauffälligen Nebeneingang auf der Rückseite. Statt den Aufzug zu nehmen, ging er durch das enge, nach starken Reinigungsmitteln riechende Treppenhaus eine Etage nach unten.

Im Flur blieb er neben den Plastikstühlen stehen und wartete auf Staatsanwalt Oldenburg. Sein Kopf fühlte sich leer an. Die Zunge lag wie ein vertrocknetes Stück Holz zwischen seinen Zähnen. Ich sollte mich wirklich pensionieren lassen, dachte er. Die paar Euro, die ich durch die Frührente verlieren würde, interessieren mich einen Dreck. Wofür brauche ich schon Geld?

Das Problem war, dass er nicht wusste, was er ohne seine Arbeit anfangen sollte. Seit Else gestorben war, lebte er in einem Vakuum. Er konnte einfach nicht allein zu Hause sitzen. Er konnte nicht schlafen. In letzter Zeit half selbst der Alkohol kaum noch.

Trotzdem war jetzt der Zeitpunkt für einen Schluck gekommen. Besser besoffen sein, als in Selbstmitleid zu ertrinken, dachte er. Er ging in die Toilette, schloss sich in der Kabine ein und holte eine Flasche aus der Innentasche seiner Jacke.

Zuerst hätte er sich beinahe übergeben, doch dann, nachdem er eine Minute lang die Stirn gegen die Wand über der Schüssel gedrückt hatte, ging es ihm allmählich besser. Er wusch sich die Hände und das Gesicht. Als er draußen im Vorraum den Staatsanwalt begrüßte, der gerade mit forschem Schritt durch die Tür kam, fühlte er sich schon fast wieder wie ein Mensch.

Trotzdem war er froh, als Grumann, der Gerichtsmediziner, sie hereinrief und es endlich losging. Ein Termin beim Urologen erfüllte ihn mit größerer Vorfreude.

Der Tote lag bereits auf dem Sektionstisch, die Instrumente auf einem Rollwagen daneben. Weber stellte sich in einiger Entfernung neben Oldenburg dicht an die gekachelte Wand, achtete jedoch darauf, sie nicht zu berühren. Soweit er wusste, war der Tod zwar keine ansteckende Krankheit, aber man konnte nicht vorsichtig genug sein.

Grumann schaltete sein Diktiergerät ein und begann mithilfe seines Assistenten, den Toten zu entkleiden.

»Leiche eines achtundzwanzigjährigen Mannes, identifiziert als Benedikt Spicher, Körpergröße 183 Zentimeter, Gewicht 74 Kilogramm, regelmäßiger Körperbau. Kaschmirpullover, weißes Hemd, dunkelgraue Anzughose, schwarze Halbschuhe aus Leder. Weißes Unterhemd, Unterhose, Socken.«

Während er sprach, verpackte er die Kleidungsstücke einzeln in sterile Plastiktüten, um sie für weitere Untersuchungen im kriminaltechnischen Institut bereitzustellen.

»Kleidung macht einen sauberen, gepflegten Eindruck. Weißlich gelbe Flecken an Unterhose, möglicherweise Sperma.«

Weber betrachtete den nackten toten Mann, dem nicht einmal ein letztes bisschen Würde gegönnt wurde. Er hatte die dünnen Arme und Beine eines Menschen, der sein Geld mit geistiger Arbeit verdiente, blass und nahezu unbehaart.

Grumann ging um den Sektionstisch herum und begann mit der Untersuchung des Kopfes. »Dichte Kopfbehaarung, deutliche Verletzung am Hinterkopf, leichte Blaufärbung der Gesichtshaut.« Er zog die Lider hoch und sah in die Augen. Anschließend leuchtete er in Nase, Ohren und Mund.

»Auffällige runde braune Flecken am Hals.« Oldenburg sah Weber an und nickte, als wäre die Sache für ihn damit klar.

Grumann widmete sich jetzt dem Rest des Körpers. Er entdeckte Prellungen im Rippenbereich und am linken Oberschenkel, die dem ersten Anschein nach durch den Unfall verursacht worden waren. Nachdem sie den Leichnam auf den Rücken gedreht hatten, dokumentierte er Totenflecke an den Oberschenkeln und im Nackenbereich. Unter den Fingernägeln fand er etwas, das er für getrocknetes Blut hielt, und entnahm eine Probe.

Weber ging hinaus, als Grumann das Seziermesser ansetzte, um mit einem Y-förmigen Schnitt von Schulter zu Schulter und hinab bis zum Schambein den Oberkörper aufzuschneiden. Als junger Kommissar hatte er geglaubt, diese Prozedur durchstehen zu müssen, aber jedes Mal war ihm übel geworden. Und die Zeiten, in denen er anderen etwas beweisen musste, waren lange vorbei. Es gab keinen Grund, sich damit zu quälen. Die Anwesenheit des Staatsanwalts genügte vollkommen.

Er wartete in dem engen Büro des Rechtsmediziners zwischen Bücherregalen, deren Inhalt sämtliche Grausamkeiten illustrierte, die einem menschlichen Körper widerfahren konnten. Er dachte darüber nach, wie jemand beschaffen sein musste, um mit ruhigen, sicheren Schnitten einen Menschen zu zerlegen wie ein Stück Vieh. Vielleicht musste man davon überzeugt sein, dass es sich nur um ein Gefäß handelte, dass die Seele sich schon anderswo befand. Weber war sich da nicht so sicher.

Er war noch in Gedanken versunken, als Grumann hereinkam, gefolgt von dem blassen Staatsanwalt.

»Einen Unfall können wir dann wohl definitiv ausschließen«, sagte Oldenburg.

Grumann setzte sich auf die Kante seines Schreibtischs.

»Der Meinung bin ich auch«, sagte er. »Die Verletzungen am Hinterkopf waren eindeutig nicht letal, bloß eine harmlose Platzwunde. Es gab auch keine inneren Blutungen, wie sie bei Autounfällen häufig zum Tod führen. Dafür hatte er Verletzungen am Kehlkopfgerüst, und das Zungenbein ist gebrochen. Kleine Unterblutungen am Hals. Er ist erwürgt worden, ohne jeden Zweifel.«

»Könnte das eine Frau getan haben?«, fragte Weber.

»Natürlich«, sagte Grumann. »Aus physiologischer Sicht kann es auch eine Frau gewesen sein. Ein bisschen Kraft braucht man natürlich schon, aber möglicherweise war das Opfer ja benommen von dem Aufprall. Wenn ich einen Tipp abgeben sollte, würde ich sagen, dass der Täter eine enge Beziehung zu seinem Opfer hatte. Erwürgen mit bloßen Händen ist immer etwas ziemlich Intimes.«

Auf solche Intimitäten kann ich verzichten, dachte Weber. »Was ist mit den Spuren unter den Fingernägeln?«

Grumann nahm seine Brille ab und begann, sie zu putzen.

»Könnte natürlich Blut vom Täter sein. Vielleicht hat das Opfer sich gewehrt und ihn gekratzt. Abwarten, was das Labor sagt.«

Er sah Weber aus wässrigen blauen Augen an. »Sie bekommen morgen meinen vollständigen Bericht.«

Weber ging an die frische Luft, um eine Zigarette zu rauchen. Oldenburg folgte ihm und schnorrte sich eine.

»Ist das Beste gegen den Geschmack im Mund«, sagte Oldenburg. Weber stimmte ihm zu.

Eine Weile standen sie einfach da, rauchten und beobachteten die Kinder, die auf der anderen Straßenseite in der Toreinfahrt Fangen spielten. Weber mochte Kinder. Er hätte selbst gern welche gehabt, aber dazu war es nicht gekommen. Trotzdem, wenn man so viel mit dem Tod zu tun hatte, tat es gut, hin und wieder zuzusehen, wie das Leben gedieh. Gleichzeitig musste er daran denken, wie verletzlich Kinder waren. Wahrscheinlich wäre ich kein guter Vater gewesen, dachte er. Ich hätte zu denen gehört, die ihr Kind vor allem beschützen wollen und ihm damit jede Freiheit nehmen.

»Habt ihr eine weibliche Verdächtige?«, erkundigte sich Oldenburg schließlich. »Oder wieso hast du vorhin gefragt?«

»Nein, ich will nur keine voreiligen Schlüsse ziehen.«

»Es kommt nicht besonders häufig vor, dass Frauen morden. Und dann noch auf diese Weise.«

»Tja, nichts ist, wie es mal war«, bemerkte Weber lakonisch.

»Wenn es eine Frau war, dann würde ich drauf wetten, dass sie vorher selbst zum Opfer wurde. Physisch oder psychisch. Woher sonst diese Wut? Vielleicht eine Freundin, die er ausgenutzt hat. Oder eine Prostituierte, die er misshandelt hat. In der Richtung würde ich an eurer Stelle ermitteln.«

»Ich richte es Kant aus, aber Sie wissen ja selber, wie er ist.«

Oldenburg trat die halb gerauchte Zigarette aus und erwiderte: »Klar. Na dann, rufen Sie mich doch einfach an, wenn es was Neues gibt.«

Er schien es plötzlich eilig zu haben. Auf dem Weg zu seinem Wagen rannte er fast.

11

Ein lautes Scheppern draußen auf der Straße ließ ihn zusammenzucken. Er hielt den Atem an und lauschte. Nur die Müllabfuhr.

Er lag auf seinem schmalen Bett und wartete darauf, dass die Polizei kam. Würden sie klingeln und sich unter einem Vorwand Zutritt zur Wohnung verschaffen? Keine Sorge, wir haben nur ein paar Routinefragen. Oder würden sie mit einer Ramme die Tür aufbrechen, damit ein Einsatzkommando die Wohnung stürmen konnte? Bei jedem Geräusch im Hausflur beschleunigte sich sein Herzschlag.

Das durfte nicht passieren. Nicht, weil er Angst vor der Strafe hatte. Sie konnten ihn ruhig vor den Richter zerren, da hätte er wenigstens Gelegenheit, sich zu rechtfertigen. Alle müssten ihm zuhören. Und das Gefängnis war ihm sowieso egal; er hatte sein ganzes Leben lang schon das Gefühl, eingesperrt zu sein.

Es durfte nicht passieren, weil er noch nicht fertig war.

Durch sein amateurhaftes Verhalten hatte er die gesamte Mission in Gefahr gebracht. Schon wieder. Er musste seine Gefühle besser unter Kontrolle bringen. Alles war wie geplant gelaufen, bis er die Beherrschung verloren hatte.

Über eine Woche lang hatte er seine Zielperson verfolgt. Er hatte die Frau des Mannes gesehen, das schöne Haus, in dem er wohnte, sein Auto, die Kanzlei. Es hatte ihm ein Gefühl von

Macht gegeben, ihn aus dem Verborgenen zu beobachten und zu wissen, jederzeit zuschlagen zu können.

Wenn der Mann gewusst hätte, dass er bald starb, hätte er vielleicht etwas anderes gemacht, als zur Arbeit zu fahren, den ganzen Tag in der Kanzlei zu sitzen, jeden zweiten Tag auf dem Heimweg bei Edeka einzukaufen, mit seiner Frau vor dem Fernseher zu hocken und um Viertel nach elf das Licht im Schlafzimmer zu löschen. Unfassbar, wie langweilig sein Leben war. Wenn man nicht wusste, was der Mann getan hatte, konnte man sich leicht durch die Fassade täuschen lassen. Er hatte ihn erst ein bisschen aufscheuchen müssen, damit seine dunkle Seite zum Vorschein kam.

Mit dem Feuerzeug, das er dem Junkie abgenommen hatte. Wie passend. Das Feuer war schon immer sein Freund gewesen. Er erinnerte sich an die brennenden Strohballen auf dem Feld, an qualmende Papierkörbe, an die Panik, die ausgebrochen war, als er den Geräteraum der Turnhalle in Brand gesetzt hatte. Es war ein schönes Gefühl. Mit einem einzigen Streichholz konnte man sich in Erinnerung bringen. Hallo, ich bin auch noch da. Ihr wisst nicht, wer ich bin, aber ich hinterlasse Spuren in der Welt. Seltsamerweise hatte er damit aufgehört, sobald er sich bei der Bundeswehr verpflichtet hatte. Irgendwie hatte es seinen Reiz verloren. Und bei seinem kurzen Einsatz in Afghanistan hatte er Schlimmeres gesehen als ein paar brennende Heuballen. Schlimmeres und Schöneres.

Das Feuerzeug mit den Initialen. Er hatte es in Spichers Briefkasten geworfen und abgewartet. Lange hatte es nicht gedauert, bis dieser die Nerven verlor. Er war Spicher gefolgt und hatte endlich die ganze Wahrheit erfahren. Danach war er wie im Rausch zu dem Haus gefahren, vor dem er schon so viele Tage und Nächte verbracht hatte.

Es sollte nur eine Probe sein. Er klebte den Infrarotempfänger zu und wartete. Natürlich hatte er ihn nicht mit diesem Auto überfahren wollen. Aber dann, als er die Straße überquerte und in den Laternenschein trat, hatte er ihn lächeln gesehen. Vielleicht zum ersten Mal, seit er ihn beobachtete. Er hatte es nicht länger ausgehalten.

Dann war die Alte mit ihrem beschissenen Gehwägelchen um die Ecke gekommen und hatte ihn angestarrt. Er wusste nicht, wie viel sie mitbekommen hatte. Ob sie begriffen hatte, was geschah. Ob sie sich womöglich sogar das Nummernschild gemerkt hatte. Oder das Auto beschreiben konnte, das nicht gerade unauffällig war. Sie hatte alles verdorben. Die Schönheit des Augenblicks zerstört. Den Blutfleck, der sich im Schnee ausbreitete, die zuckenden Augenlider, das Röcheln, das Aufflackern in seinem Gesicht, als er begriff, warum er sterben würde, das alles hatte er konservieren wollen wie seine Mutter früher Bluten in Gießharz, aber die Alte hatte es kaputt gemacht. Am liebsten hätte er sie auch gleich getötet.

Weil er in Panik geraten war, hatte er vergessen, das Klebeband vom Infrarotempfänger zu entfernen. Wenn die Polizei es entdeckte, würde sie wissen, dass es sich unmöglich um einen Unfall handeln konnte.

Heute hatte er sich verschiedene Zeitungen gekauft und den Lokalteil durchgeblättert. Überall war von einem Unfall mit Fahrerflucht die Rede. Er fragte sich, ob die Polizei wirklich so dumm war. Vielleicht hielt sie nur Informationen zurück, um ihn in Sicherheit zu wiegen. Vielleicht war das Haus schon umstellt.

Er stand auf und ging zum Fenster. Auf dem Spielplatz unten saßen drei Jugendliche und tranken Bier. Eine junge Frau, die einen Kinderwagen vorbeischob, rief ihnen etwas zu. Er sah, dass sie lachten. Ein Laster fuhr vorbei und spritzte Schneematsch gegen die parkenden Autos auf der anderen Straßenseite. Ein normaler grauer Tag, an dem die meisten Leute sich in ihren Wohnungen verkrochen.

Er beruhigte sich etwas. Wenn die Alte sich das Nummernschild gemerkt hätte, wären sie schon längst angerückt. Das Wichtigste war jetzt, Ruhe zu bewahren. Nicht wieder alles zu überstürzen. Er brauchte nur ein paar Tage Zeit, um sich auszuruhen und Vorbereitungen zu treffen. Dieses Mal würde es perfekt werden.

12

Kant hatte die Besprechung für sechzehn Uhr angesetzt, aber weil Rademacher sich beim Mittagessen in einer Dorfkneipe mit niedriger Decke und unfreundlicher Bedienung so viel Zeit gelassen hatte, mussten sie sich jetzt beeilen, um noch pünktlich zu kommen. Ein nervöser und aggressiver Verkehr drängte sich ins Zentrum, stockte, fuhr wieder an, wurde durch die Reste des gestrigen Schneefalls zusätzlich behindert. Rademacher hatte die Rückenlehne weit zurückgelegt und war eingeschlafen, sobald Kant losgefahren war. Sein Kopf kippte von einer Seite auf die andere, und Speichel tropfte aus seinem Mundwinkel in den Backenbart.

Während Kant mit der Routine eines Manns, der einen beachtlichen Teil seines Berufslebens am Steuer verbrachte, ruhig und zügig durch das Chaos steuerte, versuchte er, sich Spichers Kindheit vorzustellen, um die Zeit halbwegs sinnvoll zu nutzen. Ein ruhiger Junge mit wenigen Kontakten, der sich in die Welt der Bücher zurückgezogen hatte. Um vor etwas zu fliehen?

Seine Eltern hatten verbittert gewirkt. Besonders sein Vater. Kant hatte den Eindruck, dass sie schon vor dem Tod ihres Sohnes geglaubt hatten, die Welt hätte sich gegen sie verschworen. Aber vielleicht täuschte er sich auch. Jedenfalls gab es keinen Grund zu der Annahme, dass sie Benedikt nicht geliebt hatten oder dass er unter besonders belastenden Umständen aufgewachsen war. Wahrscheinlich konnte niemand sagen, warum er zum Außenseiter geworden war, aber eines stand fest: Einsamkeit war etwas, das man schwer loswurde.

Kant wusste, was Einsamkeit bedeutete. Er hatte sie als Kind erlebt, nachdem sein Vater seine Familie verlassen hatte und seine Mutter mit ihm in eine Hochhaussiedlung am anderen Ende der Stadt gezogen war, was nur der Beginn einer Odyssee durch eine scheinbar endlose Reihe von Zweizimmerwohnungen gewesen war. Im Erwachsenenalter hatte er die Einsamkeit dann erneut kennengelernt, als die Beziehung zu Konstanze in die Brüche gegangen war. Plötzlich hatte er sich allein in einer fremden Stadt wiedergefunden, in die er nur wegen Konstanze gezogen war. In den ersten Monaten hatte er kaum das Haus verlassen, weil er auf alles und jeden wütend gewesen war, dann aber hatte er angefangen, seine Umgebung zu erobern. In der Stadt war das natürlich einfacher als auf dem Land; hier fiel man unter den anderen Einsamen nicht weiter auf.

Spicher war zum Studieren nach München gekommen und hatte dort seine zukünftige Frau getroffen. Das musste jedoch nicht heißen, dass er seine Einsamkeit überwunden hatte. Man konnte auch zu zweit einsam sein. Waren die beiden glücklich gewesen? Kant bezweifelte es, aber das war nur ein Gefühl. Er würde bald noch einmal mit Frau Spicher reden, unter Umständen, die ihm weniger Zurückhaltung auferlegten.

Ein ausscherender Lieferwagen zwang ihn, hart auf die Bremse zu treten. Rademachers Kopf prallte gegen die Seitenscheibe.

»Kannst du nicht aufpassen«, sagte er mit verquollenen Augen. »Ich hab gerade geträumt, ich wär zu Hause und Mareike würde Pfannkuchen backen.«

Manchmal beneidete Kant seinen Kollegen. Auch wenn ihm die ewige Fresserei auf die Nerven ging.

In diesem Moment klingelte Kants Handy. Eine unbekannte Nummer. Er nahm den Anruf über die Freisprechanlage an.

»Papa?«

»Was ist passiert?«

»Nichts, alles okay.«

Seine Erleichterung war so groß, dass er sich gar nicht richtig über Frida ärgern konnte. Er versuchte es trotzdem.

»Wo warst du? Wir hatten halb zwölf abgemacht, und du bist die ganze Nacht weggeblieben. Ich muss mich auf dich verlassen können.«

»Bei Nico. Ich hab die letzte Bahn verpasst.«

Er sah, wie Rademacher auf dem Beifahrersitz die Augen verdrehte. Seine Kinder waren natürlich Musterschüler, die sich sonntags den Wecker stellten, um den Frühstückstisch zu decken, bevor ihre Eltern aufstanden.

»Warum hast du kein Taxi genommen?«

»Ich hatte kein Geld mehr.«

Hatte er ihr nicht dreißig Euro gegeben? Egal, das war eine sinnlose Diskussion. »Ruf mich beim nächsten Mal wenigstens an, okay?«

»Klar. Ich wollte dich nachts nicht stören. Und heute ...« Er hörte, wie jemand im Hintergrund lachte. »Ich bin gerade erst wach geworden.«

Er gab sich Mühe, streng zu klingen. »Aber heute Abend sehen wir uns zu Hause. Um Punkt acht.«

»Geht leider nicht. Heute muss ich zu Mama. Sie hat gerade angerufen und mich überredet, bei ihr zu übernachten. Wegen Freddy.«

Wer war das denn schon wieder? Nico, Freddy, er warf die ganzen albernen Namen immer durcheinander. Er wollte nicht fragen, aber sein Zögern hatte ihn schon verraten.

»Du weißt schon. Der Dackel. Mama sagt, sie hat ihn nur wegen mir geholt. Und jetzt muss ich mich drum kümmern, weil sie ausgehen will.«

»Dann eben morgen. Acht Uhr, verstanden?«

»Kochst du wieder was?«

Er hörte sie kichern. Offenbar beeindruckte sie sein autoritärer Ton nicht besonders. »Was ist das überhaupt für eine Nummer, von der du anrufst?«

»Mein neues Handy. Hat mir mein Papi zu Weihnachten geschenkt.«

»Ach so, ja. Also dann, bis morgen Abend.«

Er legte auf. Kein Wunder, dass er sie nicht hatte erreichen können, wenn er die alte Nummer wählte.

»Wie alt ist Frida noch mal?«, fragte Rademacher.

Kant verschaltete sich, als der stockende Verkehr endlich wieder anlief, und das Getriebe knirschte. »Was war denn auf deinen Pfannkuchen? Käse oder Speck?«

Rademacher zuckte mit den Achseln. »Okay, wenn du nicht darüber reden willst. Ich wollte nur helfen. Aber wie du meinst.«

Als sie ins Präsidium kamen, waren schon alle versammelt. Dörfner warf Darts auf die Scheibe, die er neben einem vergilbten Fahndungsplakat aufgehängt hatte. Die letzten RAF-Terroristen wirkten unbeeindruckt. Weber, der unter der Scheibe saß und den Kopf an die Wand lehnte, ebenfalls. Kant fragte sich, ob er so großes Vertrauen in Dörfners Geschick hatte oder ob ihm mittlerweile alles egal war. Lammers fing seinen Blick auf und verdrehte die Augen.

»Was machst du eigentlich Silvester, Chef?«, fragte Dörfner und warf lässig aus dem Handgelenk seinen letzten Pfeil. Er prallte von dem Drahtgitter ab und landete neben Weber auf dem Aktenschrank.

»Weiß ich noch nicht.«

»Mein Bruder, der hat doch diesen Laden, da kommen jede Menge Promis.«

»Was für einen Laden?«

»Na, einen Laden eben, einen Club, eine Disco oder wie man das in der Nachkriegszeit genannt hat. Jedenfalls bin ich eingeladen, und ich dachte mir, wir könnten ja alle zusammen, sozusagen als Teambuilding-Maßnahme ...«

»Mal sehen«, unterbrach Kant ihn. Er war kein großer Freund von Partys, und schon bei dem Wort »Teambuilding-Maßnahme« bekam er Brechreiz. Außerdem musste er sich um Frida kümmern. Er hatte sowieso schon ein schlechtes Gewissen, weil der neue Fall ihn so stark in Anspruch nahm.

»Also, wer fängt an?«

Lammers sprang auf, ehe ihr jemand zuvorkommen konnte. Sie lieferte ihnen eine Zusammenfassung ihres Gesprächs mit Grünwald. »Glaubst du, dass an der Grundstückssache was dran sein könnte?«, fragte sie, als sie fertig war.

»Schon möglich. Da könnte es um eine Menge Geld gehen, so wie die Preise im Umland explodiert sind. Wir müssen rausfinden, für wen Spicher gearbeitet hat und worum es da genau ging.«

»Da ist noch was. In der Kanzlei gibt es eine Alarmanlage. Vor einer Viertelstunde hat sich der Haustechniker bei mir gemeldet. Er hat den Speicher der Anlage ausgelesen. Sie wurde gestern den ganzen Tag über nicht deaktiviert. Es kann also unmöglich jemand in der Kanzlei gewesen sein.«

»Interessant«, sagte Kant. Spicher hatte also seine Frau und seine Eltern belogen. Oder er wollte tatsächlich zur Kanzlei, aber unterwegs ereignete sich etwas, das ihn seine Pläne ändern ließ und dazu führte, dass er jetzt in einer Stahlschublade lag. Wenn sie herausfanden, wo er wirklich gewesen war, könnte sie das einen großen Schritt weiterbringen.

»Habt ihr schon das Handy ausgewertet?«

Rademacher blätterte in seinen Unterlagen. »Nur die Telefondaten. Er hat gegen 16:30 Uhr eine Nummer angerufen, die wir noch nicht zugeordnet haben. Danach hat er mit seiner Frau telefoniert. Bewegungsprofil dauert noch.«

»Sag mal die Nummer«, verlangte Dörfner.

Rademacher setzte die Lesebrille auf, die an einer Schnur an seinem Hals hing, und warf ihm über die Gläser einen missmutigen Blick zu. Als er die Nummer vorlas, schlug Dörfner mit der flachen Hand auf den Tisch. »Treffer. Die Nummer gehört zu Nirwana.«

»Was?«, sagte Rademacher. »Kann man da anrufen?«

»Woher kennst du die Nummer?«, fragte Kant. »Und wer oder was soll Nirwana sein? Ich nehme an, du redest nicht von Kurt Cobain.«

»Ich habe zufällig was in Spichers Schreibtisch gefunden.« Dörfner wedelte mit einer schwarzen Visitenkarte.

»Ihr habt sein Büro durchsucht? Hat Grünwald das zugelassen?«

»Durchsucht ist übertrieben. Wir haben uns ein bisschen umgesehen. Die Schublade stand mehr oder weniger offen.« Dörfner sah zu Lammers. Sie sagte nichts, sondern kniff nur die Lippen zusammen.

»Jedenfalls ist mir die Karte gleich verdächtig vorgekommen. Ich habe vorhin da angerufen. Es hat sich eine Frau Werner gemeldet. Sie wollte mir aber nicht sagen, was für ein Verein das ist. Als ich gesagt habe, dass ich Polizist bin, hat sie aufgelegt. Ich hab einfach eine Rückwärtssuche durchgeführt. Der

Anschluss ist eingetragen auf T. Werner. Sielstraße 11.« Er gab sich keine Mühe, seinen Triumph zu verbergen.

Kant sah Rademacher an.

»Illegale Beweismittelbeschaffung«, sagte Rademacher.

»Wenn ihr eine halbe Stunde gewartet hättet, hätte ich euch den Namen auch so gesagt. Außerdem muss das ja nichts zu bedeuten haben.«

»Manche Leute haben eben null Fantasie«, sagte Dörfner, ohne seinen Kollegen anzusehen.

In dem Punkt kann man ihm nicht widersprechen, dachte Kant. Und es war gut, Vertreter beider Sorten im Team zu haben, wenn es einem gelang, ein konstruktives Gleichgewicht aufrechtzuerhalten. »Okay. Wir sammeln erst mal alles, was wir haben. Gibt's noch was Neues von der Spurensicherung?«

Weber tauchte aus seinem Wachkoma auf und teilte der Runde die vorläufigen Ergebnisse der Obduktion mit.

»Klar ist, Spicher muss in den letzten Stunden vor seinem Ableben Sex gehabt haben. Entweder mit seiner Frau oder mit einem anderen Partner oder auch mit sich selbst.«

»Besser als nichts«, sagte Dörfner.

»Wenn man genug Fantasie hat«, meinte Rademacher. Lammers lachte.

Kant würde Frau Spicher danach fragen müssen. Er freute sich nicht gerade darauf. Wenn sie in Mordfällen ermittelten, kamen oft Geheimnisse zutage, die den Angehörigen einen weiteren Schlag versetzten.

Weber griff in seine Aktentasche, holte einen Schnellhefter heraus und knallte ihn überraschend schwungvoll auf den Tisch. »Jetzt mal was Konkretes. Die Kollegen haben sich die Lackspuren an Spichers Armbanduhr unter dem

Elektronenmikroskop angesehen. Diese spezielle blaue Farbe wurde nur bei dem Opel-Modell Kadett E verwendet, und auch da nur bei einigen Jahrgängen. Insgesamt sind in Deutschland noch circa 10.800 Kadett zugelassen.«

»Das schaffst du vor der Pensionierung nicht mehr«, sagte Dörfner.

»Schnauze«, sagte Weber. »Ich war noch nicht fertig. Das Straßenverkehrsamt hat mir eine Liste gemailt. Aus den Jahrgängen, die für uns infrage kommen, sind im Umkreis von fünfzig Kilometern nur dreiundachtzig Fahrzeuge angemeldet. Das würdest selbst du bis zu deiner Pensionierung schaffen.«

»Sehr gut, Weber«, sagte Kant. Weber zog die Mundwinkel hoch und ließ sie gleich wieder fallen, damit niemand auf die Idee kam, er ließe sich durch Komplimente aufheitern.

»Glaubt bloß nicht, dass ich das allein mache.«

Kant dachte kurz nach, ehe er sich Dörfner zuwandte.

Dörfner winkte hektisch ab. »Ich muss mich um die Sekte kümmern oder was das ist. Um T. Werner. Das ist meine Spur.«

»Die du mit illegalen Mitteln erlangt hast.«

»Warum denn immer ich?«

»Ganz einfach. Weil du der Frischling bist. Und jetzt stellt euch nicht so an. Ihr beide kommt bestimmt prima klar. Außerdem sorge ich dafür, dass ihr noch zwei Uniformierte zur Seite bekommt.«

»Auch das noch«, sagte Weber.

Kant stand auf. »Okay, gibt es noch irgendwelche Fragen oder Anmerkungen? Sonst machen wir für heute Feierabend.«

Rademacher räusperte sich. »Du hast ja nicht vergessen, dass ich morgen freihabe, oder?«

»Nein«, log Kant. »Was war noch mal der Grund?«

»Anna-Lena hat Geburtstag.«

Wenn er sich nicht täuschte, war das seine jüngste Tochter. Aber wer sollte da noch durchblicken? Die Rademachers waren mittlerweile zu siebt. Und er kam nicht mal mit einem Kind klar.

»Na dann, richte ihr meinen Glückwunsch aus.«

»Mach ich. Aber ich glaub nicht, dass sie es zu schätzen weiß. Sie wird eins.«

13

Kant hatte Frau Spicher gebeten, um neun ins Präsidium zu kommen. Er wollte sie nicht wieder in ihrem Haus befragen, wo der Tod ihres Manns so allgegenwärtig war, dass jedes Wort ein anderes Gewicht bekam. Selbst im neutralen Grau des Befragungszimmers war es unangenehm genug, eine Frau, die gerade ihren Mann verloren hatte, auf Widersprüche und Unstimmigkeiten hinzuweisen.

Um fünf vor neun stand sie vor seiner Bürotür. Sie trug ein dunkelblaues Business-Kostüm und Make-up, als wäre sie auf dem Weg zur Arbeit. Ihr Atem roch nach Pfefferminze. Sie war keine Frau, die sich hängen ließ.

Trockene Heizungsluft schlug ihnen entgegen, als Kant die Tür zum Befragungszimmer öffnete. Mit kühlem Blick betrachtete Frau Spicher die billigen Möbel, bevor sie Platz nahm. »Können wir das Fenster aufmachen?«

»Natürlich.« Das Fenster war nur eine Luke zu einem Lichtschacht. Der Befragte sollte nicht die Möglichkeit haben, den Blick auf etwas anderes als sein Gegenüber oder die nackten Wände zu richten, um jede Ablenkung auszuschalten. »Haben Sie etwas dagegen, wenn ich unser Gespräch aufzeichne? Dann können wir uns in Ruhe unterhalten, ohne dass jemand protokollieren muss.«

»Bitte. Wie Sie meinen.«

Kant startete die Aufnahme.

»Schildern Sie doch noch mal den Ablauf des 26. Dezember.«

»Wir sind spät aufgestanden und haben lange am Frühstückstisch gesessen. Mein Mann hat gern die *Süddeutsche* von Anfang bis Ende gelesen. Gegen vierzehn Uhr haben wir zusammen das Haus verlassen. Er ist mit dem Auto zu seinen Eltern nach Schelfing gefahren und ich mit der Tram zu meiner Mutter. Sie wohnt in Haidhausen. Wir haben Kaffee getrunken und uns unterhalten. Um halb fünf ungefähr hat Benedikt angerufen und gesagt, er würde noch eine Stunde bei seinen Eltern bleiben und müsste danach in der Kanzlei vorbei. Ich habe dann noch mit meiner Mutter zu Abend gegessen. Gegen Viertel vor acht bin ich mit dem Taxi nach Hause gefahren.«

Bisher hatte sie konzentriert und flüssig den Ablauf geschildert, aber jetzt geriet sie zum ersten Mal ins Stocken. Kant wartete, bis sie weiterredete.

»Als ich ankam, war alles abgesperrt.« Sie schluckte. »Eine Polizistin hat mich ins Haus gebracht und mir gesagt, dass Benedikt tot ist.«

»Wo hat das Taxi gehalten? Direkt vor dem Haus?«

»Nein. Ich bin an der Ecke zur Menzinger Straße ausgestiegen.«

»Warum?«

»Ich wollte noch ein bisschen frische Luft schnappen. Meine Mutter dreht die Heizung immer bis zum Anschlag auf.«

»Wie haben Sie das Taxi gerufen? Vom Telefon Ihrer Mutter aus oder mit Ihrem Handy?«

Sie warf ihm einen irritierten Blick zu.

»Wir brauchen nachprüfbare Zeitabläufe für alle Beteiligten«, sagte Kant.

»Ich habe nicht angerufen. Ich bin auf die Straße gegangen und habe ein Taxi angehalten.«

»War das nicht schwierig? Am zweiten Feiertag?«

»Ich hatte Glück. Es kam gleich eins.«

»Haben Sie selbst einen Führerschein?«, fragte Kant.

»Ja, aber ich fahre nur selten.«

»Als Sie mit Ihrem Mann telefoniert haben, hat er da gesagt, was er in der Kanzlei wollte?«

»Das habe ich Ihnen doch schon gesagt. Er wollte eine Akte holen.«

»Hat er sonst noch was gesagt?«

»Nein.«

»Wirkte er nervös? Oder aufgebracht?«

Sie überlegte kurz. »Mir ist nichts aufgefallen, aber wir haben auch nur eine halbe Minute telefoniert.«

»Hatte Ihr Mann eine Tasche dabei, als er zu seinen Eltern fuhr?«

»Ja. Seine Aktentasche. Er hat immer seine Aktentasche mitgenommen, egal wohin er ging. Das war so eine Marotte von ihm. Ich habe mich immer darüber lustig gemacht.«

»Wir haben die Tasche gefunden. Es war aber keine Akte darin.«

Frau Spicher ließ den Blick durch den Raum schweifen, aber die nackten Wände boten ihm keinen Halt. »Das verstehe ich nicht. Vielleicht wurde sie gestohlen. Von demjenigen, der ihn überfahren hat.«

»Ihr Mann war nicht in der Kanzlei«, sagte Kant.

»Woher wollen Sie das wissen?«

Kant ignorierte ihre Frage. »Hatten Sie das Gefühl, dass Ihr Mann Geheimnisse vor Ihnen hatte?«

Frau Spicher presste die Lippen zusammen, sodass alle Farbe aus ihnen wich.

»Nein, das glaube ich nicht.«

»Wann hatten Sie zuletzt Geschlechtsverkehr?«

»Mein Gott, was soll das?«

Sie schlug die Hände vors Gesicht, und Kant dachte schon, sie hätte angefangen zu weinen. Doch als sie ihn wieder ansah, waren ihre Augen nicht feucht, sondern klein und hart.

»Ich will, dass Sie seinen Mörder finden. Und ich hoffe, Sie haben einen guten Grund für diese Fragen.«

»Allerdings«, sagte Kant.

»Wir haben nicht oft miteinander geschlafen in letzter Zeit. Früher schon, aber seit ungefähr einem Jahr hat er sich in dieser Hinsicht zurückgezogen. Verstehen Sie mich nicht falsch. Wir haben uns geliebt. Sex ist schließlich nicht das Wichtigste im Leben.«

Nein, dachte Kant, für viele Leute nicht so wichtig wie Macht und Geld und Sicherheit, aber immer noch wichtig genug, um jemanden deswegen umzubringen.

»Hatte er eine Geliebte?«

»Nein. Ich weiß es nicht.«

»Ist Ihnen nie der Gedanke gekommen?«

Sie zögerte einen Augenblick. »Einmal habe ich ein Streichholzheftchen in seiner Hosentasche gefunden. Aus einer Strip-Bar. Ich habe mir nicht viel dabei gedacht. Jeden Tag geht eine Million Männer in Deutschland zu Prostituierten, habe ich mal gelesen.«

»Wissen Sie noch, welche Bar das war?«

»Keine Ahnung. Ich habe die Streichhölzer weggeworfen.«

»Haben Sie ihn darauf angesprochen?«

»Nein.«

»Und trotzdem hatten Sie nicht das Gefühl, dass er Geheimnisse vor Ihnen hatte?«

Sie schwieg.

»Frau Spicher?«

»Ich bin keine Frau, die versucht, ihren Mann zu kontrollieren.«

»Okay«, sagte Kant. »Dann zu etwas anderem. Er muss doch irgendwelche Freunde gehabt haben.«

Frau Spicher entspannte sich erkennbar.

»Manchmal hat er mit Stefan Squash gespielt, aber nicht sehr oft. Die beiden hatten zusammen studiert.«

Kant ließ sich den vollständigen Namen geben. »Und sonst?«

»Eigentlich niemanden. Wenn wir beide zusammen waren, das hat uns immer gereicht.«

»Keine alten Freunde, von früher?«

»Nicht, dass ich wüsste.«

»Sie scheinen ja überhaupt nicht sehr viel über Ihren Mann zu wissen.«

»Wir waren immer so beschäftigt. Mit unserer Arbeit.«

»Sind Sie auch Anwältin?«

»Nein. Ich arbeite bei einer Versicherung. In der Schadensabteilung. Ich bin viel unterwegs. Da bleibt einem weniger Zeit für die Familie, als einem lieb ist. Sie kennen das ja sicher.«

Allerdings, dachte Kant, aber meine Probleme tun hier nichts zur Sache.

»Sagt Ihnen der Name Georg Kofler was?«

»Aus Schelfing? Ist das der arme Kerl, der erfroren ist?«

»Erfroren?« Benedikts Eltern hatten gesagt, er wäre an einer Überdosis gestorben. Er nahm sich vor, das zu überprüfen.

»Benedikt hat es in der Zeitung gelesen. Er kannte ihn wohl von früher. Vielleicht waren sie zusammen auf der Schule, ich weiß es nicht mehr genau.«

»Wie hat Ihr Mann auf die Nachricht von seinem Tod reagiert?«

»Normal. Wie man halt auf den Tod eines entfernten Bekannten reagiert.«

Gefühle hatten bei den beiden wohl keinen besonders hohen Stellenwert, dachte Kant. In ihrer Welt schien es ein paar Grad kälter zu sein.

»Wie ist Ihr Verhältnis zu Ihren Schwiegereltern?«

»Nicht so besonders.«

»Das scheint mir ein Euphemismus zu sein. Herr Spicher meinte, Sie wären arrogant.«

»Na gut, wenn Sie es genau wissen wollen, Benedikts Eltern hassen mich. Weil ich aus der Stadt komme. Weil ich keinen Pressack mag. Weil ich nicht zu Hause sitze und Enkelkinder für sie ausbrüte.«

Na also, dachte Kant, immerhin kann sie wütend werden.

»Entschuldigung. Das klang jetzt härter, als es gemeint war.«

Es schien ihr peinlich, dass sie einen Augenblick lang ihre beherrschte Fassade aufgegeben hatte.

»Sie wollten keine Kinder?«

»Nein, wir waren beide der Meinung, dass die Welt schon genug unter der Überbevölkerung leidet.«

Die meisten Leute hatten andere Gründe, keine Kinder zu bekommen. Entweder wollten sie ihren hedonistischen Lebensstil nicht ändern, oder sie hatten kein volles Vertrauen in ihre Partnerschaft. Normalerweise hätte Kant eine solche Aussage deshalb als Rationalisierung oder Verschleierung abgetan, aber in ihrem Fall war er sich nicht so sicher. Es fiel ihm schwer, sich ein Bild von ihr zu machen. Er hatte den Eindruck, dass sie so wenig wie möglich von sich oder ihrem Mann preisgeben wollte.

»Gibt es noch etwas, das Sie uns sagen möchten? Über Ihren Mann vielleicht? Irgendwas, das uns weiterhelfen könnte?«

Sie schüttelte den Kopf.

Kant stand auf. »Falls Ihnen noch was einfällt, melden Sie sich einfach bei mir. Danke, dass Sie gekommen sind, Frau Spicher.«

14

Melanies Vater hatte sie wieder allein gelassen. Als Kind hatte er sie manchmal mit ins Studio genommen, wo sie mit großen Augen durch die Kulissen gerannt war. Die riesigen Scheinwerfer, die Schauspieler, das hektische Treiben hatten sie fasziniert. Und natürlich hatte sie als Tochter des Produzenten immer im Mittelpunkt gestanden. Die Maskenbildnerinnen hatten sie geschminkt, sie durfte Kostüme anprobieren und manchmal sogar auf dem Kamerawagen mitfahren. Doch der Zauber war verflogen. Als sie älter wurde, begriff sie, dass das Ganze nur eine Fabrik für Billigware war. Sie fand es peinlich, wie die sogenannten Künstler ihrem Vater in den Arsch krochen. Schließlich hatte sie sich geweigert, ihn zu begleiten.

Wenn er sie heute Morgen gefragt hätte, wäre sie mit ihm ins Studio gefahren. Sie hatte sogar überlegt, ihn zu bitten, sie mitzunehmen, aber die Demütigung war einfach zu groß. Sie war kein kleines Mädchen mehr, das ihrem Vater auf den Schoß sprang, weil es Angst hatte. Außerdem hatte er versprochen, nicht so spät zurückzukommen.

Um sich abzulenken, hatte sie den ganzen Tag vor dem Fernseher gehangen. Zum ersten Mal seit Jahren. Es hatte sich nicht viel verändert. Gerichtsshows, Kochsendungen und unkomische Komiker. Immerhin alles in HD und Dolby Surround. Sie fragte sich, wer sich so eine Scheiße ansah. Jetzt war es schon halb neun abends. Ihr Vater war immer noch nicht da.

Wahrscheinlich hatte er vergessen, dass sie hier auf ihn wartete. Typisch.

Als sie die Glotze ausschaltete, wurde es dunkel im Wohnzimmer. Durch das Fenster sah sie den See. Ein schwarzer Fleck, der darauf wartete, sie zu verschlingen. Schnell schaltete sie das Licht an. Jetzt sah sie ihr Spiegelbild in der Scheibe. Auch nicht so besonders.

Spiegel und Waagen sind unsere größten Feinde, sagte Verena immer. Melanie glaubte nicht daran. Die größten Feinde waren auch nicht die Männer, denen sie zu gefallen versuchten, die größten Feinde waren die Erwartungen, die sie an sich selbst stellten. Außerdem hatte sie mit der Waage sowieso noch nie Probleme gehabt, höchstens weil sie zu dünn war. Mit dem Spiegel war es eine andere Geschichte. Als Kind hatte sie ihr Spiegelbild gehasst. Sie hatte immer gefunden, dass sie wie ein Junge aussah.

Ihr Abbild auf der Fensterscheibe sah nicht mehr wie ein Junge aus. Ich könnte immer noch Schauspielerin werden, dachte sie. Nicht so ein Püppchen, wie sie in den ganzen Soaps rumsprangen, nein, eine richtige Schauspielerin. Vielleicht sogar am Theater. Die dunklen Ringe unter den Augen machten ihr Gesicht erst richtig interessant. Markant, aber weiblich. Noch so jung und doch voller Lebenserfahrung.

Mach dir nichts vor, dachte sie, du bist bald tot. So wie Benedikt. Und wie Georg. Ihr Herzschlag beschleunigte sich. Sie stellte sich vor, wie ihre Eltern an ihrem Sarg standen, die Gesichter vom Weinen verquollen. Geschieht euch recht, dachte sie, hättet ihr euch mal vorher mehr um mich kümmern sollen.

Ob man einfach gar nichts mehr spürte? Paul glaubte, die Atome würden sich verstreuen, irgendwann Teil eines neuen Organismus werden und wieder Bewusstsein entwickeln. Aber sie wollte nicht, dass sich ihre Atome verstreuten. Bei dem Gedanken bekam sie das Gefühl, in ein Loch zu fallen. Sie durfte nicht sterben, sie hatte doch noch gar nicht richtig gelebt.

Sie nahm die Fernbedienung und ließ die elektrischen Rollläden herunter. Schon besser. Wahrscheinlich redete sie sich das alles nur ein. Sie hatte schon immer eine lebhafte Fantasie gehabt. Georg war in irgendeiner Scheune erfroren, vermutlich so vollgepumpt mit irgendwas, dass er die Kälte nicht mal gespürt hatte. Benedikt war von einem Auto überfahren worden. Punkt. So stand es auch in der Zeitung. Ein schrecklicher Unfall auf der verschneiten Straße, nicht mehr und nicht weniger.

Sie sah auf ihrem Handy nach, ob ihr Vater vielleicht eine Nachricht geschickt hatte. Zum dritten Mal. Nichts. Mittlerweile hätte sie sich sogar gefreut, wenn ihre Mutter gekommen wäre. Aber damit durfte sie nicht rechnen. Schon früher war ihre Mutter oft tagelang weggeblieben, ohne jemandem zu verraten, wo sie war. Ihr Vater war dann fast durchgedreht und hatte alle ihre Freundinnen angerufen, obwohl er wusste, dass sie höchstwahrscheinlich bei einem ihrer Liebhaber war. Die Zeiten hatten sich geändert; jetzt interessierte es ihn nicht mehr. Ihre Eltern lebten nur noch aus Bequemlichkeit zusammen. Hoffentlich wird das bei mir nie so, dachte sie, hoffentlich habe ich die Kraft, zu gehen und noch mal von vorne anzufangen, wenn es so weit kommt.

So wie jetzt mit Paul. Sie konnte nicht so weitermachen. Es war nicht mal seine Schuld. Sie liebte ihn einfach nicht mehr. Unsinn, der ganze Schmalz aus der Glotze hatte schon ihr Denken vergiftet. In Wahrheit hatte sie ihn noch nie geliebt. Er war nur einer der Männer, die ihr das Leben ein bisschen leichter gemacht hatten. Eine Ablenkung. Jetzt musste sie wieder zu sich finden, da konnte sie keine Ablenkung mehr gebrauchen.

Sie musste sich erden, wie Verena sagen würde. In sich gehen und rausfinden, was sie wirklich wollte. Vielleicht sollte sie sich noch mal an der Schauspielschule bewerben. Ihren Vater würde sie jedenfalls nicht fragen, nicht nach Geld und nicht nach einer Rolle in einer seiner lächerlichen Soaps. Aber vorerst musste sie den Kopf einziehen, bis diese andere Sache vorbei war. Dafür war dieses Haus gar nicht so schlecht, selbst wenn sie sich mit ihren Eltern auseinandersetzen musste. Vielleicht ist das ein Teil des Prozesses, dachte sie.

Es klingelte an der Tür. Ein wohlklingender Gong, als würde in einem buddhistischen Tempel zur Meditation gerufen. Trotzdem bekam sie am ganzen Körper eine unangenehme Gänsehaut davon. Wer konnte das sein? Sie sah auf die Uhr an dem Blu-ray-Player. Fünf nach neun. Wieder klingelte es. Sie blieb einfach auf dem Sofa sitzen.

Solange sie die Tür nicht öffnete – und das würde sie ganz sicher nicht tun –, konnte ihr nichts passieren. Vor ein paar Jahren waren Einbrecher im Haus gewesen und hatten sämtliche Schränke nach Wertsachen durchwühlt. Danach hatte ihr Vater eine Sicherheitsfirma beauftragt, die die Eingangstür verstärkt, Schlösser ausgetauscht und Gitter vor den Fenstern angebracht hatte. Das Haus war eine beschissene Festung.

Sie hörte ein metallisches Geräusch. Jemand schloss die Tür auf. Vielleicht ihr Vater, der in einem seltenen Anfall von Rücksichtnahme geklingelt hatte, um sich anzukündigen. Schritte näherten sich auf dem Flur. Nein, das war nicht ihr Vater, der einen leichten federnden Gang hatte. Dieser Mann stapfte durchs Haus, als versuchte er, die Terracotta-Fliesen zu zertreten. Sie wollte aufspringen und wegrennen, aber ihre Beine waren wie gelähmt.

Die Glastür zum dunklen Flur schwang auf, und der Mann erstarrte im Licht, als er sie sah. Mit einer Hand umklammerte er den Türgriff, in der anderen hielt er eine schmutzige Jutetasche. Er blinzelte ein paarmal.

Es war Christian.

»Mela«, brachte er nach einer Weile hervor. Er hatte noch nie zu den Schnellsten gehört.

»Was fällt dir ein?«, fuhr sie ihn an. »Wieso kommst du einfach hier rein?«

Sie verschränkte die Hände, damit er das Zittern ihrer Finger nicht bemerkte.

»Ich wollte d… dich nicht …« Ihr fiel auf, dass er sich wahrscheinlich genauso erschreckt hatte wie sie.

»Wieso hast du überhaupt einen Schlüssel?«

»Tut mir leid. Ich meine, ich habe ja extra vorher geklingelt.« Er fuhr sich mit der Hand durch das fettige dunkle Haar. »Ich geh dann besser wieder.«

»Warte«, sagte Melanie. Er blieb stehen. »Ich hab dich was gefragt.«

»Was denn?«

»Warum kommst du so spät einfach in unser Haus?«

»Ich wollte mein W… Werkzeug holen.« Er stotterte noch genauso wie früher.

»Was für Werkzeug?«

»Kreissäge. Hammer. Solche Sachen.«

»Ich weiß, was Werkzeug ist, Christian. Ich wollte wissen, warum dein Werkzeug hier im Haus ist. Und wieso du es um neun Uhr abends brauchst.«

Christian hatte schon als Jugendlicher bei ihnen den Rasen gemäht und kleinere Reparaturen erledigt, um sein Taschengeld aufzubessern. Er war zwei Jahre älter als Melanie, aber sein Verstand hatte mit seinem Körperwachstum nicht mithalten können. Die anderen Kinder im Dorf hatten sich damit vergnügt, ihn mit Steinen zu bewerfen, wenn er auf seinem Klapprad von der Sonderschule kam, aber Melanie mochte ihn. Er hatte so eine Art, einen anzusehen, so offen und arglos, dass sie gar nicht anders konnte, als nett zu ihm zu sein, weshalb er eine Zeit lang in Melanie verliebt gewesen war. Und auch jetzt konnte er ihr kaum in die Augen schauen.

»Nicht im Haus. Unten am See. Ich habe vorgestern die Treppe am Bootshaus repariert und es da liegen gelassen. Morgen habe ich einen anderen Job. Da wollte ich es schnell holen.«

»Und warum gehst du nicht außen rum?«

»Ich dachte, es wär keiner da.«

»Und?«

»Ist kürzer durchs Haus.«

Melanie stand auf und machte ein paar Schritte auf ihn zu. Er rührte sich nicht von der Stelle. »Freust du dich nicht, mich zu sehen?«

»Doch.« Er sah auf seine Arbeitsstiefel, die dunkle Flecken auf den Fliesen hinterließen.

»Warum lügst du mich dann an?«

»Ich ... Tut mir leid. Ich bin gern hier drin. Wie früher. Manchmal setze ich mich kurz aufs Sofa und gucke auf den See. Wenn keiner da ist.«

»Okay. Komm rein.« Er stand mit hängenden Armen da, als sie ihm einen Kuss auf die Wange gab. Sein Wollpullover verströmte den Geruch von Öl und Schweiß. Komischerweise störte es sie nicht.

»Tut mir leid«, sagte er noch mal.

»Setz dich. Wir können zusammen auf den See gucken.«

Christian setzte sich ans äußerste Ende des Sofas. Seine Jeans war zu weit und an den Knien durchgescheuert, und der grüne Pullover sah aus, als hätte er ihn von seinem Vater geerbt. Melanie fuhr die Rollläden hoch und schaltete das Deckenlicht aus. Der See war immer noch ein schwarzer Fleck, aber jetzt machte er ihr keine Angst mehr. Sie setzte sich neben Christian.

»Wie geht's dir?«, fragte sie.

»Gut.«

»Wohnst du noch bei deinem Vater?«

»Nein.«

»Wo denn?«

»Immer noch im gleichen Haus.«

Es gab Leute, mit denen man sich leichter unterhalten konnte. »Aber dein Vater nicht mehr, oder was?«

»Der ist in die Stadt gezogen. Zu seiner Freundin. Ich darf in dem Haus bleiben, bis er jemanden gefunden hat, der es kauft. Hab ein paar Leute, denen ich den Garten mache, aber im Winter ist nicht viel los.«

»Willst du was trinken? Ein Bier vielleicht?«

Er schüttelte den Kopf. »Ich geh jetzt lieber.«

»Bleib hier«, sagte sie.

Er sah auf seine schmutzigen Fingernägel. »Okay. Dann ein Bier.«

Sie ging in die Küche und holte zwei Flaschen aus dem Kühlschrank. Als sie zurückkam, wirkte Christian nicht mehr ganz so verkrampft.

»Wie ist es in der Stadt?«, fragte er.

»Toll. Man kann jeden Abend tanzen gehen.«

Christian lächelte. Er hielt dabei immer noch die Hand vor den Mund, um seinen Überbiss zu verbergen.

»Tanzt du immer noch so gerne?«, fragte er.

Sie dachte daran, wie er sich als Kind von ihr durchs Wohnzimmer hatte wirbeln lassen, obwohl er zehn Kilo schwerer war, tapsig und mit rotem Kopf, aber ohne sich zu beschweren. Damals hatte sie nur für sich getanzt, und es hatte sie glücklich gemacht. Jetzt tanzte sie für andere, und es machte sie unglücklich.

»Nein. Ich weiß nicht. Eigentlich schon.«

Er sah sie mit seinen großen braunen Augen an, als wollte er sie unbedingt verstehen. Was natürlich völlig unmöglich war. Sie verstand sich ja selbst nicht.

Plötzlich hatte sie das Bedürfnis, ihm alles zu erzählen. All das, worüber sie mit keinem ihrer Freunde oder Freundinnen jemals gesprochen hatte. Er war wahrscheinlich der einzige Mensch auf Erden, der sie nicht verurteilen würde. Aber das ging nicht; sie durfte ihn nicht mit hineinziehen und sein Leben auch noch zerstören.

»Wo arbeitest du eigentlich?«, fragte Christian. Die Stille schien ihn nervös zu machen.

»Lass uns einfach auf den See gucken.« Sie griff nach seiner Hand und drückte sie. Er zog sie nicht weg, versuchte aber auch nicht, mehr zu bekommen, als sie ihm geben wollte.

Die Wolkendecke riss auf, und Mondlicht spiegelte sich auf der vereisten Oberfläche. Mit einem Mal fühlte sie sich warm und geborgen. Wenn sie doch einfach so sitzen bleiben könnte, bis alles vorbei war.

Dann kam ihr eine Idee.

15

»Hier links«, sagte Weber. Dörfner ließ das Fenster herunter und wechselte auf die rechte Spur. Er schwitzte, weil der alte Mann neben ihm darauf bestanden hatte, die Heizung bis zum Anschlag aufzudrehen.

»Links, habe ich gesagt.«

Dörfner ignorierte ihn. Wenn man linksrum fuhr, musste man hinter der Brücke rechts abbiegen und stand ewig an der Ampel. Er kannte hier jede Straße und jedes Haus. Da vorne war die Realschule, auf die ihn seine Mutter geschickt hatte, weil er da zu Fuß hingehen konnte.

Sie fuhren an einem Einkaufszentrum vorbei, vor dem Männer mit Bierdosen in der Hand auf den Betoneinfassungen der Blumenbeete saßen. Bei drei Grad. Einer von denen könnte mein Vater sein, dachte Dörfner. Das war einer der Gründe, warum er die Gegend mied. Bei jedem alten Säufer, der ihm über den Weg lief, überlegte er, ob es vielleicht sein Erzeuger war.

Seine Mutter hatte seinen Vater rausgeworfen, als Ben drei gewesen war. Er konnte sich aus dieser Zeit nicht an ihn erinnern und hätte ihn auch nicht vermisst, wenn die anderen Kinder ihn nicht ständig nach seinem Papa gefragt hätten. Irgendwann war er seiner Mutter so lang auf die Nerven gegangen, bis sie ihn zu ihm brachte. Damals hatte sein Vater ein Zimmer in einem Männerwohnheim gehabt. Ben würde sein ganzes Leben lang nicht vergessen, wie es dort gerochen hatte.

Sein Vater hatte ihn aus trüben Augen angesehen und zu seiner Mutter gesagt, er habe schon genug Probleme.

Danach war er ihm noch ein paarmal auf der Straße begegnet. Wenn er nüchtern genug gewesen war, um seinen Sohn zu erkennen, hatte er ihm zugenickt und war schnell weitergegangen. Ben hatte danach jedes Mal eine Woche lang Albträume gehabt.

Hinter dem Nagelstudio, in dem seine Mutter früher halbtags gearbeitet hatte, wollte Dörfner links abbiegen.

»Gib Gas«, sagte Weber. Ein Lieferwagen mit Getränkekästen auf der Ladefläche kam ihnen entgegen, und Dörfner bremste. »Hättest du locker noch geschafft.«

»Seit wann hast du es so eilig?«

Es war schon fast Mittag, und Weber hatte noch nichts getrunken. Zumindest roch er nicht nach Alkohol. Sie hatten schon fünf blaue Kadetts überprüft, alle mit einwandfreien Stoßstangen und ohne Kratzer auf den Motorhauben. Jetzt hatten sie noch einen weiteren vor sich, bevor sie Pause machen wollten und Weber sich endlich ein oder zwei Halbe in den Hals gießen konnte.

»Es geht nicht um eilig oder nicht eilig. Erst lässt man einen vorbei, dann kommt der Nächste. Es gibt aber Millionen von Autos. Wenn man einmal damit anfängt, kommt man überhaupt nicht voran. Das ist eine Einstellungsfrage. Dann ist man im ganzen Leben immer der Letzte.«

Nüchtern wird er langsam unerträglich, dachte Dörfner und fuhr mit quietschenden Reifen über die Kreuzung.

Anna Roschek wohnte im achten Stock eines Hochhauses, nur einen halben Kilometer entfernt von dem, in dem Dörfner aufgewachsen war. Sie klingelten, die Gegensprechanlage knisterte, aber Dörfner verstand kein Wort. Niemand öffnete. Nach ein paar Minuten ging die Tür auf, und eine kleine rundliche Frau mit schwarz lackierten Fingernägeln und einer Halskette aus ovalen Glasperlen stand vor ihnen.

»Der Aufzug ist kaputt«, sagte sie. »Mal wieder.«

Weber zückte seinen Ausweis und bat sie, ihnen ihr Auto zu zeigen. Durch ein Treppenhaus, in dem es nach Kochdünsten und Pisse roch, gingen sie in die Tiefgarage. Frau Roschek schnaufte von der ungewohnten Anstrengung.

»Ich dachte, die Sache wäre erledigt«, sagte sie, »aber heutzutage kann man ja keinem mehr trauen. Wahrscheinlich will er noch mehr Geld rausholen.«

Weber überholte sie, um die Stahltür zu öffnen, die in die Garage führte. »Sie hatten einen Unfall?«, fragte er.

»Ich dachte, deswegen wären Sie hier.« Sie führte sie zu ihrem Auto, das zwischen den ganzen SUVs und Sportwagen, die man sich offenbar selbst leistete, wenn man in dieser Legebatterie wohnte, wie ein Spielzeug wirkte. »Unfall ist übertrieben. Der hatte ein paar Kratzer an der Hand. Und der Lenker war verbogen. Ich habe ihm zwanzig Euro gegeben.«

»Wann ist das passiert?«, fragte Dörfner, während Weber sich über die Motorhaube beugte.

»Letzten Sonntag. Ich wollte mit Max zum Hallenbad fahren. Da kam der angerast, ohne zu gucken. Die fahren ja wie die Sau heutzutage.«

Weber holte eine Digitalkamera aus seinem Koffer und begann, Fotos zu machen.

»Ein Radfahrer?«, fragte Dörfner.

»Ja, was denn sonst?«

Dörfner steckte fast die Hälfte seines Gehalts in Fahrräder. Er hatte zwei Rennräder, ein Mountainbike und ein Singlespeed im Keller stehen. An der Wand über seiner Stereoanlage hing ein rotes Pinarello aus den Neunzigern, das niemand anfassen durfte. Er liebte Leute, die Radfahrer umnieteten und sich dann über deren rüpelhafte Fahrweise beschwerten. Frau Roschek passte genau in dieses Muster.

»Wo war das?«, fragte er.

»In Karlsfeld. Direkt vor dem Bad.«

»Haben Sie den Namen des Opfers?«

»Opfer? Ich glaube, ich bin hier das Opfer. Was hat er denn angeblich?« Ihre Stimme schraubte sich in einen Frequenzbereich hoch, der ihm in den Ohren wehtat.

»Beantworten Sie bitte die Frage.«

»Wie gesagt, ich habe ihm zwanzig Euro gegeben. Obwohl ja gar nicht klar war, wer schuld ist. Damit hatte sich die Sache für mich erledigt.«

Ihr talgiges Gesicht leuchtete bleich in Webers Blitzlicht auf.

»Irgendwelche Zeugen?«, fragte Dörfner.

»Nur der Max.«

»Ihr Freund?«

»Mein Sohn.«

»Aha«, sagte Dörfner. »Dann müssen wir wohl mal mit ihm reden.«

Frau Roschek sah zu Weber, der vor dem Kühler hockte. »Sind Sie langsam fertig?«

Weber stand auf, drückte den Deckel aufs Objektiv und verpackte die Kamera sorgfältig in der Tasche, bevor er zu ihr ging. »Frau Roschek, wir ermitteln in einem Todesfall. Sie bringen sich in große Schwierigkeiten, wenn Sie uns die Unwahrheit sagen.«

»Wie? Es geht gar nicht um den Radfahrer?«

»Wo waren Sie am zweiten Weihnachtstag zwischen neunzehn und zwanzig Uhr?«, fragte Dörfner.

»Auf der Weihnachtsfeier vom Kegelklub.«

»Kann das jemand bestätigen?«

»Ungefähr sechzehn Mitglieder und der Kellner. Worum geht es denn überhaupt?«

»Da bräuchten wir dann die Namen und Telefonnummern, falls Sie die haben.«

»Natürlich. Oben.«

Die Wohnung war warm und stickig und voller Katzenhaare. Dörfner wäre am liebsten weggerannt, als Frau Roschek sie in die billig eingerichtete Küche führte, so sehr erinnerte ihn das alles an die Wohnung, in der er aufgewachsen war. Sie quetschten sich in die Sitzecke, die kaum genug Platz für drei bot.

»Wohnen Sie allein hier?«, fragte Weber.

»Nein, mit meinem Sohn.«

Auch das noch, dachte Dörfner, das wird ja langsam zu einer Reise in die Vergangenheit. Wie in einem beschissenen französischen Psychodrama.

Frau Roschek drehte sich zum Flur um. »Max, komm doch mal! Hier ist die Polizei.«

Dörfner sprang auf und fing ihn im Flur ab. Er war ein junger Mann, dessen hageres Gesicht noch die Spuren einer hartnäckigen Akne trug. Zum Glück hatte er überhaupt keine Ähnlichkeit mit ihm selbst.

»Sprich du mit ihm«, sagte Weber überflüssigerweise.

»Gehen wir in dein Zimmer.« Dörfner schob Max vor sich her durch den Flur. Sie betraten das schlauchförmige Zimmer, und Dörfner schloss die Tür. Als Erstes fiel ihm auf, wie aufgeräumt alles war. Eine Tagesdecke lag auf dem Bett, auf dem Schreibtisch stand nichts außer einem Becher mit frisch gespitzten Stiften, die wenigen Bücher im Regal schienen gerade erst abgestaubt. Nichts lag herum.

»Was dagegen, wenn ich mich setze?« Ohne die Antwort abzuwarten, zog Dörfner den Stuhl aus der Ecke und ließ sich gegenüber dem Bett nieder. Max zögerte einen Augenblick, bevor er sich auf die Bettkante setzte.

»Wie alt bist du?«

»Zweiundzwanzig. Würden Sie mich bitte siezen?«

Sie saßen so dicht beisammen, dass ihre Knie sich fast berührten.

»Ich werde nächstes Jahr dreißig. Ist noch gar nicht lange her, da habe ich auch in so einem Loch gewohnt. Gleich hier um die Ecke.«

»Warum erzählen Sie mir das? Haben Sie keine Freunde?«

Wenn hier jemand aussieht, als hätte er keine Freunde, dann bist du das, dachte Dörfner. »Sind Sie Student?«, fragte er.

»Warum?«

»Na ja, Sie wohnen noch bei Ihrer Mutter und sind tagsüber zu Hause.«

Max strich sich über sein kurzes Haar. »Ich wohne nur übergangsweise hier. Und normale Menschen haben zwischen Weihnachten und Neujahr frei. Ich bin Kurierfahrer. Was wollen Sie eigentlich von mir?«

Dörfner wunderte sich über seine Feindseligkeit. »Okay, dann erzählen Sie doch mal von dem Unfall.«

»Sie meinen letzten Sonntag?«

»Gab es noch einen anderen Unfall?«

»Nein, natürlich nicht. Wir waren auf dem Weg zum Schwimmbad und mussten an der Talstraße rechts abbiegen. Man kann da den Radweg schlecht sehen, wegen der Büsche. Meine Mutter hat noch gebremst, aber es war zu spät. Zum Glück ist ihm nicht viel passiert.«

»Kam er von rechts oder von links?«

»Von rechts.«

»Wie sah er aus?«

»Ausländisch, irgendwo aus dem Mittleren Osten, würde ich sagen. Ziemlich klein. Bestimmt schon über fünfzig.«

»Und Ihre Mutter saß am Steuer?«

»Habe ich doch schon gesagt.«

»Lassen Sie sich öfter von ihr rumfahren?«

»Wir unternehmen manchmal was zusammen. Ist das unnormal?«

Finde ich schon, dachte Dörfner, in dem Alter hätte ich Besseres zu tun gehabt. »Haben Sie kein eigenes Auto?«

»Nein.«

»Leihen Sie sich manchmal den Wagen Ihrer Mutter aus?«

»Ich fahre schon genug durch die Gegend, wenn ich arbeite.«

Die Tür ging auf, und Weber streckte den Kopf durch den Spalt. »Wir müssen los. Die Kollegen von der Schupo haben anscheinend einen Volltreffer gelandet.«

Dörfner stand auf und klopfte Max auf die Schulter. »Also dann, immer schön sauber bleiben.« An der Tür drehte er sich noch mal um.

»Kennen Sie zufällig einen Benedikt Spicher?«

»Nö«, sagte Max. »Wer soll das sein?«

Die Asphaltdecke endete abrupt. Dörfner sah aus dem Augenwinkel, wie Weber das Gesicht verzog, als er mit hoher Geschwindigkeit über die Kante fuhr und der BMW auf der unbefestigten Straße in die Knie ging, bis er leicht aufsetzte. Ist ja nur ein Dienstwagen, dachte Dörfner. Aber manche Kollegen würden lieber einen Mörder laufen lassen, als einen Kratzer im Lack zu riskieren.

Weber setzte seinen Monolog fort. »Das waren nämlich früher alles Schrebergärten hier.« Er zeigte auf die Hecken, hinter denen die Giebel von Holzhäusern aufragten.

»Meinst du damals im Krieg, als alles noch besser war?«, fragte Dörfner. Er hasste es, wenn Weber diesen belehrenden Tonfall anschlug.

»Nach dem Krieg auch noch. Damals gab es auch schon Wohnungsnot in vielen Städten. Da haben die hier jede Gartenlaube illegal ausgebaut. Die übelsten Auswüchse wurden irgendwann abgerissen, der Rest wurde legalisiert.«

Dörfner bildete sich einiges darauf ein, die Stadt zu kennen, aber in diesem Viertel war er tatsächlich noch nie gewesen. Es wunderte ihn, dass es so etwas überhaupt noch gab, wo doch in jedem Vorgarten Mehrfamilienhäuser aus dem Boden gestampft wurden, bis jeder Zentimeter mit Beton versiegelt war.

Am Ende der Sackgasse stand ein Streifenwagen vor einem zweistöckigen Holzhaus. Dörfner bremste unnötig scharf. Er mochte einfach das Geräusch von aufspritzendem Kies. Polizeiobermeister Glockner und ein Kollege, den er nicht kannte, drehten sich zu ihnen um. Dörfner sprang aus dem Wagen und ging zu ihnen, während Weber seinen Spurensicherungskoffer aus dem Kofferraum holte.

»Schweinekälte heute«, sagte Glockner zur Begrüßung. »Das Schlimmste ist die Feuchtigkeit.« Er war ein dünner Mann mit eingefallenen Wangen und zu langen Armen, für die es offenbar keine passende Uniformjacke mehr gegeben hatte.

»Wo ist das Fahrzeug?«, fragte Dörfner.

Glockner führte ihn an dem von einer Brombeerhecke überwucherten Zaun entlang zur Einfahrt. Von der Straße aus war der blaue Kadett kaum zu sehen. Er stand unter den tief herabhängenden Ästen einer Weide. Im Gegensatz zu Frau Roscheks

Auto, das sauber und gepflegt gewirkt hatte, handelte es sich um eine echte Rostlaube. Dörfner sah durch das schmierige Fenster auf der Fahrerseite. Im Fußraum und auf der zerschlissenen Rückbank lagen leere Bierdosen.

»Wo ist der Fahrzeughalter?«, fragte Dörfner.

»Anscheinend ausgeflogen. Wir sind die Liste durchgegangen und haben einen nach dem anderen angerufen, wie der Chef gesagt hat. Hätte gar nicht gedacht, dass es von den Schrottkarren noch so viele ...«

»Nicht so umständlich«, unterbrach ihn Dörfner. »Komm mal zur Sache.«

Glockner räusperte sich und zeigte auf seinen Kollegen, der ihm wie ein Hündchen mit drei Metern Abstand hinterhertrottete. »Der Franz hat den Halter dieses Fahrzeugs angerufen und einen Termin für 13:30 Uhr vereinbart. Da war dann aber niemand zu Hause. Wir haben noch gewartet und überlegt, was wir machen sollen, da kam die Nachbarin und meinte, der Herr ...« Er zog seinen Block aus der Tasche und las den Namen ab. »... Katschinsky wäre verreist. Die Zeugin behauptet, er hätte hier mit einer Reisetasche und einem Rucksack gestanden, bis er von einem Mann in einem dunklen Kombi abgeholt wurde.«

»Und was ist jetzt mit dem Auto?« Dörfner umrundete die Motorhaube. »So ungefähr überall Beulen und Kratzer. Nur die Front sieht unbeschädigt aus.«

»Für den Laien«, sagte Glockner. »Ich bin zufällig Modellbauer, deswegen kenne ich mich ein bisschen mit Lacken aus. Es hat sich jemand Mühe gegeben, es zu kaschieren, aber die Motorhaube wurde eindeutig frisch lackiert.«

Weber kramte eine Lupe aus seinem Koffer und sah sich die Stellen an, die Glockner ihnen zeigte.

»Haben wir was über diesen Katschinsky?«, fragte Dörfner.

»Ja, wir haben natürlich sofort über Funk in der Zentrale…« Dörfner warf ihm einen ungeduldigen Blick zu. »Er hat wegen Drogenhandels gesessen. Ist erst seit drei Monaten wieder draußen.«

»Der Kollege Modellbauer hat recht«, sagte Weber. »Da sind Tröpfchen aus der Spritzpistole auf dem Kotflügel gelandet.«

Glockner grinste selbstgefällig.

»Warum sollte sich jemand die Mühe machen, bei so einer Karre Kratzer im Lack auszubessern?«, fragte Weber.

»Sofort die Fahndung rausgeben«, sagte Dörfner zu Glockner.

Weber nickte. »Und der Wagen muss in die Kriminaltechnik.«

Während Glockner mit seinem Kollegen zum Streifenwagen ging, sah sich Dörfner auf dem schmalen Grundstück um. Hinter dem Haus lagen alte Autoreifen. Eine Hollywoodschaukel mit zerfetztem Polster quietschte im Wind. Als er auf die Terrasse stieg, befürchtete er, im morschen Holz einzubrechen. Er spähte durch einen Schlitz zwischen den Läden in einen Raum, der wohl mal als Küche gedient hatte. Jetzt war er ein Lager für leere Pizzakartons und Bierdosen.

Dörfner fragte sich, was jemand wie Katschinsky mit einem jungen aufstrebenden Anwalt zu tun haben könnte. Ein Mandant? Unwahrscheinlich, Spicher war schließlich auf Medienrecht spezialisiert. Hatte er ihn vielleicht mit Drogen beliefert? Oder war das Ganze doch nur ein Unfall, und Katschinsky hatte ihm mit zugedröhntem Kopf den Rest gegeben, um nicht wieder in den Knast zu müssen?

Er ging zurück nach vorn, wo Weber den Kadett aus allen Winkeln fotografierte. »Richtig gemütlich da drin. Ich hätte Lust, mal reinzugehen und mich ein bisschen umzusehen.«

»Willst du die Tür aufbrechen?«
»Würde ich nie machen. Im Obergeschoss ist ein Fenster gekippt. Wenn der Herr Katschinsky verreist ist und vergessen hat, es zuzumachen, sollte sich die Polizei vielleicht drum kümmern. Nicht dass noch jemand einbricht.«
»Schlechte Idee«, sagte Weber.
»Hast du eine bessere?«
»Ja. Ich geh mal pissen.« Weber stapfte durch das hohe Gras um das Haus herum. Dörfner klemmte sich sein Taschenmesser zwischen die Zähne, kletterte auf die untere Fensterbank und von dort aus auf das schmale Vordach über der Eingangstür. Er sah, wie Glockner, der neben seinem Streifenwagen stand und zu ihm aufsah, den Kopf schüttelte. Modellbauer, dachte er, sind eben elende Spießer.

16

Die Sielstraße lag in einem Teil des Westends, den die Stadtplaner bei ihren Sanierungskonzepten übersehen hatten. Wohnhäuser mit von Abgasen zerfressenen Fassaden und unbenutzbaren Balkons standen zwischen Autohändlern, Lagerhallen und Geschäften, die sich die Miete in einer besseren Lage nicht leisten konnten. Kant fuhr auf den abgezäunten Parkplatz eines Bürogebäudes, in dessen Erdgeschoss ein Ersatzteilhändler seinen Laden hatte.

Die Hausnummer stimmte mit der auf der Visitenkarte überein. Nirwana. Er hatte keine konkrete Vorstellung, was ihn erwartete, aber für einen Ersatzteilhändler kam ihm der Name doch etwas ambitioniert vor. Das Gebäude hatte drei Stockwerke. Er sah an der grauen Fassade hoch. An den beiden Fenstern ganz oben waren die Jalousien heruntergelassen. Nirgendwo fand sich ein Hinweis, welche Art von Geschäft dort betrieben wurde.

Kant ging um das Haus herum, vorbei an Müllcontainern und einer Laderampe. Hinter einer Glastür führte ein Aufzug nach oben. Er zog an der Tür. Abgeschlossen. Die einzige Klingel gehörte zu einem Zahntechniklabor. Kant läutete, und wenig später ertönte der Summer. Er nahm die Treppe neben dem Aufzug.

Im ersten Stock erwartete ihn eine ältere Frau im Laborkittel an der Tür. »Kann ich Ihnen weiterhelfen?«

Kant zückte seinen Ausweis. »Können wir uns drinnen unterhalten?«, fragte er leise.

Sie ließ ihn in den kleinen Vorraum.

»Ich hole den Chef«, sagte sie.

»Nicht nötig. Es geht um die Räumlichkeiten über Ihnen. Können Sie mir sagen, wer die gemietet hat?«

»Das würde ich auch gern wissen. Tagsüber sieht man da ja kaum mal jemanden. Nur diese Frau, die mit niemandem spricht.« Sie gab sich keine Mühe, ihre Missbilligung zu verbergen.

»Und nachts?«

»Weiß ich nicht, da bin ich ja nicht hier.«

»Es klang gerade so, als wollten Sie irgendwas andeuten.«

»Vor ungefähr einem Monat bin ich abends länger geblieben, weil ich noch ein Gipsmodell fertig machen musste. Als ich gegen acht gegangen bin, habe ich zwei Männer im Hausflur getroffen.«

»Und?«, sagte Kant.

»Die waren irgendwie unheimlich. Und gegrüßt haben sie auch nicht. Nur so unverschämt gegrinst.«

»Verstehe. Dann werde ich mir die Sache mal ansehen.« Er lächelte und hoffte, dabei nicht unverschämt zu wirken.

»Man kann sich ja nirgendwo mehr sicher fühlen«, sagte die Zahntechnikerin und klang dabei, als wäre das seine Schuld.

Kant trat wieder ins Treppenhaus und hörte, wie die Tür hinter ihm abgeschlossen wurde, während er die Stufen hinaufging. Er erwischte sich dabei, wie er nach der Pistole im Schulterholster tastete. Die Nervosität der Frau war ansteckend.

Eine grüne Stahltür versperrte ihm den Weg. Kein Schild, keine Klingel. Er klopfte, aber niemand öffnete. Als er das Ohr an die Tür legte, hörte er eine Frauenstimme. Er klopfte fester.

Nach einem Augenblick wurde die Tür einen Spalt weit geöffnet.

»Ja?«, sagte eine dunkelhaarige Frau mit großen Silberohrringen.

»Kann ich reinkommen?«, fragte Kant.

»Wir haben hier keinen Kundenverkehr. Sie müssen anrufen und einen Termin machen.«

»Das habe ich versucht, aber ich wurde abgewimmelt.«

»Haben Sie denn eine Empfehlung?«

»Benedikt Spicher.«

»Bitte gehen Sie. Machen Sie telefonisch einen Termin.«

Sie versuchte, die Tür zu schließen, aber Kant stellte schnell den Fuß in den Spalt. Erst jetzt sah er, dass sie ein Handy in der Hand hielt. Sie drückte eine Taste und hielt es sich ans Ohr.

»Hannes? Komm schnell«, sagte sie. Falls sie Angst hatte, war es ihr nicht anzumerken. Kant hielt ihr seinen Ausweis unter die Nase. Sie warf einen Blick darauf, bevor sie wieder ins Handy sprach. »Warte. Hat sich schon erledigt.«

»Sind Sie Frau Werner?«

»Was wollen Sie?«

»Beantworten Sie meine Frage.«

Sie nickte. »Ja. Haben Sie einen Durchsuchungsbeschluss? Sonst können Sie nämlich gleich wieder gehen.«

»Ich bin von der Mordkommission«, sagte Kant. »Es interessiert mich nicht, was für eine Art Puff Sie hier betreiben.« Da sie nicht widersprach, hatte er wohl richtig geraten. »Vorausgesetzt, Sie beantworten mir ein paar einfache Fragen.«

Sie überlegte einen Augenblick, dann löste sie die Sicherheitskette und ließ ihn in das kleine Büro. Ein Schreibtisch mit Laptop und Telefon, ein Tisch mit einer Kaffeemaschine, ein paar Stühle. Wenn man das Bedürfnis hatte umzuziehen, wäre alles in einer halben Stunde eingepackt.

Eine Tür führte in ein weiteres Zimmer, in dem ein IKEA-Sofa und ein Fernseher standen. Der Aschenbecher auf der Fensterbank quoll fast über. Mehr konnte Kant nicht sehen, ehe sie die Tür schloss.

»Das war aber kein hübsches Wort, das Sie da eben benutzt haben«, sagte sie.

»Ein hässliches Wort für ein mieses Geschäft.«

»Bei uns läuft alles legal ab. Wir arbeiten praktisch nur mit Studentinnen. Sie glauben gar nicht, wie viele sich so ihr Studium finanzieren.«

»Ach so. Eine Art Stipendium für Frauen aus schwierigen Verhältnissen.«

»Wollen Sie mit mir über Moral diskutieren?« Sie lächelte. »Setzen Sie sich doch.«

Kant blieb stehen. »Ich hatte nicht vor, lang zu bleiben. Sind Sie die Chefin hier?«

»Sehen Sie sonst noch jemanden?«

»Im Moment nicht. Für wen ist denn Ihre kleine Kuschelecke da?« Er zeigte auf die Tür zum Nebenraum.

»Das ist der Aufenthaltsraum für die Fahrer. Manchen Mädels ist es lieber, wenn sie chauffiert werden. Und jemand weiß, wo sie sind.«

»Falls es Probleme mit den Freiern gibt?«

»Mit den Kunden, ja. Kommt aber nicht oft vor. Deshalb habe ich Sie ja nach der Empfehlung gefragt. Wir haben einen ziemlich exklusiven Kundenkreis.«

»Wann hatte Benedikt Spicher zum letzten Mal einen Termin?«

»Wenn ich die Namen unserer Kunden an die Polizei weitergebe, kann ich gleich dichtmachen.«

»In dem Fall nicht. Er ist tot. Also?«

Sie tat, als dächte sie nach. Am Theater hätte sie es nicht weit gebracht.

»Am zweiten Weihnachtstag. Abends.«

»Mit wem hat er sich getroffen?«

»Mit Olga. Er wollte immer nur Olga.«

»Vollständiger Name? Adresse?«

»Olga ist nicht bei mir angestellt. Ich weiß nicht mal, ob das ihr richtiger Name ist. Viele Mädels wollen anonym bleiben.«

Kant glaubte ihr nicht, aber er beschloss, vorerst darüber hinwegzusehen. Wenn er sie jetzt weiter unter Druck setzte, würde sie ihm womöglich gar keine Antworten mehr geben. Schließlich hatte er nichts Konkreteres gegen sie in der Hand als ihre allgemeine Angst vor einer Auseinandersetzung mit der Polizei.

»Wo fand die Begegnung statt?«

»Weiß ich nicht. In irgendeinem Hotel, nehme ich an.«

»Hat sie sich fahren lassen?«

»Nein. Sie ist immer selbst angereist.«

»Wie oft hat Herr Spicher sich mit Olga getroffen?«

»Vielleicht einmal im Monat.«

»Wann haben Sie Olga zum letzten Mal gesehen?«

»Bei ihrem Vorstellungsgespräch. Vor ungefähr zwei Jahren.«

»Haben Sie ein Foto von ihr? Die sogenannten Kunden wollen doch bestimmt sehen, wofür sie zahlen.«

»So läuft das nicht bei uns. Wie gesagt, wir haben einen exklusiven Kundenkreis. Bei Nichtgefallen gibt es Geld zurück.«

Kant zog seinen Notizblock hervor. »Olgas Telefonnummer, bitte.«

»Hat sie was damit zu tun? Mit Spichers Tod, meine ich?«

»Das wissen wir noch nicht.«

»Dann kann ich Ihnen die Nummer nicht geben.«

»Kein Problem«, sagte Kant. »Dann warte ich eben auf den richterlichen Beschluss. Kann nicht lange dauern. Mal sehen, was wir auf Ihrem Computer so alles finden. Ach so, am besten geben Sie mir gleich auch Ihre Privatadresse.«

Jetzt dachte sie wirklich nach. Genau wie Frida knabberte sie dabei an ihrer Nagelhaut. Nur dass sie damit aufhörte, sobald ihr auffiel, dass er es bemerkte.

»Also gut.« Sie schrieb die Nummer auf einen Zettel. »Sie müssen ihr ja nicht unbedingt sagen, woher Sie die Nummer haben.«

Kant gab Frau Werner seine Karte. »Falls Ihnen noch was einfällt.«

»Oho«, sagte sie. »Kriminalhauptkommissar.«

»Und?«

»Wenn Sie mal Bedarf haben, rufen Sie einfach an. Unsere Nummer haben Sie ja.«

»Nicht frech werden«, sagte Kant. »Und wenn wir Olga nicht erreichen, nehmen wir den ganzen Laden hier auseinander und bestellen jeden Fahrer und sämtliche Freier zum Verhör ein.«

Frau Werner wirkte nicht besonders beeindruckt.

17

Sie hatte mit Staatsanwalt Oldenburg gesprochen und ihn um einen Durchsuchungsbeschluss für die Kanzlei gebeten, aber Oldenburg hatte abgewinkt und gemeint, wenn es nur um diese Information gehe, könne er ihr auf einfachere Weise weiterhelfen. Zwei Stunden später klingelte ihr Telefon, und Oldenburg nannte ihr den Namen des Mandanten. Er bat Lammers darum, die Sache mit Fingerspitzengefühl zu behandeln. Als sie wissen wollte, wie er so schnell an die Information gekommen war, erklärte Oldenburg, er kenne Grünwald aus dem Jurastudium. Na toll, dachte Lammers, ich reiß mir den Arsch auf, und die Alten regeln alles diskret im Tennisklub.

Es war kein schöner Tag für einen Ausflug aufs Land. Auf den kahlen Äckern zu beiden Seiten der Landstraße stand Wasser, und der Wind trieb tief hängende Wolken durch die Baumwipfel. Lammers mochte die Natur. Im Sommer ging sie jeden freien Tag in den Alpen wandern, und im Herbst wartete sie sehnsüchtig auf den ersten Schnee, damit sie ihre Ski anschnallen konnte. Aber das hier, das war keine Natur. Die Agrarbetriebe – Bauern klang viel zu romantisch – planierten das Land, spritzten Gift, rodeten den Wald und kippten überall ihre Gülle hin. Eine Armee von Pendlern verpestete mit ihren SUVs die Luft. Und jede Gemeinde versuchte, ein hübsches kleines Gewerbegebiet aufzubauen, damit auch das letzte Stück Boden versiegelt wurde. Dagegen war die Stadt das reinste Biotop.

Das Navi führte sie durch den alten Dorfkern zu einem zweistöckigen Haus, das aussah, als hätte es seit dreißig Jahren niemand mehr renoviert. Erwin Horns Werkstatt befand sich im Erdgeschoss. Auf dem Bürgersteig davor parkte ein verrosteter Transporter mit der Aufschrift »Schreinermeister Horn – Restaurierung und Anfertigung von Einzelstücken«.

Lammers stieg die Stufe zur Eingangstür hinauf und drückte auf die Klingel. Sie hätte sich lieber vorher telefonisch angemeldet, aber der Anschluss schien nicht mehr zu existieren. Niemand öffnete. Womöglich hatte sie die ganze Fahrt umsonst gemacht. Sie läutete noch mal, aber da sie kein Geräusch hörte, vermutete sie, dass die Klingel kaputt war.

Sie ging zu dem halb blinden Fenster neben der Tür und klopfte. Keine Reaktion. Sie presste das Gesicht an die Scheibe. Verschwommen sah sie eine unaufgeräumte Werkbank, eine Kreissäge, eine Standbohrmaschine, an den Wänden aufgestellte Bretter und in einer Ecke ein Durcheinander aus alten Stühlen und Tischen, aber keinen Hinweis auf menschliches Leben.

Sie ging die enge Einfahrt entlang, die von einer Hecke vom Nebenhaus abgeschirmt wurde. Hinter dem Haus lagen zerbrochene Paletten. Zwei Türme aus leeren Getränkekisten lehnten neben einem Eisentor an der Wand. Das Tor stand einen Spaltbreit offen. Lammers sah in einen Lagerraum, von dem eine Tür nach vorne in die Werkstatt zu führen schien.

Was soll's, dachte sie und holte einmal tief Luft, bevor sie in das Halbdunkel eintauchte. Es wäre ein gutes Gefühl gewesen, Ben bei sich zu haben, auch wenn er ihr manchmal auf die Nerven ging. Aber sie kam auch alleine klar; sie brauchte keinen Mann, der sie beschützte. Auf dem Schießstand steckte sie sowieso sämtliche Kollegen in die Tasche, schließlich war sie mit sechzehn oberbayerische Meisterin im Biathlon gewesen.

Der Raum war leer bis auf einige Stapel Bretter und Balken, die von einer dicken Staubschicht bedeckt waren. Langsam näherte sie sich der Tür. Es roch nach Harz und Sägemehl und unangenehmen menschlichen Ausdünstungen.

»Herr Horn«, rief sie. »Bitte nicht erschrecken. Ich bin von der Polizei.« Mit der Fußspitze stieß sie die Tür auf. Auf den ersten Blick schien auch die Werkstatt leer zu sein, doch dann sah sie die Gestalt, die an dem Tisch in der Ecke saß. Der Kopf ruhte in einem Nest aus wirrem Haar auf der Tischplatte, ein Arm lag daneben, der andere baumelte schlaff an der Seite herab. Der Mann atmete. Lammers war erleichtert.

Sie griff nach seiner Schulter und schüttelte ihn sanft. Erwin Horn hob den Kopf und schlug die Augen auf, ohne sich irgendeine Überraschung anmerken zu lassen. Er betrachtete eine Weile die leeren Bierflaschen vor sich auf dem Tisch, dann lehnte er sich zurück und räusperte sich.

»Haben Sie vielleicht eine Zigarette?«

»Ich rauche nicht«, sagte Lammers.

»Das ist blöd. Trinken Sie wenigstens?« Horns Stimme klang, als hätte er sie schon eine Weile nicht mehr ausprobiert.

»Am Wochenende mal ein Glas Wein.«

»O Gott, eine Heilige«, murmelte er. »Was wollen Sie? Ich mache gerade Mittagspause. Außerdem bin ich ausgebucht. Sehen Sie ja selbst, die Produktion läuft auf Hochtouren.« Er deutete irgendwo in den leeren Raum, bevor er seine Hände wieder brauchte, um den Kopf abzustützen, damit er nicht zurück auf die Tischplatte fiel.

»Ich bin von der Polizei. Mordkommission München.« Sie wollte ihm ihren Ausweis zeigen, aber er winkte ab.

»Es geht um Benedikt Spicher.«

Das schien ihn ein wenig aufzuwecken. »Was ist mit dem?«

»Der ist tot.«

Er sah sie aus glasigen Augen an. »Warum?«

»Das würde ich auch gern wissen. Ich habe erfahren, dass er Sie als Anwalt vertritt.«

»Und?«

Lammers nahm einen Drehhocker, wischte mit der Hand den Staub ab und setzte sich ihm gegenüber. Sie musste schlucken, als ihr der Geruch ungewaschener Kleider in die Nase stieg. »In welcher Angelegenheit?«

»In der Angelegenheit ›Alle gegen den alten Horn‹.«

»Können Sie das ein bisschen erläutern?«

»Der feine Herr Bürgermeister. Der Klever. Die alteingesessenen Bauern. Die schieben sich doch seit Jahren gegenseitig das Geld zu. Nur ich gehe leer aus. Bloß weil ich in Rumänien geboren bin. Spielt ja keine Rolle, dass ich schon seit fast vierzig Jahren hier bin. Was bleibt einem da anderes übrig, als zu saufen?«

»Schon klar«, sagte Lammers. »Eine große Verschwörung.«

»Sie wissen ja nicht, wie das ist. Wenn man nie eine Chance kriegt.«

Plötzlich packte sie die Wut. »Nein, aber ich kenne das Gerede. Das habe ich schon tausendmal gehört. Jeder Säufer und jeder Junkie erzählt dieselbe beschissene Story. Warum er nicht aufhört. Warum er nichts dafür kann. Warum die Gesellschaft schuld ist. Oder die Behörden. Alle, außer man selbst.«

Er nahm eine leere Bierflasche und warf sie gegen die Wand. Die Scherben spritzten über den Tisch. Lammers rührte sich nicht.

»Wenn Sie nicht so hübsch wären, würde ich Ihnen die Fresse polieren«, sagte Horn. Es klang nicht besonders bedrohlich. Er sah mit trübem Blick an ihr vorbei, als hätte er ihre Anwesenheit schon wieder vergessen.

»Vielleicht sollte ich wiederkommen, wenn Sie nüchtern sind. Falls das mal vorkommt.« Lammers stand auf.

»Hiergeblieben.«

Sie blieb stehen und machte sich darauf gefasst, dass eine weitere Bierflasche angeflogen kam.

»Der Benedikt war ein guter Junge«, sagte Horn.

»Dann helfen Sie mir, seinen Mörder zu finden.«

Er stemmte sich an der Tischplatte hoch, bis er halbwegs aufrecht saß. »Was wollen Sie denn wissen?«

»Warum haben Sie Herrn Spicher beauftragt?« Lammers setzte sich wieder an den Tisch.

»Ich hab ihn nicht beauftragt. Der stand eines Tages einfach vor der Tür. Ich wäre gar nicht auf die Idee gekommen, gegen den Bebauungsplan zu klagen. Ich glaub auch nicht, dass es was bringt. Die machen doch sowieso, was sie wollen.«

»Was stimmt denn nicht mit dem Bebauungsplan?«

Horn schnaubte. »Immer das Gleiche. Ackerland wird zu Bauland. Komischerweise kassieren immer dieselben ab. Der Klever. Der Spicher. Und wer sonst noch dem Bürgermeister in den Arsch kriecht. Nur ich bleibe auf meinen Drecksackern sitzen.«

»Der Spicher?«

»Der alte Spicher. Und seine Frau.«

»Benedikts Eltern?«

»Sind Sie begriffsstutzig?«

Wenn Horn die Wahrheit sagt, hat Benedikt gegen die Interessen seiner eigenen Eltern agiert, dachte Lammers.

»Sie meinen also, dass der Bürgermeister bestechlich ist?«
»Das habe ich nicht gesagt.«
»Woher haben Sie das Geld, um Benedikt Spicher zu bezahlen?«
»Er wollte kein Geld.«

Ein Anwalt, der der Gerechtigkeit verpflichtet war. Alle sagten nur Gutes über Benedikt Spicher. Liebevoller Ehemann, freundlicher Chef, selbstloser Helfer des kleinen Mannes. Wahrscheinlich führte er in seiner knappen Freizeit auch noch traumatisierte Hunde aus dem Tierheim aus. Aber Lammers glaubte nicht daran, dass Menschen nur gut oder nur schlecht waren. Sie fragte sich, was Spichers andere Seite war.

Auf jeden Fall würden sie mit dem Bürgermeister reden müssen. Und erneut mit Spichers Eltern. Wussten die überhaupt, dass ihr Sohn sich gegen sie gestellt hatte?

Horn stand auf. »Jetzt, wo er tot ist, kann ich das Ganze vergessen.« Er schwankte ein wenig und stützte sich an der Werkbank ab. »Ich leg mich ein bisschen hin, damit ich heute Abend fit bin. Ich habe nämlich eine Verabredung.« Er zeigte auf die leeren Flaschen auf dem Tisch. »Sie wissen schon.«

»Kann sein, dass wir uns noch mal mit Ihnen unterhalten müssen.«

»Wenn Sie nächstes Mal kommen, bringen Sie Zigaretten mit«, sagte Horn.

18

Kant hatte schlecht geschlafen. Am Abend zuvor war er bis halb neun im Büro gewesen, um die bisherigen Ermittlungsergebnisse zusammenzutragen und seine Gedanken zu ordnen. Im Grunde genommen, gab es drei Erfolg versprechende Ansätze, die er auf separaten Blättern skizzierte.

Erstens: der blaue Kadett. Dabei konzentrierten sie sich jetzt auf die Fahndung nach Gregor Katschinsky, auch wenn die Schupo weiterhin Fahrzeughalter im Umkreis abklapperte. Im Moment konnte man eigentlich nur abwarten, was die Untersuchung seines Autos im kriminaltechnischen Labor ergab, und hoffen, dass er bei irgendeiner Routinekontrolle ins Netz ging. Die Halterin des anderen Unfallfahrzeugs, Frau Roschek, hatte ein stichhaltiges Alibi. Es gab reihenweise Zeugen, die sie am Abend des 26. Dezember auf der Weihnachtsfeier gesehen hatten.

Zweitens: Benedikt Spichers Verbindungen zu seinem Heimatort. Petra Lammers hatte Kant über ihr Gespräch mit Herrn Horn informiert. Es war schon seltsam, dass Spicher gegen die Interessen seiner eigenen Eltern agierte. Außerdem gab es da diesen weiteren Todesfall. Georg Kofler, der Sohn des Bürgermeisters. Spicher hatte ihn gekannt. Die beiden waren im gleichen Alter. Er nahm sich vor, morgen als Erstes nach Schelfing zu fahren, um mit dem Bürgermeister zu reden.

Drittens: die Prostituierte, mit der Spicher sich kurz vor seinem Tod getroffen hatte. Sie mussten unbedingt diese Olga finden. Und er wusste auch schon, wer der richtige Mann dafür war.

Er beschloss, für heute Schluss zu machen, und fuhr in Gedanken versunken nach Hause. Erst als er den Schlüssel in das Schloss seiner Wohnungstür schob, fiel ihm ein, dass er eine Verabredung mit seiner Tochter hatte. Er kam zu spät. Über eine Stunde. Aus pädagogischer Sicht nicht gerade hilfreich. Er überlegte noch, wie er ihr erklären sollte, dass Zuspätkommen nicht gleich Zuspätkommen war, als er den Zettel auf dem Küchentisch sah.

Hallo Papa,
dachte, du kochst. Ganzen Tag nichts gegessen.
Kühlschrank leer. Bin noch mal weg. Bis später.

Natürlich hatte sie die Gelegenheit genutzt, um sich aus dem Staub zu machen. Normalerweise wurde wegen jedes Schwachsinns fünfmal telefoniert, aber ihm schrieb sie lieber ganz oldschool einen Zettel. Er wählte ihre Nummer. Die Mailbox, was sonst. Am liebsten hätte er sein Telefon an die Wand geschmissen.

Später wurde ihm klar, dass er sich nur über sich selbst ärgerte, weil er das Gefühl hatte, kein guter Vater zu sein. Und als er im Bett lag, konnte er nicht einschlafen, da er bei jedem Geräusch im Treppenhaus hoffte, sie käme endlich nach Hause. Natürlich kam sie genau in dem Moment, als er schließlich doch einschlief. Er überlegte aufzustehen, um mit ihr zu reden, konnte aber vor Müdigkeit kaum den Kopf vom Kissen heben. Danach träumte er von Frau Werner. Er hatte einen

Durchsuchungsbeschluss und überraschte sie in ihrem Büro. Sie empfing ihn mit einem süffisanten Grinsen. Als er die Tür zu dem schäbigen Nebenzimmer aufstieß, saß dort Frida auf dem Sofa. Schweißgebadet wachte er auf.

Am Morgen warf er einen Blick in Fridas Zimmer. Sie hatte die Bettdecke bis zum Kinn hochgezogen und lächelte im Schlaf. Sein Ärger auf sie verflog. Er nahm ihren Zettel und schrieb auf die Rückseite: *Heute Abend, nächster Versuch.*

Das Haus des Bürgermeisters war leicht zu finden; es stand im alten Dorfkern, gleich neben der Kirche. Kant parkte vor der Kreissparkasse, die im Schatten des gotischen Gemäuers lag, und fragte sich, wozu ein so kleines Dorf eine so große Kirche brauchte. Ansonsten gab es hier nicht viel außer einem Billig-Drogeriemarkt und einer Tankstelle in der Nähe, an der sich die Jugendlichen abends trafen.

Kant stapfte durch den Matsch, der vom nächtlichen Schneefall übrig geblieben war, auf die andere Straßenseite, wo ein mit Holzschindeln verkleidetes zweistöckiges Haus stand. Ein gekiester Weg führte schnurgerade an einem Zierteich vorbei zur Haustür. Aus dem Schornstein stieg ein Rauchfaden in den trüben Himmel. Eine Frau im Arbeitskittel stand mit dem Rücken zum Gartentor auf einer niedrigen Leiter und hängte die Weihnachtsdekoration ab. Aus dem geöffneten Tor der Doppelgarage drang ein metallisches Klirren. Kant wollte gerade auf den Klingelknopf neben dem Gartentor drücken, als die Frau sich zu ihm umdrehte. Sie war jünger, als sie von hinten gewirkt hatte, vielleicht Mitte vierzig.

»Sind Sie Frau Kofler?«, fragte Kant.

Sie sprang von der Leiter und kam auf ihn zu. »Sie sind wohl nicht von hier, oder?«

»Wieso? Kennen Sie jeden hier?«

Sie lächelte gezwungen. Kant dachte, dass sie früher einmal sehr schön gewesen sein musste. »Nein, aber jeder kennt mich. In meiner Funktion als Frau des Bürgermeisters.« Es lag eine Spur Verbitterung in ihrer Stimme. »Außerdem sehen Sie nicht so aus. Sie wollen bestimmt zu meinem Mann.«

»Nicht unbedingt.« Kant zog seinen Ausweis aus der Manteltasche und hielt ihn über das Gartentor. »Ich möchte mit Ihnen über Georg sprechen.«

Sie warf einen raschen Blick über die Schulter zur Garage. Ihre Hand, die schon auf dem Weg zum Riegel gewesen war, blieb in der Luft hängen.

»Hört das denn nie auf?«, fragte sie. »Selbst jetzt, wo er tot ist, lässt die Polizei ihn nicht in Ruhe.«

»Es geht nicht darum, was er getan hat, sondern darum, was ihm angetan wurde.«

»Ich weiß nicht, vielleicht sollten Sie doch lieber mit meinem Mann reden.« Sie sah auf die Lichterkette in ihren Händen.

»Ich werde Sie sicher nicht lange stören«, sagte Kant freundlich. Frau Kofler packte die Lichterkette in einen Karton und klappte den Deckel zu. Sie strich sich durch ihren fransigen Pony und sah noch einmal zur Garage. Dann öffnete sie das Tor.

Sie führte Kant durch ein geräumiges Wohnzimmer mit Kachelofen und Ziertellern an den Wänden in einen Wintergarten, wo sie auf zierlichen Metallstühlen Platz nahmen.

»Ich habe die Akte ihres Sohns gelesen«, begann Kant. »Er wurde vor ungefähr sechs Wochen tot in einer Scheune aufgefunden.«

Frau Kofler nickte und kaute auf ihrer Unterlippe.

»Er ist erfroren«, sagte sie.

»Ja, das habe ich auch gelesen. Wie erklären Sie sich das?«

»Warum fangen Sie wieder damit an? Wir haben Georg begraben und wollen ihn doch nur so in Erinnerung behalten, wie er als Junge war. Er war kein schlechter Mensch. Auch wenn jetzt alle so tun, als wäre er schon immer ein Verbrecher gewesen.«

»Frau Kofler, ich bin von der Mordkommission. Es ist mir egal, dass Georg Drogen genommen hat. Und nur weil er im Gefängnis gesessen hat, war er noch lange kein schlechter Mensch.«

»Danke, dass Sie das sagen.«

»Sie wissen, dass Benedikt Spicher getötet wurde?«

»Getötet? Ich habe gehört, er wäre bei einem Autounfall gestorben. Sind Sie deshalb hier?«

Kant entdeckte auf dem Glastisch zwischen ihnen ein Schälchen aus gehämmertem Kupfer, das aussah wie ein Aschenbecher. Er packte seinen Tabak aus. »Darf ich?«

Sie nickte.

»Ihr Sohn war doch mit ihm befreundet, oder?«

»Das ist lange her. Die beiden sind zusammen zur Schule gegangen. Kaum zu glauben, oder? Dann wird der eine Anwalt und der andere ...« Sie zog ein Taschentuch aus der Schürze und tupfte sich die Augen ab. »In den letzten Jahren hatte Georg keine Freunde mehr. Außer dem Heroin. Und der Benedikt ist doch in die Stadt gezogen und hat Karriere gemacht. Ich kann mir nicht vorstellen, dass die beiden noch was miteinander zu schaffen hatten.«

Kant zündete seine Zigarette an.

»Wussten Sie, dass Georg zum Zeitpunkt seines Todes clean war? Bei der Obduktion wurden keine Rückstände von Drogen in seinem Blut gefunden.«

»Er hat mir tausendmal versprochen aufzuhören. Und ein paarmal hat er es auch versucht.«

»Aber warum ist er dann in dem Heuschober erfroren? Er war noch nicht mal betrunken.«

Frau Kofler zuckte hilflos mit den Schultern.

»Ich weiß es wirklich nicht. Er hatte ja keine richtige Wohnung mehr, seit er aus dem Gefängnis raus ist. Vielleicht hat er nicht geahnt, wie kalt es werden würde.«

Kant hatte in seiner Akte gelesen, dass Georg Kofler wegen eines länger zurückliegenden Überfalls auf eine Tankstelle zu einer dreijährigen Haftstrafe verurteilt worden war. In dem Strafmaß waren auch andere Delikte aus dem Bereich der Beschaffungskriminalität berücksichtigt: Rezeptfälschung, Taschendiebstahl und Hehlerei. Vor etwa zwei Monaten war er auf Bewährung entlassen worden.

»Wissen Sie, wo er normalerweise übernachtet hat?«

»Manchmal bei der alten Marie Rittmann. Die ist zwar verrückt, aber sie hat ein gutes Herz. Vielleicht wurde es ihr zu viel, und sie hat ihn rausgeworfen. Oder er ist von allein gegangen. Er wollte ja nie jemandem zur Last fallen. Deshalb hat er sich vielleicht in die Hütte zurückgezogen. Hierher konnte er ja nicht.«

»Warum nicht?«, fragte Kant. Er sah, wie ihr Blick abschweifte und einen Punkt hinter seinem Rücken fixierte. Als er sich umdrehte, stand ein großer schlanker Mann im Türrahmen. Die Nickelbrille und das spitze Kinn, das er ein paar Zentimeter zu hoch trug, verliehen ihm eine Aura von Arroganz. Kant fragte sich, wie lange er schon zuhörte.

»Weil ich es nicht erlaubt habe«, antwortete Herr Kofler anstelle seiner Frau. »Wieso interessiert Sie das? Sind Sie Journalist?«

Er wischte seine öligen Hände mit einem Stofftuch ab.

»Warum hast du den überhaupt reingelassen?« Frau Kofler sackte auf ihrem Stuhl zusammen.

»Vielleicht, weil sie nicht will, dass ein Mörder frei rumläuft«, sagte Kant. »Und ich bin von der Polizei.«

Herr Kofler wirkte wie vor den Kopf geschlagen.

»Georg wurde nicht ermordet.« Einen Moment lang schien seine Selbstsicherheit ins Wanken zu geraten.

»Das hat ja auch niemand behauptet. Warum durfte er nicht zu Ihnen kommen?«

»In meinem Haus ist kein Platz für Verbrecher.«

Kant fragte sich, ob er so aggressiv auftrat, weil er sich insgeheim die Schuld am Tod seines Sohnes gab. Wenn es mein Kind gewesen wäre, dachte Kant, würde ich mir jedenfalls für den Rest meines Lebens Vorwürfe machen.

»Kannten Sie Benedikt Spicher?«, fragte er.

»Nein. Ich meine, ja, natürlich. Der war früher öfter mal mit Georg unterwegs. Ich habe ihn aber schon ewig nicht gesehen.«

»Er muss in letzter Zeit wieder öfter hier gewesen sein. Ich dachte immer, im Dorf würde man sich ständig über den Weg laufen. Dann wussten Sie wahrscheinlich auch nicht, dass er Erwin Horn vertreten hat?«

»Ach, darum geht es«, sagte Kofler. »Doch, davon habe ich gehört. Lächerlich, das Ganze. Der Horn hat sich seine letzten Gehirnzellen weggesoffen. Ich weiß nicht, warum der Benedikt sich darauf eingelassen hat. Früher schien der ja ein ganz vernünftiger Junge zu sein.«

Kant sah zu Frau Kofler. Sie saß da und knetete ihr Taschentuch. »Und Sie? Wussten Sie das?«

»Nein.«

»Wann haben Sie ihn denn zuletzt gesehen?«

»Im Sommer war er mit seinen Eltern auf dem Feuerwehrfest, wenn ich mich recht erinnere«, antwortete Herr Kofler.

»Ich habe Ihre Frau gefragt«, sagte Kant.

Sie schien sich an einen anderen Ort zu wünschen. »Och, ich weiß nicht mehr genau. Ja, wahrscheinlich auf dem Fest.«

»Würden Sie jetzt bitte gehen?«, sagte Herr Kofler.

»Ich hatte eigentlich gehofft, Sie würden mir etwas über diese Grundstücksgeschichte erzählen«, erwiderte Kant.

»Da gibt es nichts zu erzählen. Sie können alles in den Protokollen des Gemeinderats nachlesen. Alle Entscheidungen sind sauber dokumentiert.«

Kant stand auf. »Dafür habe ich im Moment leider keine Zeit. Aber die Kollegen von der Korruptionsbekämpfung werden sich die ganze Sache ansehen. Glauben Sie mir, die drehen jeden Stein um, denen macht so was nämlich Spaß. Aber das kann ein bisschen dauern. Falls es irgendwas zu sagen gibt, sollten Sie das jetzt tun.«

»Raus«, sagte Kofler. »Solche Unterstellungen lasse ich mir nicht bieten.«

Kant drückte seine Zigarette in dem Kupferschälchen aus. Als er Koflers Gesicht sah, wusste er, dass es kein Aschenbecher war.

»Ich werde Sie dann bei Bedarf als Zeugen ins Präsidium vorladen lassen. Auf Wiedersehen, Frau Kofler.«

Kant verließ das Haus. Er hätte gern noch länger mit der Frau gesprochen, aber sobald ihr Mann aufgetaucht war, hatte sie dichtgemacht.

Im Garten drehte er sich noch einmal um. Er sah die beiden eingerahmt vom Wohnzimmerfenster: Herr Kofler stand mit hängenden Armen da, jetzt mit einem schmerzlichen

Ausdruck im Gesicht, seine Frau hatte den Kopf in die Hände gelegt. Keiner der beiden rührte sich, als wäre die Zeit für sie stehen geblieben.

Bevor er ins Auto stieg, warf er noch einen Blick in die Garage, deren Tor jetzt weit offen stand. Ein alter Jaguar war dort aufgebockt. An den Wänden hingen ordentlich aufgereiht Schraubenschlüssel, Zangen und andere Werkzeuge, deren Namen und Funktion Kant unbekannt waren. Er konnte nicht verstehen, wie jemand Befriedigung daraus zog, unter einer tropfenden Ölwanne zu liegen, aber jeder hatte eben seine eigenen Methoden, sich vom Elend der Welt abzulenken.

19

Melanie würde einfach verschwinden. Eine Woche oder einen Monat oder ein Jahr lang, wenn es sein musste. Irgendwann würde die Polizei den Irren schon einkassieren. So war das doch, oder? Man kam doch nicht mit zwei Morden davon? Natürlich hatte sie schon überlegt, selbst zur Polizei zu gehen, aber das würde ihr nicht helfen. Sie wusste nicht, wer der Mörder war. Dadurch würde sie seine Wut nur weiter anfachen. Außerdem konnte sie nicht die ganze Wahrheit sagen, ohne sich selbst zu gefährden.

Christian würde ihr helfen. Sie brauchte bloß ein bisschen Geld. Auf ihrem Konto waren zweihundertdreißig Euro, damit kam man nicht weit. Sie fragte sich, wo das ganze Geld geblieben war, das ihr in den letzten Jahren die Männer gegeben hatten, um sie ansehen und anfassen zu dürfen. Das meiste davon war wahrscheinlich für die Drogen draufgegangen, die sie brauchte, um zu vergessen, wie sie es verdient hatte.

Gerade als sie sich zu dem Entschluss durchgerungen hatte, doch ihren Vater anzuschnorren, hatte ihr Telefon geklingelt. Es war Tina Werner gewesen, die ihr sagte, jemand wolle sich mit ihr treffen. Nach kurzem Zögern hatte sie zugesagt. Ein letztes Mal. Ein allerletztes Mal. Wie oft hatte sie sich das eigentlich schon geschworen? Egal, dies war eine Ausnahmesituation. Mit ein paar zusätzlichen Hundertern in der Tasche sah die Welt schon anders aus.

Drei Stunden später hielt sie vor der Tiefgarage des Hotels. Wie immer stand sie nicht dicht genug am Automaten vor der Schranke und musste aussteigen, um den Parkschein zu ziehen. Sie hasste das Hotel mit all seinem Luxus und seiner falschen Freundlichkeit, aber im Gegensatz zu manchen Kolleginnen verabredete sie sich prinzipiell nur auf neutralem Grund. Sie hatte weder Lust auf verdreckte Junggesellenbuden noch wollte sie mit ihren Freiern im Ehebett liegen, wo sie das Gefühl hatte, in die Privatsphäre der betrogenen Frauen einzudringen. Außerdem gab es im Hotel Überwachungskameras und Portiers und Telefone, die die Männer davon abhielten, gegen die Regeln zu verstoßen.

Sie fuhr mit dem Aufzug in die Lobby. An dem Klavier unter der Wendeltreppe saß Tony und lächelte sein trauriges Lächeln. Während sie über den Marmorboden zum Empfang ging, zwinkerte er ihr zu. Obwohl sie noch nie mehr als ein paar Worte mit ihm gewechselt hatte, sah sie in ihm einen Verbündeten. Er gehörte genauso wenig hierher wie sie. Die Geschäftsleute gingen in ihren teuren Anzügen an ihm vorbei, ohne ihn eines Blickes zu würdigen, während seine Finger über die Tasten spazierten, als führten sie ein Eigenleben. Er verkaufte seine Musik wie sie ihren Körper. Wenn das Leben ein französischer Film wäre, dachte sie, wäre ich schon lange mit dem Kerl durchgebrannt.

Die Frau hinter dem Empfangspult kannte sie nicht, aber ihr unpersönliches Lächeln war das gleiche, das auch den anderen Rezeptionisten zusammen mit ihrer Uniform ausgehändigt worden war. Immer wenn sie ihre Schlüsselkarte abholte, hatte sie das Gefühl, dass die Hotelangestellten genau wussten, wozu sie das Zimmer gebucht hatte. Es hätte ihr egal sein können, denn natürlich verlor keiner von ihnen ein Wort darüber, aber sie bemerkte die Herablassung in ihren Blicken. Kein Wunder, schließlich waren die Zimmer, die sie vermieteten, fast genauso teuer wie ihr Körper.

»Könnten Sie mir einen Gefallen tun?«, fragte Melanie.

»Selbstverständlich.« Die Rezeptionistin überprüfte, ob ihre Haare noch straff genug an ihren Kopf geklammert waren. Melanie vergewisserte sich, dass niemand sie beobachtete, bevor sie einen Zwanzigeuroschein über das Pult schob.

»Wenn ich um acht nicht wieder unten bin, rufen Sie bitte die Polizei.«

Das konfektionierte Lächeln fiel in sich zusammen. »Ich möchte keinen Ärger bekommen.«

Sie legte noch einen Zwanziger dazu. »Bitte. Ich habe ein Tinder-Date. Er sieht wirklich nett aus, aber man kann ja nie wissen.«

»Also gut«, sagte die Rezeptionistin. »Aber nehmen Sie Ihr Geld mit. Sie brauchen das sicher nötiger als ich.«

Oben in ihrem Zimmer warf sie ihre Handtasche auf das Kingsize-Bett und ging zur Minibar. Sie nahm sich einen kleinen Prosecco und trank ihn direkt aus der Flasche. Kommt alles auf die Zimmerrechnung, dachte sie, genau wie die Parkgebühr. Sie musste zugeben, dass sie ein bisschen nervös war. Wenn man etwas zum letzten Mal machte, ging es meistens schief. Das lag natürlich daran, dass man nie aufhörte, bevor etwas passierte.

Um fünf vor sechs schob sie den Vorhang zur Seite und sah auf den Platz vor dem Eingang. Ein paar Tausend Glühbirnen wünschten ihr frohe Weihnachten. Ein Daunenjackenträger kettete sein Rad an die Laterne neben dem Springbrunnen. Vor dem Eingang hielt ein Taxi, aus dem ein Mann mit Aktenkoffer sprang. Ein Jogger dehnte sich neben der Bushaltestelle, an deren Werbetafel ein junger Mann lehnte und den Blick über die strahlende Fassade des Hotels schweifen ließ. Man sah den Leuten nicht an, ob sie ihre Geschenke umtauschen gingen oder vorhatten, ihr Weihnachtsgeld für eine Hure auszugeben.

Bis jetzt hatte sie noch nie größeren Ärger mit einem Freier gehabt, dafür sorgte schon die Agentur, die eine gewisse Vorauswahl traf. In der Regel erschienen gut gekleidete Männer, die sich zurechtgemacht hatten, als würden sie zum Essen in ein edles Restaurant gehen. Manche waren hässlich, andere stanken aus dem Mund, die meisten betrogen ihre Frauen, aber allen gemeinsam war, dass sie gut zahlten.

Der Prosecco schmeckte schal. Vielleicht sollte ich mich verpissen, dachte sie, man sollte auf sein Gefühl hören. Andererseits konnte sie die fünfhundert Euro gut gebrauchen. Man musste sich bloß klarmachen, dass es nur der Körper war, den sie beschmutzten. An ihre Seele, falls es so was gab, kamen sie nicht heran. Sie hatte ihre Strategien entwickelt: Wenn sie mit einem Freier ins Bett ging, stellte sie sich immer vor, alles aus der Vogelperspektive zu beobachten. Zwei Fremde, die sich auf den Laken wälzten. Nur das Stöhnen durfte man dabei nicht vergessen.

Es klopfte an der Tür. Sie trank schnell noch einen Schluck und stellte die Flasche auf dem Nachttisch ab. Auf dem Weg zur Tür strich sie ihr Kleid glatt. Bevor sie öffnete, kramte sie noch schnell ein dümmliches Lächeln aus ihrem Repertoire, schließlich gab es nichts, was weniger sexy war als eine schlaue Hure.

Der Typ war ziemlich jung, vielleicht Anfang dreißig. Hellblondes Haar, das von einer halben Tube Gel in Form gehalten wurde. Er war so braun, als käme er gerade aus der Karibik. Trotz der Kälte trug er nur eine dünne Goretex-Jacke.

»Hi«, sagte er. »Bin ich hier richtig bei Olga?«

»Komm rein.«

Er zog die Jacke aus und hängte sie über die Stuhllehne. Seine Arme waren schlank, aber muskulös. Irgendetwas an ihm – vielleicht seine Augen – strahlte Abenteuerlust aus. Bei manchen Freiern fragte sie sich, warum sie nicht in die Disco gingen, um da jemanden abzuschleppen. Wahrscheinlich fühlten sie sich nur wohl, wenn sie die Situation kontrollieren konnten.

Der Typ stand irgendwie unschlüssig im Zimmer rum und sah sich die Einrichtung an. Er wirkte nicht wie jemand, der öfter zu Huren ging. Aber auch nicht schüchtern.

»Du musst mir zuerst das Geld geben«, sagte sie.

»Ach so, klar.« Er zog einen Umschlag aus der Gesäßtasche und reichte ihn ihr. Sie warf einen Blick hinein. Fünf Hunderter, frisch aus dem Automaten.

»Hast du dir was Besonderes vorgestellt?«

Der Mann zog den Designersessel neben das Doppelbett und setzte sich. »Können wir erst einen Schluck trinken?«

»Du hast für zwei Stunden bezahlt. Wir können machen, was du willst.« Sie ging zur Minibar.

»Ein Bier«, sagte er.

Sie spürte, wie er sie beobachtete, als sie ihm die Flasche brachte, sich die Schuhe abstreifte und sich mit ihrem Prosecco aufs Bett setzte. Sein Blick war nicht lüstern, sondern eher interessiert.

»Hübsches Hotel«, sagte er.

»Wenn man auf vergoldete Wasserhähne steht.«

Er lachte. »Bist du öfter hier?«

»Hin und wieder.«

»Verrätst du mir deinen richtigen Namen?«

»Klar«, sagte sie. »Wenn du mir deinen sagst.«

»Wie unhöflich von mir. Ich bin Bernard.« Lächelnd gab er ihr die Hand.

»Ulrike«, sagte sie. Es war der Name ihrer Mutter. Sie wusste selbst nicht, warum ihr gerade der in den Kopf gekommen war. Freud hätte bestimmt eine interessante Theorie dazu gehabt. »Willst du zu mir aufs Bett kommen?«

Bernard schüttelte den Kopf. »Lass mir ein bisschen Zeit. Ich bin nicht so schnell.«

Sie glaubte ihm kein Wort. Der Mann war nicht gekommen, um mit ihr ins Bett zu gehen. Es wurde Zeit, von hier zu verschwinden. »Willst du vielleicht erst duschen?«, fragte sie.

Er hob den Arm und schnüffelte an seiner Achsel. »Alles frisch.« Als er ihren Blick bemerkte, ließ er den Arm schnell wieder sinken. Unter dem Hemd trug er ein Pistolenholster, wie sie es schon tausendmal im Fernsehen gesehen hatte. Und ihm war nicht entgangen, dass sie es bemerkt hatte.

»Ein Freund von mir hat dich empfohlen«, sagte er. »Benedikt Spicher.«

Scheiße, sie hatte gleich gewusst, dass hier was nicht stimmte. Sie rutschte weg von ihm, ganz ans Kopfende des Bettes, und zog die Knie an die Brust. »Kenn ich nicht«, sagte sie. Konnte das der Mann sein, vor dem Benedikt sie gewarnt hatte?

»Komisch. Vor drei Tagen war er noch bei dir. Habt ihr euch hier getroffen, in diesem Hotel?«

»Wenn ich dir nicht gefalle, kannst du dein Geld zurückhaben.« Sie nahm den Umschlag vom Nachttisch und warf ihn ihm zu. Er machte nicht einmal den Versuch, ihn aufzufangen. Sie sprang auf der anderen Seite vom Bett und lief barfuß zur Tür, aber er schnitt ihr mit ein paar schnellen Schritten den Weg ab.

»Ich schreie«, sagte sie. »Außerdem weiß die Agentur, wo ich bin. Und die Rezeptionistin ruft die Polizei, wenn ich ...«

»Beruhig dich.« Der Mann zog einen Ausweis in einer schmuddeligen Plastikhülle aus der Gesäßtasche. »Die Polizei ist schon da. Bernard Dörfner. Du kannst mich Ben nennen.«

»Was wollen Sie von mir? Ich weiß nichts.«

»Du bist die Letzte, die Spicher lebend gesehen hat, soweit wir wissen. Ich muss dich bitten, mich aufs Revier zu begleiten.«

Sie wusste nicht, ob sie erleichtert oder wütend sein sollte. »Blöder Wichser«, sagte sie vorsichtshalber. »Du hast mir eine Scheißangst eingejagt.«

20

Im Schatten der Bäume hatten sich noch einzelne Schneeflecke gehalten. Kant folgte einer vereisten Traktorspur. Er fluchte, als die dünne Schicht unter seinen Schuhen brach und er bis zu den Knöcheln im Wasser stand.

Nach der unerfreulichen Begegnung mit dem Bürgermeister hatte er sich in einer düsteren und nach Essigreiniger riechenden Metzgerei mit Proviant versorgt. Auf dem Parkplatz neben dem Tennisplatz hatte er noch einmal Koflers Akte durchgesehen und versucht, aus dem Lageplan schlau zu werden, in dem der Fundort der Leiche eingezeichnet war. Der Heuschober stand irgendwo östlich des Hauptwegs, der zum Kloster führte.

Das Problem war, dass andauernd schmale Trampelpfade den Hauptweg kreuzten. Kant war schon dreimal abgebogen, eine Viertelstunde lang durch dorniges Gebüsch gestapft und wieder umgekehrt. Er hätte sich doch bei der Polizeiwache der Kreisstadt einen Führer besorgen sollen, aber jetzt hatte er keine Lust mehr umzukehren. Außerdem wollte er nicht zu viel Staub aufwirbeln wegen einer Sache, an der vielleicht gar nichts dran war. Und falls was dran war, sollte er vielleicht erst recht keinen Staub aufwirbeln. Wenn hier einer blöde Fragen stellt, dachte er, spricht sich das schnell rum. Der Täter musste ja nicht unbedingt über den Stand der Ermittlungen informiert sein.

Der vierte Weg, den er ausprobierte, führte eine Anhöhe hinauf und an einem Fichtenhain vorbei. Als die grüne Wand endete, stand der Heuschober unvermittelt dicht vor ihm. Er hielt inne und lauschte. In der Ferne rauschte eine Landstraße. Wasser tropfte aus den Bäumen auf die von Moos überzogenen Dachziegel. Etwas raschelte im Unterholz, dann wurde es still, und er hörte vor allem seinen eigenen Herzschlag. Ein idealer Ort, um sich zu verstecken. Oder jemanden zu verstecken. Er fragte sich, wie viele Leute wohl von dem Heuschober wussten.

Als er über den Stacheldraht kletterte, der die kleine Lichtung umgab, riss er sich die Hose vom Knie bis zum Schritt auf. Langsam umrundete er die Hütte. Auf der anderen Seite befand sich ein breites Tor, durch das der Bauer früher vermutlich sein Heu – oder was immer er hier lagerte – gebracht hatte. Er lachte leise über seine eigene Dummheit.

Die Tür zum Schober stand einen Spaltbreit offen. Kant trat ins Halbdunkel. Ein modriger Geruch empfing ihn. In der hinteren Ecke lag eine aufgerissene Matratze mit einer braunen Wolldecke. Zigarettenkippen und leere Flaschen waren überall verstreut, aber er fand weder Lebensmittelverpackungen noch Spuren einer Feuerstelle, nichts, was darauf hindeutete, dass sich jemand hier auf Dauer eingenistet hatte. Aber warum sollte man eine Matratze zu diesem abgelegenen Ort schleppen, wenn man nicht vorhatte, länger zu bleiben? Hatte jemand aufgeräumt? Die Polizei sicher nicht, sonst wäre es in dem Bericht vermerkt worden.

Kant sah sich die Matratze näher an. Selbst in dem Dämmerlicht brauchte er nicht länger als eine halbe Minute, um die getrockneten Blutspuren zu finden. Auch davon stand nichts in dem Bericht. Eine unglaubliche Schlamperei. Anscheinend hatte sich niemand besonders für Koflers Tod interessiert. Ein

Junkie weniger. Er konnte sich vorstellen, was an den Stammtischen geredet wurde, und er wusste auch, wie manche Kollegen darüber dachten.

Er rief Weber an, der sich erschöpft anhörte, aber munterer wurde, als Kant ihn bat, seine Ausrüstung zu packen und zu ihm zu kommen. Nachdem er ihm eine genaue Wegbeschreibung gegeben hatte, setzte er sich auf die Türschwelle, um seine Semmel zu essen. Nach einer Weile kroch die Kälte aus den nassen Schuhen an den Beinen hoch, und da auch noch der Wind auffrischte, ging Kant ins Innere des Schobers und schloss die Tür. Er setzte sich auf den Holzboden und lehnte sich mit dem Rücken an die Wand. Es war jetzt fast dunkel hier drin, nur durch ein mit Brettern zugenageltes Fenster fielen dünne Lichtstreifen auf den Boden.

Kant versuchte, sich vorzustellen, wie Kofler, in die Wolldecke gehüllt, auf der Matratze gelegen hatte und langsam erfroren war. Zu der Zeit war es bestimmt zehn Grad kälter gewesen, nachts sicher fünfzehn. Hatte er gegen seinen nahenden Tod angekämpft, oder war es ihm gleichgültig gewesen? Was war in seinem Kopf vorgegangen? Hatte er gewusst, dass er sterben musste?

Bei starker Unterkühlung trübte das Bewusstsein immer mehr ein. Man spürte keinen Schmerz. Jeden Winter gab es Obdachlose, die auf der Parkbank erfroren, obwohl ein Schutzraum oder ein rettender U-Bahn-Eingang nur wenige Schritte entfernt war. Kant zog seinen Mantel enger um die Beine. Er zuckte zusammen, als sein Handy klingelte.

Konstanze. Obwohl sie schon seit über zehn Jahren getrennt waren, bekam er jedes Mal ein schlechtes Gewissen, wenn er ihren Namen auf dem Display las. Am liebsten hätte er den Anruf gar nicht angenommen, aber dann würde sie es jede halbe Stunde wieder versuchen und ihm mindestens achtmal auf die Mailbox sprechen.

»Hallo?«

»Ist Frida bei dir?« Begrüßungen und andere Förmlichkeiten hatte sie sich schon vor langer Zeit abgewöhnt, zumindest wenn sie mit ihm sprach.

»Nein, im Moment nicht.«

»Ich kann sie nicht erreichen. Seit vorgestern.«

»Das tut mir leid. Soll ich ihr was ausrichten?«

»Weißt du überhaupt, wie es bei mir aussieht?«

Woher sollte er das wissen? Seit ihrer Trennung hatte sie ihn nicht mehr in ihre Wohnung gelassen. »Wahrscheinlich wirst du's mir gleich verraten.«

»Spar dir deinen Sarkasmus. Das war deine Tochter. Sie sollte nur auf den Hund aufpassen. Den ich wegen ihr gekauft habe. Weil du sie im Stich gelassen hast.« Ihre Stimme schraubte sich langsam hoch.

Er hatte eine etwas andere Sichtweise auf ihre Trennung, hatte sich aber auch geschworen, nie mehr darüber zu diskutieren. »Beruhig dich. Was hat sie denn gemacht?«

»Das ganze Wohnzimmer auf den Kopf gestellt. Und meinen Wein ausgetrunken. Jetzt, wo sie bei dir wohnt, bist du auch für sie verantwortlich. Oder ist das zu viel verlangt?«

»Konstanze, sie ist fünfzehn.«

»Das war ja klar, dass du sie in Schutz nimmst. Du bist ja selbst noch nicht erwachsen.«

»Ich sag ihr, dass sie dich anrufen soll, okay?«, antwortete er so ruhig wie möglich. Das war ein Fehler. Je ruhiger er blieb, desto mehr regte sie sich auf.

»Was habe ich dir eigentlich getan?«, schrie sie. »Warum hetzt du sie gegen mich auf? Meine eigene Tochter.«

»Ich muss jetzt Schluss machen. Ich bin auf der Arbeit.«

»Du mit deiner Scheißarbeit. Immer wenn es um Gefühle geht, redest du dich mit deiner Arbeit ...«

Kant legte auf. Es hatte keinen Sinn. Sie konnten nicht mehr miteinander reden. Genau genommen, hatten sie noch nie richtig miteinander reden können. In den ersten zwei oder drei Jahren hatte eine Art blindes Verständnis zwischen ihnen geherrscht, aber sobald sie das Vehikel der Sprache benutzen mussten, waren sie verloren gewesen. Ihre Liebe hatte sich aufgelöst wie eine Brausetablette. Zurück blieb nur der Schmerz.

Schon lange hatte er sich nicht mehr so gefreut, Weber zu sehen. Der Kollege stieß die Tür mit dem Fuß auf und kam schnaufend herein, in einer Hand eine Art Werkzeugkiste aus Kunststoff, in der anderen eine Zigarette. Seine grobporige Gesichtshaut war von der Kälte und der Anstrengung gerötet. Ein schwacher Spiritusgeruch begleitete ihn wie andere Leute der Duft von Rasierwasser.

»Scheiße, was machst du da?«, fragte Weber statt einer Begrüßung, als er Kant auf dem Boden sitzen sah.

»Gib mir mal deinen Flachmann«, sagte Kant.

»Was?«

»Ich weiß, dass du einen dabeihast, also stell dich nicht so an.«

Weber griff in seine Lederjacke und zog ein silbernes Fläschchen hervor. Er schraubte den Deckel ab und reichte es Kant, der zwei Schlucke trank und das Brennen in Kehle und Magen genoss.

»Wirklich ekelhaft, das Zeug.« Er stand auf und gab Weber den Flachmann zurück. Der blickte die Flasche in seiner Hand kurz an, dann verschloss er sie und ließ sie in seiner Jacke verschwinden.

»Würdest du mir jetzt verraten, was wir in der Scheißkälte hier draußen machen, verdammt?«

Kant erklärte es ihm.

»Warum hat man die Spuren nicht gesichert, nachdem die Leiche gefunden wurde? Sechs Wochen sind eine lange Zeit. Außerdem hat hier eine Menge Leute rumgetrampelt, inklusive dir.«

»Tja, das werden wir rausfinden. Ich habe den Eindruck, dass da jemand was unter den Teppich kehren wollte. Mach dich an die Arbeit, bevor wir erfrieren.«

Weber baute eine Akkulampe auf und schoss aus allen möglichen Perspektiven Fotos, dann kratzte er Blutspuren von der Matratze und sicherte sie in einem Plastiktütchen. Die Wolldecke verpackte er komplett in einem Sack, den er mit einer Klammer verschloss. Er fand Haare, eine Zigarettenkippe und feine Fasern, die möglicherweise von einem Seil stammten.

»Fällt dir was an dem Fenster auf?«, fragte er Kant.

»Es ist zugenagelt.«

»Genau, und zwar mit Eisennägeln. Die Bretter sind alt, aber an den Nägeln ist noch nicht mal eine Spur von Rost. Die kommen frisch aus dem Baumarkt.«

Weber ging zur Tür und zeigte auf den Beschlag, der sich in eine Öse am Türrahmen einhängen ließ.

»Siehst du die Kratzer hier? Würde mich nicht wundern, wenn da vor Kurzem noch ein Vorhängeschloss gehangen hätte. Das ist aber nur eine Vermutung.«

»Du meinst, jemand hat den Schuppen zu einer Art Gefängnis umgebaut?«

»Schon möglich. Obwohl es nicht gerade ausbruchsicher wäre.«

»Außer der Insasse wäre gefesselt und vielleicht sowieso nicht in bester körperlicher Verfassung.«

»Dann könnte es funktionieren.«

Die Dämmerung brach an, als sie den Rückweg antraten. Durch das Dach des Waldes drang kaum noch Licht auf den schmalen Pfad, und sie gingen eine Weile schweigend, ganz darauf konzentriert, nicht über Steine oder Wurzeln zu stolpern. Erst als sie den Fahrweg erreicht hatten, sprachen sie wieder.

»Du musst was unternehmen, Klaus«, sagte Kant.

»Ich habe keine Lust, was zu unternehmen. Wofür denn?«

»Else hätte ganz sicher nicht gewollt, dass du dich so hängen lässt.«

»Komm mir nicht so. Else ist tot. Und ich bin's auch bald.«

»Stimmt, wenn du so weitersäufst, dauert's nicht mehr lang.«

»Das ist ja der Sinn der Sache. Ich würde mich am liebsten wie ein alter Elefant zum Sterben zurückziehen. Dann bräuchte ich die anderen nicht mit meinem Gestank zu belästigen.«

Kant legte ihm die Hand auf die Schulter und zog sie gleich wieder zurück. »Du warst mal der beste Polizist, den ich kannte. Als ich bei euch anfing, habe ich verdammt viel von dir gelernt. Und das nicht nur beruflich. Du hast mir geholfen, als die Sache mit Konstanze den Bach runterging und ich vor dem Nichts stand. Ich habe immer großen Wert auf deine Meinung gelegt, auch nachdem ich Hauptkommissar wurde. Jetzt lass dir mal was von mir sagen: Du fängst an, Fehler zu machen. Du kannst dich nicht in irgendeiner Kneipe volllaufen lassen, wenn du Bereitschaft hast. Die Kollegen reden schon hinter deinem Rücken. Ich kann dich nicht ewig decken. Du musst dir einen anderen Trost als die Flasche suchen oder du gehst in Pension und säufst zu Hause, bis du die Kontrolle über deinen

Schließmuskel verlierst und einen Pfleger zum Windelnwechseln brauchst. Im ersten Fall will ich dir gerne helfen, im zweiten brauchst du nicht mit mir zu rechnen.«

Weber antwortete mit einem Schnauben. Sie liefen dicht nebeneinander durch die Dunkelheit auf die verstreuten Lichter des Dorfes zu. Die einzigen Geräusche waren das Knirschen des Kieses unter ihren Schuhen und Webers schnaufender Atem. Kant fragte sich, ob er zu weit gegangen war.

»Das war verdammt noch mal die längste Rede, die du in deiner Dienstzeit gehalten hast«, sagte Weber schließlich. »Ich wusste gar nicht, dass du mehr als drei zusammenhängende Sätze hinkriegst.«

21

Kurz vor Feierabend, als Rademacher gerade mit Mareike am Telefon besprochen hatte, was es abends zu essen gab – er sollte auf dem Heimweg noch beim Fischgeschäft vorbeifahren und frischen Heilbutt mitbringen –, kam ein Anruf von der Schupo. Sie hatten Katschinsky geschnappt.

In der Nähe des Ostbahnhofs war ein älterer BMW angehalten worden, der dadurch auffiel, dass er ohne Licht fuhr und zudem über einer durchgezogenen Linie wendete. Als die Streifenpolizisten den Fahrer aussteigen ließen, wehte ihnen starker Alkoholgeruch entgegen. Sowohl Fahrer als auch Beifahrer legten ein aufgedrehtes, nervöses Verhalten an den Tag. Die Beamten warfen einen Blick in den Wagen, fanden unzählige leere Bierdosen auf dem Boden, ein Jagdmesser mit siebzehn Zentimeter langer Klinge unter dem Fahrersitz sowie eine Reisetasche mit ungewaschener Kleidung im Kofferraum. Als sie das Handschuhfach öffneten, entdeckten sie unter einer leeren McDonald's-Tüte fünfzig Gramm Kokain. Bei der anschließenden Überprüfung der Personalien stellte sich heraus, dass es sich bei dem Beifahrer um Ralf Katschinsky handelte, der seit gestern zur Fahndung ausgeschrieben war.

Rademacher versuchte sofort, Kant zu erreichen, aber der hatte offenbar sein Handy ausgeschaltet. Klaus Weber hatte sich vor einer halben Stunde verabschiedet, und Dörfner war von Kant mit einem Spezialauftrag bedacht worden. Blieben also nur Lammers und er selbst.

Lammers war eigentlich genau die Richtige für so eine Vernehmung, aber als Katschinsky von zwei Beamten in den Vernehmungsraum gebracht wurde und Rademacher sah, in welchem Zustand er sich befand, entschied er sich spontan, die Vernehmung selbst durchzuführen. Das konnte er Lammers einfach nicht zumuten.

Rademacher hatte keine prinzipiellen Einwände gegen Frauen im Polizeidienst, aber in diesem Fall war es einfach nötig, ein physisches Gegengewicht zu setzen, und da war er mit seiner Größe und seiner Vergangenheit als Stadtmeister im Judo in der Gewichtsklasse bis fünfundneunzig Kilo optimal qualifiziert. Auch wenn sein Turniererfolg schon fünfzehn Jahre zurücklag und er mittlerweile eher wegen des Biers danach als wegen des Trainings zum Polizeisportverein ging. Seine Frau erzählte jedenfalls immer noch jedem ungefragt, er sei stark wie ein Pferd, und darauf war er mindestens genauso stolz wie sie.

Katschinsky saß mit übergeschlagenen Beinen am Tisch und grinste, als Rademacher hereinkam. Sein schulterlanges Haar glänzte fettig, und an seinem Ohrläppchen hing ein silberner Totenkopf. Er trug einen abgewetzten Daunenmantel und roch nach Zigarettenrauch und Schweiß. Seine Augen waren gerötet und die Pupillen winzig, wie Löcher, die jemand mit einer Nadel in ein Stück Papier gestochen hatte. Rademacher sah ihm an, dass er sich für cool hielt.

»Nehmt ihm die Handschellen ab und wartet draußen«, sagte er zu den beiden Uniformierten, die hinter Katschinsky standen.

»Der gute Mann hat bei der Festnahme Widerstand geleistet«, erklärte einer von ihnen.

»Widerstand ist gut«, sagte der andere. »Er hat versucht, mir in den Arm zu beißen. Wie ein Mädchen.«

»Jetzt ist er ja zur Vernunft gekommen, oder, Herr Katschinsky?«

Rademacher trat dicht vor ihn. Katschinsky sah ihn an, ohne etwas zu sagen. Er bewegte unablässig den Kiefer, als hätte er einen Kaugummi im Mund. Rademacher wartete, bis die Uniformierten die Handschellen gelöst und den Raum verlassen hatten, bevor er das Aufnahmegerät einschaltete.

Er schnippte mit den Fingern und beobachtete, wie die kleinen grünen Balken ausschlugen. »Die moderne Technik, nichts als Ärger. Früher hatten wir ein Tonbandgerät, da hat man wenigstens gesehen, wie die Spulen sich drehen.«

Katschinsky pulte an seinen schmutzigen Fingernägeln herum.

»Neulich hatten wir ein Verhör, und keiner hat gemerkt, dass das Ding nicht lief. Sie können sich bestimmt vorstellen, was das für ein Theater war. Kaffee?«

Katschinsky schüttelte den Kopf. Anscheinend war er nicht zu Small Talk aufgelegt.

Gut, dachte Rademacher, die vertrauensbildende Phase können wir in dem Fall wohl abkürzen. Schließlich konnte er nicht den ganzen Abend hier rumsitzen. Es kam ihm sowieso schon vor, als würde die Arbeit immer mehr von seinem Privatleben auffressen, obwohl er doch gerade erst einen freien Tag gehabt hatte.

»Sie stehen in Verdacht, gegen das Betäubungsmittelgesetz verstoßen zu haben. Des Weiteren wird Ihnen vorgeworfen, Unfallflucht begangen zu haben. Es steht Ihnen frei, sich zu den Tatvorwürfen zu äußern; Sie müssen sich nicht selbst belasten. Darüber hinaus haben Sie die Möglichkeit, einen Verteidiger zu kontaktieren …«

»Ich saß doch gar nicht am Steuer«, sagte Katschinsky mit verwaschener Stimme.

»Haben Sie die Belehrung verstanden?«

Katschinsky nickte.

»Das ist ein Mikrofon«, sagte Rademacher. »Das nimmt Ton auf, keine Bilder. Haben Sie die Belehrung verstanden?«

»Ja. Ich brauch keinen Anwalt.« Katschinsky rieb sich die Handgelenke. Seine Hände waren überall tätowiert, ein Spinnennetz, blaue Punkte, kleine Kreuzchen, einzelne Buchstaben.

»Bei der Durchsuchung Ihrer Wohnung wurden eine Feinwaage sowie diverse Gegenstände zur Verarbeitung und zum Konsum von Drogen sichergestellt. Dem Augenschein nach befanden sich daran Anhaftungen. Das Labor wird vermutlich feststellen, dass sie mit dem Kokain aus dem Handschuhfach identisch sind. Fünfzig Gramm würde ich jetzt nicht gerade als Eigenbedarf bezeichnen. Wie lange haben Sie beim letzten Mal gesessen?«

»Leck mich am Arsch«, sagte Katschinsky. Er wollte aufstehen, aber Rademacher war mit zwei schnellen Schritten bei ihm und drückte ihn zurück auf den Stuhl. Katschinsky murrte, aber er wehrte sich nicht.

»Das gehört alles dem Walter.«

»Walter Bauer, der Fahrer des BMW«, stellte Rademacher klar. »Sie wussten also nichts von dem Kokain im Handschuhfach?«

»Nein.«

»Und die Waage in Ihrer Wohnung? Gehört die auch dem Walter?«

»Welche Waage?«

»Wo haben Sie das Kokain gekauft?«

»Bei deiner Oma.«

Rademacher setzte sich wieder Katschinsky gegenüber an den schmalen Tisch, auch wenn er seinen Geruch nur schwer ertragen konnte.

»Warum haben Sie fluchtartig das Haus verlassen, als die Kollegen Ihr Fahrzeug ansehen wollten?«

»Was für Kollegen? Ich kann mich nicht erinnern. Der Walter hat mich abgeholt, und wir sind ein bisschen rumgefahren. Wie früher. Spaß haben. Paar Weiber aufreißen.«

»Okay, ich helfe Ihnen mal ein bisschen. Sie hatten das Kokain im Haus versteckt und sind in Panik geraten. Verständlich. Dann haben Sie Herrn Bauer angerufen, um die Drogen schnell zu verkaufen, so weit richtig?«

»Ich glaub, ich will doch einen Anwalt.«

»Wie erklären Sie Ihre Fingerabdrücke auf der Verpackung des Kokains?«

»Ich sag nichts mehr.«

»Die Vernehmung wird unterbrochen, bis der Beschuldigte einen Rechtsbeistand bekommen hat.«

Rademacher stand auf und schaltete den Rekorder aus. Die Vernehmung war so verlaufen, wie er es befürchtet hatte. Gewohnheitskriminelle wie Katschinsky ließen sich nicht so schnell einschüchtern.

»Vielleicht glaube ich Ihnen sogar, dass das Kokain Ihnen nicht gehört. Vielleicht sind Sie ja nur Gelegenheitskonsument. Aber das ist nur meine persönliche Meinung. Bei Ihren Vorstrafen müssen Sie schon mit ein paar Jahren rechnen.«

Katschinsky gähnte demonstrativ.

»Vielleicht interessieren wir uns ja gar nicht so sehr für das Koks.«

Zum ersten Mal sah Katschinsky ihm in die Augen.

»Am Sechsundzwanzigsten, sind Sie da abends auch ein bisschen durch die Gegend gefahren? Vielleicht mit einer Freundin oder so?«

Rademacher sah ihm an, dass er nachdachte. »Am zweiten Weihnachtstag? Da war ich zu Hause. Mit ein paar Kumpels.«

»Und vom Weihnachtsliedersingen haben Sie eine trockene Kehle bekommen. Deshalb sind Sie noch mal losgefahren, um Bier zu kaufen? Sie konnten ja nicht ahnen, dass da im Dunkeln einer über die Straße läuft. Außerdem war es glatt. Bloß ein Unfall.«

»Blödsinn. Ich war den ganzen Abend zu Hause.«

»Und da dachten Sie sich, es wäre besser, wenn das Opfer nicht mehr aussagen kann.«

»Kann ich jetzt in meine Zelle?«

»Warum haben Sie die Motorhaube neu lackiert, wenn Sie keinen Unfall hatten?«

Katschinsky sah ihn mit leerem Blick an, dann schien ihm etwas zu dämmern, das ihn ungemein belustigte.

»Wirklich? Darum geht's?«

Rademacher wartete ab.

»Na ja«, sagte Katschinsky langsam. »Die Sache mit der Motorhaube. Die war sozusagen beschädigt. Der Kadett ist ja schon ein Sammlerstück. Ich lege Wert auf einen gepflegten Zustand.«

Rademacher hatte Lust, ihm das Grinsen aus dem Gesicht zu wischen, aber er hatte in seiner ganzen Dienstzeit noch keinen Verdächtigen geschlagen und würde ganz sicher nicht wegen dieses Primaten damit anfangen.

»Irgendjemand muss sich über mich geärgert haben«, fuhr Katschinsky fort. »Komisch eigentlich, wo ich ein so umgänglicher Mensch bin. Vielleicht ein Nachbar. Die beschweren sich manchmal wegen der Musik und so. Auf jeden Fall hat einer was auf die Motorhaube gesprüht.«

»Und was soll das gewesen sein?«

»Das, was dir fehlt: ein Pimmel. Wenn ihr den Lack abkratzt, könnt ihr euch das Kunstwerk angucken.«

Rademacher atmete tief durch und konzentrierte sich auf sein Hara, knapp unterhalb des Bauchnabels, wo das Zentrum der Schwerkraft saß. Wahrscheinlich war Katschinsky gerade zum ersten Mal in seinem Leben zu Unrecht von der Polizei beschuldigt worden, und ausgerechnet er war der Idiot, der den Spott ertragen musste.

»Der Wagen ist schon in der Kriminaltechnik«, sagte er. »Wenn es einen Unfall gab, werden die Kollegen das rausfinden.«

»Habt ihr mich wirklich deshalb gesucht?«

Rademacher ging zur Tür und rief die Uniformierten.

»Wir leiten Ihren Fall an das Drogendezernat weiter. Falls wir Sie noch mal brauchen, weiß ich ja, wo wir Sie die nächsten Jahre finden.«

»Leck mich«, sagte Katschinsky.

Rademacher hatte die Schnauze voll. Er wollte nach Hause zu seinen Kindern. Das Fischgeschäft war auch schon zu, und außerdem hatte er vergessen, Mareike anzurufen und Bescheid zu geben, dass er später kommen würde. An sich kein Drama, aber er hatte sich vorgenommen, solche Sachen nicht einreißen zu lassen. Man sah ja bei Kant und den anderen, wo das hinführte. So könnte er niemals leben. Ohne seine Familie, ohne das Gegengewicht, das Mareike und die Kinder zu dem Elend darstellten, mit dem er täglich konfrontiert wurde, hätte er den ganzen Mist schon längst hingeworfen. Überhaupt musste er sich unbedingt erkundigen, wie es sich auf seine Pensionsansprüche auswirken würde, wenn er ein paar Jahre früher Schluss machte. Die Pläne für seinen Ruhestand waren jedenfalls schon geschmiedet. Sie würden nach Holland ziehen, in Mareikes alte Heimat, und dort einen Campingplatz aufmachen. Raus aus der Stadt mit ihrer Hektik und Enge und dem ganzen Dreck.

Tagsüber würde er im Meer angeln und abends mit Mareike in den Dünen spazieren gehen. Sie würden sich ein hübsches Plätzchen suchen und unter dem Sternenhimmel ihre Decke ausbreiten. Mareike war nahezu unersättlich. Und obwohl sie zehn Jahre jünger war als er, war die kleine Anna-Lena wohl endgültig ihr letzter Familienzuwachs. In dieser Hinsicht brauchte man sich also auch keine Gedanken mehr zu machen.

Seine Stimmung hellte sich allmählich auf, während er die Thermoskanne und die Butterbrotdose in die Aktentasche packte, aber gerade als er sein Büro verlassen wollte, kam Dörfner hereingestürmt. Wie immer ohne anzuklopfen.

»Was ist denn jetzt noch?«, fragte Rademacher.

»Mission erfolgreich abgeschlossen.« Dörfner grinste ihn an. »Ich hab die Nutte geschnappt.«

»Erstens heißt das Prostituierte, zweitens wird hier angeklopft. Und drittens, was geht mich das überhaupt an?«

Dörfner ließ sich seine gute Laune leider nicht verderben.

»Ach komm«, sagte er, »ich dachte, du leitest heute den Laden hier. Da willst du doch bestimmt die Vernehmung persönlich durchführen. Die Kleine weiß mehr, als sie zugibt, aber mit mir will sie nicht mehr reden.«

Nach der Demütigung gerade eben gab es kaum etwas, wozu er weniger Lust hatte, als sich mit einer aufmüpfigen

Prostituierten rumzuschlagen. »Man muss auch mal delegieren können«, sagte er. »Petra soll das übernehmen.«
»Ach, die ist auch noch hier?«
»Hast du schon mal erlebt, dass jemand vor dir geht?«
»Witzig.« Dörfner rauschte aus dem Zimmer, aber Rademacher rief ihn zurück.
»Noch was, Ben. Weißt du vielleicht, wo man jetzt noch auf die Schnelle Fisch kaufen kann?«
»Im Hauptbahnhof gibt's einen Laden. Die haben da Hering in Tomatensoße.«
Rademacher winkte ab. Hering in Tomatensoße. Diese jungen Leute hatten wirklich von gar nichts eine Ahnung.

22

Olga hieß also in Wirklichkeit Melanie Klever. Lammers überlegte, wo sie den Namen schon mal gehört hatte. Es machte sie fast wahnsinnig, dass es ihr nicht einfiel. Eigentlich hatte sie ein geradezu quälend gutes Gedächtnis. Sie vergaß nie ein Gesicht oder einen Namen. Manchmal begegnete sie jemandem auf der Straße und fragte sich, woher sie ihn kannte, bis ihr einfiel, dass sie denjenigen einfach nur vor ein paar Tagen an der Bushaltestelle gesehen hatte. Es ging so weit, dass sich ihre Kollegen schon darüber lustig machten. Aber jetzt ließ ihr Gedächtnis sie im Stich. Klever. Irgendwann im Verlauf der Ermittlung war der Name aufgetaucht, und das konnte kein Zufall sein.

Die Frau, die vor ihr auf dem Stuhl saß, war ein paar Jahre jünger als sie, aber man sah es ihr nicht an. Sie musste schon einiges durchgemacht haben. Lammers goss ihr einen Becher Wasser ein.

»Ich hoffe, mein Kollege hat sich anständig verhalten.«

»Sind Sie in ihn verknallt?« Melanie lachte. »Wenn Sie das wissen wollten: Er hat mich nicht angefasst.«

Lammers hatte das Gefühl zu erröten und hoffte, dass Melanie es nicht bemerkte. Das war kein guter Einstieg. »Lassen Sie uns über Ihren Beruf reden«, sagte sie schnell. »Sie bieten Ihre Dienste über eine Agentur namens Nirwana an, oder?«

»Hier stinkt's irgendwie«, sagte Melanie. »Kann man nicht das Fenster aufmachen?«

Lammers stand auf und öffnete die Luke zum Lichtschacht. Die Zeugin – als solche betrachtete sie Melanie vorerst – war eindeutig nervös. Sie schwitzte, schlug alle paar Sekunden ein Bein über das andere und griff andauernd nach ihrer kleinen schwarzen Handtasche.

»Sie können ruhig rauchen«, sagte Lammers. »Ich kann's zwar nicht ausstehen, aber hier qualmen ja sowieso alle.«

Sofort zog sie ihre Zigaretten aus der Handtasche und zündete sich eine an.

»Also, wie läuft das normalerweise ab, wenn Sie sich mit einem Mann treffen?«

»Suchen Sie einen Nebenjob?«

»Nein«, sagte Lammers. »Ob Sie es glauben oder nicht: Nicht alle Frauen machen für Geld die Beine breit.«

»Stimmt. Manche heiraten auch.«

Lammers fragte sich, warum Melanie so aggressiv war. Auf jeden Fall durfte sie sich von ihr nicht auf eine emotionale Ebene ziehen lassen. Es gab genug Verdächtige, die auf diese Weise ihr Gegenüber manipulierten. Sie hatte das Gefühl, dass Melanie Übung darin hatte. Trotzdem war sie nur eine Amateurin.

»Möchten Sie nicht über Ihre Arbeit reden?«

»Es macht mir nichts aus, es ist bloß nicht besonders interessant. Wenn die Freier Bedarf haben, rufen sie die Agentur an. Die ruft mich an, und wenn ich Zeit habe, machen wir einen Treffpunkt aus. Er kommt, zahlt, steckt ihn rein und geht wieder. Ganz einfach.«

»Und dieses Hotel ist ihr bevorzugter Treffpunkt?«

»Ja.«

»Haben Sie sich mit Benedikt Spicher auch dort getroffen?«

»Zwei- oder dreimal.«

»Wann zuletzt?«

»Am zweiten Weihnachtstag.«

»Ist das nicht ungewöhnlich? Ich meine, Sie wissen vielleicht, dass Herr Spicher verheiratet war.«

»An Feiertagen ist Hauptverkehrszeit.«

Wahrscheinlich muss man so einen kranken Humor entwickeln, um das auszuhalten, dachte Lammers. Sie rang sich ein Lächeln ab. »Und hatten Sie Verkehr mit Herrn Spicher?«

»Was glauben Sie wohl?«

»Ich fasse das als Bestätigung auf. Von wann bis wann war Herr Spicher bei Ihnen?«

»Der Termin war um halb sieben. Eine Stunde, glaub ich, aber er ist schneller fertig geworden.«

»Hat er gesagt, wo er danach hinwollte?«

»Nein.«

»Gab es Streit zwischen Ihnen?«

»Nein.«

»Sind Sie ihm gefolgt?«

»Warum sollte ich? Er hat bezahlt und ist gegangen. Das war alles.« Sie drückte ihre Zigarette aus und zog eine neue aus der Schachtel, ohne sie anzuzünden.

»Was haben Sie dann gemacht?«

»Ich bin zu meinem Freund gefahren.«

»Und der kann das bestätigen?«

»Moment, ich habe gelogen«, sagte Melanie. »Es ist mein Ex-Freund. Ich habe ihn nämlich an dem Abend verlassen. Daran wird er sich hoffentlich erinnern können.«

Lammers ließ sich den vollständigen Namen und die Adresse geben. »Was haben Sie dann gemacht? Nachdem Sie die Wohnung von Herrn Krumbach verlassen haben?«

»Ich war ein bisschen durcheinander und wusste nicht wohin. Da bin ich zu meinen Eltern gefahren.«

»Die wo wohnen?«

»Am Ammersee.«

»In welchem Ort?«

»Schelfing.«

Sie stammte aus dem gleichen Ort wie Benedikt Spicher. Lammers spürte ein Prickeln unter der Schädeldecke, als die Synapsen die richtige Verbindung herstellten. Mit einem Mal wusste sie, wo sie den Namen Klever schon gehört hatte. Bei dem Schreinermeister, der versuchte, sich das Gehirn wegzusaufen. Herr Horn. Er hatte irgendwas von einer Verschwörung zwischen dem Bürgermeister und Spicher und Klever gefaselt.

»Wie viele Einwohner hat Schelfing?«, fragte sie.

»Weiß nicht. Sehen Sie doch auf Wiki nach.«

»Zweitausend?«

»Kann sein.« Sie versuchte, gelangweilt zu wirken, aber Lammers sah, dass sie die Zigarette, mit der sie die ganze Zeit herumspielte, fast zwischen den Fingern zerbrach.

»Sie sind im selben Alter wie Benedikt Spicher. Sie sind beide in Schelfing aufgewachsen, nehme ich an. Wollen Sie mir erzählen, dass Sie ihn nicht gekannt haben?«

»Das habe ich nie behauptet«, sagte Melanie.

Lammers fragte sich, warum sie sich so unkooperativ verhielt. Sie gab immer nur so viel preis wie eben nötig.

»Würden Sie uns vielleicht über Ihre Beziehung mit Herrn Spicher aufklären?«

»Wir sind zusammen zur Schule gegangen.«

»Waren Sie befreundet?«

»Damals schon.« Sie strich sich eine Strähne aus dem Gesicht und sah Lammers in die Augen. »Er war irgendwie anders als die anderen. Immer so still. Der passte gar nicht da rein. Ich habe immer gedacht, der würde mal Maler oder Schriftsteller werden oder so. Tja, dann war ihm wohl doch das Geld wichtiger.«

»Hatten Sie eine sexuelle Beziehung zu ihm?«

»Wenn Sie das sagen, klingt das wie eine Krankheit. Wir waren zusammen. Mit neunzehn. Nur ein paar Monate lang. Natürlich sind wir miteinander ins Bett gegangen. Aber das war alles nicht so ernst.«

Für dich vielleicht, dachte Lammers. Wahrscheinlich hast du ein bisschen mit ihm gespielt, und er ist den Rest seines kurzen Lebens nicht mehr drüber hinweggekommen.

»Und wann endete Ihre Freundschaft?«

»Nach der Schule ist er nach München gezogen, um zu studieren. Ich wurde auf der Schauspielschule aufgenommen. In Berlin. Da haben wir den Kontakt verloren.«

»Und nach der Ausbildung sind Sie aus Berlin zurückgekommen?«

Sie lächelte, aber es wirkte nicht gerade fröhlich. »So kann man das nicht sagen. Irgendwie ist da alles schiefgegangen. Die haben mich rausgeschmissen, nach nicht mal einem Jahr. Dann habe ich einen Typen aus München kennengelernt und bin zu ihm gezogen. Der hat sich leider als totales Arschloch rausgestellt.«

Sie redete also doch ganz gern, bloß nicht über irgendwas, das helfen könnte, den Fall zu lösen.

»Und wann haben Sie Spicher dann wiedergesehen?«

»Eigentlich hat er mich gesehen. Ich hatte als Tänzerin angefangen. Im Stripclub. Von irgendwas musste ich ja leben. So war die Schauspielschule wenigstens nicht ganz umsonst. Er ist mir unter den anderen Gästen gar nicht aufgefallen, aber nach meinem Auftritt hat er mich angesprochen.«

»Wann war das?«

»Vor ungefähr einem Jahr. Er hat mir erzählt, dass er Anwalt ist und dass er diese Frau geheiratet hat. Irgendwie hatte er sich total verändert, war ein richtiger Angeber geworden. Und dann wollte er mich abschleppen. Da bin ich wütend geworden. Ich habe ihm die Karte von der Agentur hingeworfen und gesagt, wenn er mich ficken will, muss er dafür bezahlen, wie alle anderen auch.«

Melanie sah sie trotzig an, als erwartete sie, für ihr Verhalten verurteilt zu werden. Das Gegenteil war der Fall. Lammers empfand zum ersten Mal so etwas wie Respekt für sie.

»Und dann hat er wirklich angerufen?«

Melanie nickte. »Wie gesagt, wir haben uns dreimal in dem Hotel getroffen. Ich war kühl zu ihm, als würde ich ihn gar nicht kennen. Nach dem Sex konnte er dann gar nicht schnell genug abhauen. Ich glaube, wir haben uns irgendwie beide geschämt.« Sie zündete endlich ihre Zigarette an und inhalierte tief. Die Anspannung schien von ihr abzufallen, als hätte sie jetzt das Schlimmste hinter sich gebracht.

»Und am Sechsundzwanzigsten? Ist da irgendwas Ungewöhnliches vorgefallen?«

»Nein.«

»Wirkte er nervös oder ängstlich?«

»Mir ist nichts aufgefallen.«

»Worüber haben Sie mit ihm gesprochen?«

»Übers Wetter. Wie kalt es ist dieses Jahr. Solche Sachen. Wir haben nie viel geredet.«

Lammers hatte das Gefühl, dass sie ihr etwas verschwieg, aber bis jetzt hatte sie sich nicht in Widersprüche verwickelt oder beim Lügen ertappen lassen. »Haben Sie irgendeine Vorstellung, wer einen Grund gehabt haben könnte, ihn zu töten?«

Sie dachte nach. »Vielleicht seine Frau. Aber wenn alle Frauen, deren Männer zu Huren gehen, zu Mörderinnen würden, hätten Sie eine Menge zu tun.«

»Da haben Sie wahrscheinlich recht«, sagte Lammers.

»Kann ich jetzt gehen? Oder wollen Sie noch mehr traurige Geschichten aus meinem Leben hören?«

Selbst wenn Lammers gewollt hätte, hätte sie keinen Grund gehabt, sie länger festzuhalten. »Wo können wir Sie erreichen?«

»Ich bin bei meinen Eltern, erst mal. Ich brauch eine kleine Auszeit, und dann … fang ich vielleicht noch mal von vorne an.« Sie lächelte, aber ihre Augen waren hart, als glaubte sie selbst nicht an das, was sie sagte.

»Gut«, sagte Lammers. »Aber falls Sie vorhaben zu verreisen, melden Sie sich vorher bei uns.«

»Alles klar.« Melanie sprang auf und lief hinaus.

Lammers sah ihr eine Weile nach, bevor sie in ihr Büro am Ende des Gangs ging.

Ben war zum Glück sofort verschwunden, nachdem er seinen Fang abgeliefert hatte. Wenn er am Schreibtisch gegenüber saß und sie anstarrte oder rumhampelte und Witzchen riss, konnte sie sich einfach nicht konzentrieren. Außerdem hatte die Begegnung mit Melanie sie aus der Bahn geworfen. Wie konnte man nur so leben? Allein der Gedanke bereitete ihr Kopfschmerzen. Sie holte ein Aspirin aus der Packung, die sie im Schreibtisch aufbewahrte, und spülte es mit einem Schluck Wasser herunter.

Eins war klar: Melanie wusste mehr, als sie zugab. Und sie hatte Angst. Vielleicht verkroch sie sich deshalb bei ihren Eltern. Kannte sie den Mörder? Wenn ja, warum deckte sie ihn?

Lammers musste mit Kant reden. Aber nicht mehr heute.

Bevor sie nach Hause fuhr, gab sie noch den Namen Paul Krumbach in den Rechner ein. Es dauerte nicht lange, bis INPOL die Daten ausspuckte.

Der gute Paul hatte schon einiges geleistet in seinem Leben. Insbesondere auf den Feldern Drogenbesitz, Körperverletzung und Fahren ohne Führerschein hatte er sich hervorgetan. Melanie schien wirklich ein Händchen für nette Typen zu haben. Vielleicht hatte es Paul nicht gefallen, dass Melanie sich mit Spicher traf. Das nötige Gewaltpotenzial war jedenfalls vorhanden.

Morgen würden sie ihm einen Besuch abstatten.

23

Beinahe hätte er ihre Spur verloren. Er wusste, wer sie war. Melanie Klever. Er hatte sie gleich erkannt, als er Spicher zum Hotel gefolgt war. Normalerweise war es nicht schwer, jemanden aufzuspüren, dessen Namen man kannte. Wenn derjenige ein halbwegs normales Leben führte.

Er hatte im Internet nach ihrer Adresse gesucht und nichts gefunden. Sie hatte zwar eine Facebook-Seite, aber schon seit über drei Jahren nichts mehr gepostet. Unter dem Namen eines ehemaligen Mitschülers von ihrer Faceboook-Seite hatte er eine Anfrage beim Einwohnermeldeamt gestellt und schließlich ihre Adresse bekommen. Er hatte gar nicht gewusst, dass das so einfach war, und es ärgerte ihn. Für zehn Euro verriet der Staat seine Bürger.

Die Adresse hatte ihn zu einem Zweifamilienhaus in einer öden Wohnsiedlung am Stadtrand geführt. Da ihr Name nicht auf der Klingel stand, brach er beide Briefkästen auf, um zu sehen, ob sie vielleicht ihre Post herschicken ließ. Nichts. Im oberen Briefkasten fand er eine Postkarte aus dem Skiurlaub an Mami und Papi. In dem unteren lag ein Katalog von Bonprix. Das passte schon eher. Der Katalog war an eine Verena Müller adressiert, deren Name auch an der Klingel stand.

Er wartete, bis sie nach Hause kam. Eine Frau, kaum älter als Melanie, die einen Kinderwagen vor sich herschob. Er fragte sich, ob die beiden hier zusammengewohnt hatten. Vielleicht eine Nutten-WG. Und dann auch noch Kinder in die Welt setzen. Es ekelte ihn an.

Er fing sie vor der Haustür ab und gab sich wieder als der Schulfreund aus. Verena wollte nicht mit ihm reden. Sie versuchte, sich an ihm vorbei in den Hausflur zu drängeln. Das klappte nicht besonders gut mit dem Kinderwagen. Er packte sie am Hals und drückte sie gegen die Wand. Es dauerte ungefähr drei Sekunden, bis sie die Adresse von Melanies Freund Paul ausspuckte. Er machte ihr klar, dass er wiederkommen würde, wenn sie Melanie oder sonst jemandem von ihrem Gespräch erzählen würde.

»Junge oder Mädchen?« Er beugte sich über den Kinderwagen. Verena wollte es ihm nicht verraten. Sie warf das Fahrrad im Hausflur um, als sie ihr Kind in Sicherheit brachte.

Einen ganzen Tag vergeudete er damit, Pauls Haus zu beobachten. Am Abend sah er, wie in seiner Wohnung das Licht anging. Kurz zuvor war ein junger Mann mit einem Audi TT in die Tiefgarage gefahren. Er beschloss, weiter abzuwarten. Der Typ würde sich wahrscheinlich nicht so leicht einschüchtern lassen wie ihre Nuttenfreundin.

Als Melanie weder am Abend noch am nächsten Vormittag auftauchte, fuhr er zu dem Hotel, in dem sie sich mit Benedikt getroffen hatte. Vielleicht ging sie ja regelmäßig hier ihrer sogenannten Arbeit nach. Ohne große Hoffnung wartete er.

Irgendwann würde er sie irgendwo finden, denn er hatte alle Zeit der Welt. Es gab nichts mehr, was wichtig war in seinem Leben, außer diese eine Sache zu Ende zu bringen. Alles andere war vor langer Zeit zerstört worden.

Er überlegte gerade, unter welchem Vorwand er an der Rezeption nach ihr fragen könnte, da hielt ein roter Fiesta vor der Schranke zur Tiefgarage. Zu weit vom Automaten weg, um einen Parkschein zu ziehen. Er traute seinen Augen kaum, als er sie aussteigen sah. Der Wind blies durch ihr langes Haar, und ihr Hintern zeichnete sich unter dem engen Rock ab, während sie sich zum Automaten beugte. Er musste zugeben, dass sie hübsch war. Eine dieser Frauen, die den Blick abwendeten, wenn sie jemandem wie ihm auf dem Bürgersteig begegneten.

Er stellte sich unter das Vordach einer Bushaltestelle auf der anderen Straßenseite. Kurz darauf sah er sie an einem Fenster im zweiten Stock auftauchen. Ihr Blick schweifte über den Platz. Wieder schien sie ihn nicht wahrzunehmen. Er war unsichtbar, für sie genauso wie für all die anderen.

Niemand hatte ihn je richtig angesehen, außer seiner Mutter vielleicht und natürlich seiner Schwester, und er hatte darunter gelitten, aber jetzt hatte sich dieser Umstand in einen Vorteil verwandelt. Genauso wie er es sich als Kind oft vorgestellt hatte, wenn er allein in seinem Zimmer im Internat auf dem Bett gesessen hatte. Er konnte überall ungehindert hineingehen, in die Umkleidekabine der Mädchen, in Geschäfte, in Banken, und sich nehmen, was er wollte und was ihm zustand. Niemand konnte ihn bestrafen, denn er war einfach nicht da. Wenn dann die anderen Jungen zurück aufs Zimmer kamen und anfingen, ihn zu quälen – weil er den Sportunterricht geschwänzt hatte oder einfach aus Langeweile –, dann brauchte er erst wieder einen Augenblick, um zu begreifen, dass sie ihn sehen konnten, so fest war er in seinem Traum gefangen.

Sie wird mich noch früh genug ansehen, dachte er. Und danach wird sie die Augen für immer schließen.

Er musste sich nur ein bisschen gedulden. Zur Abwechslung mal den Kopf einschalten. Der Erste war ein Versehen gewesen. Beim Zweiten hatte er seine Wut nicht mehr kontrollieren können. Für die Dritte hatte er sich etwas Besonderes überlegt. Eine angemessene Bestrafung.

Beinahe hätte er sie verpasst. Sie kam nicht mit ihrem Auto aus der Tiefgarage, sondern zu Fuß aus der Glastür zwischen den protzigen Säulen. Bei ihr war ein Mann, ein sportlicher Typ, mit dem sie vermutlich die widerlichsten Sachen angestellt hatte. Die beiden bogen um die Ecke und stiegen in ein anderes Auto. Noch mal würde er sie nicht entkommen lassen. Er lief zurück und sprang in sein Auto. Wenigstens war er so schlau gewesen, dieses Mal nicht mit dem Kadett zu kommen, den er niemals hätte benutzen dürfen, sondern mit einem Leihwagen.

Zwanzig Minuten lang fuhren sie durch die Stadt. Er ließ sich immer wieder zurückfallen und musste dann sämtliche Verkehrsregeln missachten, um wieder Anschluss zu finden. Der Mann am Steuer hatte einen schneidigen Fahrstil. Es war nur eine Frage der Zeit, bis er sie verlor. Er fragte sich, warum sie mit ihrem Freier durch die Stadt kurvte.

Die Antwort bekam er kurz darauf, als sie auf den Parkplatz des Polizeipräsidiums bogen. Er fluchte und fuhr an ihnen vorbei. Hatten sie ihn bemerkt? Wusste sie etwa, wer er war? Würde sie um Schutz bitten? Aber dann wurde ihm klar, dass der Mann Polizist war und sie mitgenommen hatte, um sie zu befragen. Wahrscheinlich würde sie nicht mal das wenige verraten, das sie wusste. Und selbst wenn. Es würde ihr nichts nützen.

Er fuhr zurück zum Hotel und parkte auf dem Seitenstreifen, von wo aus er die Tiefgarage im Blick hatte. Zwei Stunden später fuhr ein Streifenwagen vor und setzte sie ab. Sie holte den Fiesta aus der Tiefgarage. Er folgte ihr bis zur Autobahnauffahrt, dann wurde ihm klar, wo sie hinwollte. Wie entgegenkommend von ihr, dachte er und lachte leise. Er trat das Gaspedal durch, zog auf die linke Spur und beschleunigte, bis er mit ihr auf gleicher Höhe war, dann nahm er etwas Tempo raus und versuchte, sie durch die reflektierenden Fenster zu erkennen. Ihr Gesicht leuchtete im Scheinwerferlicht eines entgegenkommenden Wagens auf, blass und mit zusammengekniffenen Lippen. Eine ganze Weile fuhr er neben ihr her. Als sie zu ihm sah, lehnte er sich im Sitz zurück und gab Gas.

Zwanzig Minuten später parkte er vor der Sparkasse, wo schon fünf oder sechs andere Autos standen, deren Fahrer vermutlich gegenüber beim Brunnenwirt saßen. Lachen und das Klirren von Gläsern drangen aus den Fenstern. Er ging die schmale Straße zum See hinab, bis ihn Stille umgab. Die wenigen Häuser verbargen sich hinter hohen Hecken, und nur selten fand ein Lichtschein seinen Weg durch einen Spalt in den heruntergelassenen Rollläden. Niemand begegnete ihm, nicht mal eine streunende Katze oder ein aufgeschreckter Igel. So muss die Welt nach der Neutronenbombe sein, dachte er, still und schön.

Er folgte der mit Glasscherben besetzten Mauer, die das *Große Haus* an drei Seiten umrahmte, bis zum See, auf dessen gefrorener Oberfläche sich das Mondlicht spiegelte. So hatten sie es als Kinder immer genannt: das *Große Haus*. Und es war nicht nur groß, es sah auch anders aus als die Häuser weiter oben im Dorf. Während die alten Häuser sich duckten, als rechneten sie jeden Moment mit einem Unwetter oder einer göttlichen Strafe, ragte es hoch und gerade auf und blickte aus seinen riesigen Fenstern verächtlich auf den See.

Es dauerte nicht lange, bis er ihr Auto kommen hörte.

Die Mauer endete am Ufer, aber daran schloss sich ein Metallgitter an, das fünf Meter weit in den See reichte. Er zog

Schuhe und Strümpfe aus, krempelte die Hose bis zu den Knien hoch und brach mit den Füßen durch die hauchdünne Eisschicht. Das Wasser war so kalt, dass es wehtat, aber er hatte gelernt, Schmerzen auszublenden. Er stapfte durch den schlammigen Grund, bis er das Ende des Gitters erreicht hatte, und stieg auf der anderen Seite ohne Hast wieder an Land.

Niemand hatte sich die Mühe gemacht, auf der Rückseite die Rollläden zu schließen. Aus dem Fenster im Erdgeschoss fräste sich ein scharfer Lichtkeil durch den Rasen. Er setzte sich auf den Steg in den Schatten des Bootshauses und wartete. Von dort aus konnte er beobachten, wie sie im Wohnzimmer umherging und mit jemandem redete. Ihrem Vater, wahrscheinlich. Er fragte sich, in welchem Zimmer sie schlief.

In Afghanistan hatten sie oft die Nacht in der Wüste verbracht. Er hatte es immer genossen, vollkommen mit der Dunkelheit zu verschmelzen, während sie den Feind beobachteten oder einfach Wache hielten. Es waren die seltenen Momente, in denen sein Gedankenkarussell anhielt. Auch jetzt wurde er ganz ruhig. Es fühlte sich an, als würden sich Atmung und Herzschlag verlangsamen.

Irgendwann wurde es dunkel im Erdgeschoss. Dann leuchtete im Fenster über dem Wohnzimmer eine Stehlampe auf. Er konnte einen Blick auf ihre nackten Arme und ihr blondes Haar werfen, als sie die Rollläden herunterließ. Schlagartig war es vorbei mit seiner inneren Ruhe. Es kostete ihn eine Menge Kraft, nicht loszurennen und etwas Dummes zu tun.

Er würde eine Leiter brauchen. Werkzeug, um das Fenster zu öffnen. Einen Strick und etwas, das er als Knebel benutzen konnte. Morgen.

24

Ein dunkler wolfsähnlicher Hund mit verfilztem Fell sprang am Gartentor hoch, bellte und biss Löcher in die Luft. Kant versuchte vergeblich, im Schein der Straßenlaterne ein Namensschild oder eine Klingel zu entdecken. Nachdem er Weber zurück in die Stadt geschickt hatte, war er mit dem Auto durchs Dorf gefahren und hatte sich zu Marie Rittmanns Haus durchgefragt. Es stand neben einem halb zugefrorenen Weiher am Ortsrand.

Die Fensterscheiben am Haupthaus waren eingeschlagen oder blind, aber in einem flachen Anbau brannte hinter den Spitzengardinen Licht. Eine dünne Gestalt kam in den Garten, rief den Hund und hängte ihn unter einem kahlen Baum an eine Kette. Kant schob das Tor auf. Der Hund knurrte, als er sich dem Anbau näherte.

»Wer reitet so spät durch Nacht und Wind?«, rief die Frau.

»Der Vater, aber ohne sein Kind«, sagte Kant.

»So geht das nicht.« Sie schaltete eine Taschenlampe an und leuchtete Kant ins Gesicht.

»Sind Sie Marie Rittmann?«

»Das Haus ist nicht zu verkaufen. Verschwinden Sie, oder ich lass den Hund los.«

»Mein Name ist Joachim Kant. Ich bin von der Kriminalpolizei.«

»Hm. Besser als ein Makler.«

»Kann ich Sie einen Augenblick sprechen?«

Sie schaltete die Lampe aus und ging zurück ins Haus. Nicht direkt eine Einladung, aber Kant folgte ihr. Unter der nackten Glühbirne in der Diele sah er, dass sie noch nicht so alt war, wie er erwartet hatte, vielleicht sechzig oder ein paar Jahre darüber. Sie trug ein geblümtes Kleid und eine Strickjacke aus grobem Stoff, aus der dunkle, schlanke Hände herausschauten. Kant war zwei Köpfe größer als sie und hätte sie vermutlich mit einer Hand hochheben können. Die Gesichtshaut spannte sich über ihre Wangenknochen, und sie hatte ihre immer noch schwarzen Haare zu einem Zopf geflochten.

In der niedrigen Küche roch es nach Kaffee und Katzenpisse. Frau Rittmann zog einen Klappstuhl aus dem Gerümpel neben der Anrichte hervor und stellte ihn wortlos an den Holztisch, woraufhin zwei Kätzchen darunter hervorgeschossen kamen und sich quer durch den Raum jagten.

»Ich hab nicht viel Besuch in letzter Zeit«, sagte sie. »Möchten Sie Kaffee?«

Kant nickte und bereute es wenig später. Sie stellte ihm eine Tasse mit zerbrochenem Henkel hin und ging zu dem Holzofen in der Ecke, wo zwischen einem Haufen Kartoffelschalen und schmutzigem Besteck eine dunkle Flüssigkeit köchelte. Mit einem alten Küchentuch trug sie den Topf zum Tisch und schenkte ihm ein.

»Ich kann Ihnen sagen, wer ihn umgebracht hat«, sagte sie.

»Wen?«, fragte Kant.

»Den Georg natürlich.«

Kant trank vorsichtig einen Schluck von der schwarzen Brühe. Gar nicht so schlimm, wie es aussah. »Und? Wer hat ihn umgebracht?«

»Sein Vater, dieses Schwein. Das braucht er gar nicht auf den Erlkönig zu schieben.«

»Sie meinen, Herr Kofler hat seinen Sohn in den Schuppen gesperrt?«

Sie setzte sich zu ihm an den Tisch. Mit den Unterarmen schob sie Gewürzdosen, alte Zeitschriften und einen vertrockneten Blumenstrauß zur Seite, dann beugte sie sich zu ihm vor. »Sind Sie wirklich so schwer von Begriff?«

»Ich fürchte, ja«, sagte Kant. »Mir schwirrt gerade ziemlich der Kopf. Vielleicht können Sie mir das erklären.«

»Der Kofler ist schuld. Er wollte, dass sein Sohn so wird wie er. Aber der war anders. Alle Kinder sind doch anders. Ich habe ja selber keine, aber das weiß doch jeder. Der Georg war ein lieber Junge. Er wollte Maler werden. Und er war auch sehr talentiert. Ich habe sogar ein Bild von ihm. Soll ich Ihnen das mal zeigen?«

Bevor Kant etwas entgegnen konnte, sprang sie auf und lief ins Nebenzimmer. »Das hat er gemalt, als er fünfzehn war«, rief sie. »Ich sollte es für ihn verwahren.« Sie kam mit einer Papierrolle zurück, streifte das Gummiband ab und breitete das Aquarell auf dem Tisch aus. Eine junge Frau, die sich im Bikini auf einem Bootssteg sonnte. Handwerklich nichts Besonderes, dachte Kant, aber mit einem Gespür für die Stimmung und das Licht.

»Nicht schlecht«, sagte er.

Plötzlich schien sie zu erschrecken. »Sie nehmen mir das doch nicht weg, oder?«

»Wie kommen Sie auf die Idee?«

»Was weiß ich? Vielleicht will die Familie es haben? Könnte ja sein, dass es mal wertvoll wird.«

»Wenn Sie jemand danach fragt, sollten Sie sagen, dass der Georg es Ihnen geschenkt hat. Aber Sie wollten mir gerade was über den Vater erzählen.«

Sie rollte das Bild zusammen und brachte es nach nebenan, bevor sie weiterredete. »Der Georg hat gesagt, sein Vater meinte, Malen ist was für Mädchen und Schwule. Das Einzige, wofür der sich interessiert, ist ja Geld. Der hat den Jungen kaputtgemacht. Seine Seele kaputt gemacht, verstehen Sie?«

»Ja, das verstehe ich. Und dann hat er dem Erlkönig die Schuld gegeben? Wer ist der Erlkönig?«

»Das Heroin natürlich.«

Eine ziemlich moderne Interpretation, dachte Kant. »Und Sie haben den Georg aufgenommen, weil er nicht mehr nach Hause konnte? Nachdem er im Gefängnis war, meine ich.«

»Haben Sie Kinder?«

»Eine Tochter.«

»Das ist schön, oder?«

»Und wie.« Sie hatte recht, man sollte sich öfter mal daran erinnern, dachte er.

»Er hat manchmal hier auf dem Sofa geschlafen. Ich habe Pfannkuchen für ihn gebacken. Mit Äpfeln aus dem Garten. Er konnte ja sonst nirgendwo hin. Zwischendurch war er immer wieder ein paar Tage weg. Vielleicht hat er da Drogen genommen, vielleicht auch nicht. Ich weiß es nicht. Ist mir auch egal.«

»Wann haben Sie ihn denn zuletzt gesehen?«

Frau Rittmann zupfte wie ein kleines Mädchen mit den Fingern an ihrem Zopf, während sie nachdachte. »Ich weiß nicht mehr. Es hatte schon geschneit, aber dann war alles wieder weggetaut. Ich habe im Garten gesessen, auf der Bank, weil die Sonne schien. An dem Tag war er irgendwie fröhlich. Er wollte sich mit einem alten Freund treffen, glaub ich. Ich habe gesagt, kannst ruhig noch ein paar Tage bleiben. Danach habe ich ihn nicht mehr gesehen. Und dann habe ich gehört, dass er erfroren ist, draußen im Wald.«

Ihre Augen wurden feucht, und sie wischte sich mit dem Handrücken über die Wangen. Kant kramte ein Taschentuch aus seinem Mantel und reichte es ihr.

»Keiner spricht mehr von ihm«, sagte sie mit harter Stimme. »Verscharrt und vergessen. Jetzt können sie wieder in Ruhe ihre Geschäfte machen.«

»Was für Geschäfte?«, fragte Kant.

»Ganz so sauber, wie er immer tut, ist der Herr Bürgermeister nämlich auch nicht.«

»Reden Sie von den Grundstücksverkäufen?«

»Damit kenn ich mich nicht aus. Das interessiert mich auch nicht mehr.« Jegliche Spannung wich aus ihrem Körper, und sie sackte in sich zusammen. Kant bemerkte in ihren Augen eine Müdigkeit, die man mit Schlaf nicht mehr vertreiben konnte.

»Ich lasse Sie gleich in Ruhe«, sagte er. »Aber eins muss ich Sie noch fragen. Kannten Sie auch Benedikt Spicher?«

»Noch so ein Judas«, murmelte sie.

»Wie meinen Sie das?«

»Die waren doch früher wie siamesische Zwillinge, aber dann wollte er nichts mehr mit ihm zu tun haben.«

»Die beiden hatten also keinen Kontakt mehr?«

Sie schüttelte den Kopf. »Erreicht den Hof mit Mühe und Not, in seinen Armen das Kind war tot.«

Kant stand auf und berührte sie sanft an der Schulter. Irgendwo draußen miauten die Katzen.

»Danke«, sagte er. »Sie haben mir sehr geholfen.«

Frau Rittmann reichte ihm den vertrockneten Blumenstrauß, der auf dem Tisch lag. »Wenn Sie am Friedhof vorbeikommen, können Sie ihn auf sein Grab legen. Wenn nicht, dann werfen Sie ihn einfach weg. Ich schaff es einfach nicht mehr dahin.«

»Sie können sich darauf verlassen«, sagte Kant.

Er verabschiedete sich von ihr.

Draußen überlegte er kurz, ob er noch heute auf den Friedhof gehen sollte, aber dann deponierte er den Blumenstrauß im Kofferraum und nahm sich vor, sein Versprechen am nächsten Tag zu erfüllen.

Während er zurück in die Stadt fuhr, dachte er über Georg Kofler nach. Wenn man seine Eltern und das Umfeld betrachtete, in dem er aufgewachsen war, käme man nicht auf die Idee, dass ausgerechnet er solche Probleme haben würde, im Leben Fuß zu fassen. Vielleicht hatte Frau Rittmann recht, und es lag an der Gefühlskälte, die auch er bei Georgs Vater bemerkt hatte. Vielleicht war das der entscheidende Faktor, der ein Kind in solche Probleme stürzen ließ. Er würde jedenfalls alles geben, damit es Frida nicht so erging.

Als er die Treppe hinaufstieg, rüstete er sich schon für die Enttäuschung, wenn sie wieder nicht zu Hause wäre. Aber dann hörte er die Musik, die eindeutig aus seiner Wohnung kam. Laute Musik, und durch den Türspalt war Licht zu sehen. Wahrscheinlich würden die Nachbarn sich wieder bei der Hausverwaltung beschweren, aber in diesem Moment war ihm das egal.

Frida war in ihrem Zimmer. Kant klopfte an die halb offene Tür. Sie sprang vom Boden auf, wo sie mit zwei Mädchen und einem Jungen auf dem Teppich gesessen hatte, drehte die Musik leiser und lief zu ihm.

»Hallo Papa, das sind Joanna und Ina und Nico.«

»'n Abend«, sagte Kant. »Findet ihr, dass Stühle ein bürgerliches Unterdrückungsinstrument sind?«

Die drei sahen ihn verständnislos an, nur Frida lachte ein wenig gezwungen.

»Können wir uns kurz unterhalten?«, fragte er.

Sie folgte ihm in die Küche, wo schmutzige Töpfe und Teller von einem unbeholfenen Kochversuch zeugten.

»Ich habe nichts dagegen, wenn du Freunde mitbringst, aber eigentlich dachte ich, wir beide verbringen den Abend zusammen.« Ihm fiel selbst auf, wie armselig das klang. Aus ihrem Zimmer hörte er ein überdrehtes Lachen, dann stellte jemand die Anlage lauter.

»Entschuldigung«, sagte Frida. »Wenn du willst, schmeiß ich sie raus.«

»Nein. Vergiss es. Ich bin sowieso müde. Aber macht die Musik nicht so laut, es ist schon nach zehn.«

»Danke, Papa.«

Ohne nachzudenken, legte er ihr die Hand in den Nacken, zog sie an sich und küsste sie auf die Stirn. Sie ließ es geschehen, aber er bemerkte die Verwunderung in ihren Augen. Er sollte ins Bett gehen, bevor er sie noch in Verlegenheit brachte.

Er spürte, dass sie ihm nachsah, als er sich über den Flur entfernte.

»Papa?«

»Ja?«

»Wie sieht's mit morgen Abend aus?«

»Morgen Abend? Ja, das klingt gut.«

25

Dörfner wusste, dass er kein gutes Beispiel abgab, aber andererseits war er ja kein Verkehrspolizist. Wenn er auf seinem Rennrad saß, fühlte er sich frei. Unter Missachtung sämtlicher Verkehrsregeln schoss er durch die Stadt, jeden Morgen, bei jedem Wetter. Der kalte Wind sorgte dafür, dass er einen freien Kopf bekam, besonders heute, nachdem er sich die Nacht bei seinem Bruder um die Ohren geschlagen hatte.

Frank war vier Jahre älter als er, aber man musste manchmal ein bisschen auf ihn aufpassen. Während er selbst zur Polizeischule gegangen war, hatte sein Bruder gerade eineinhalb Jahre wegen Kokainhandels abgesessen. Frank war kein schlechter Mensch, aber er hatte ein Talent dafür, sich in Schwierigkeiten zu bringen. Und dann musste Ben ihm raushelfen, schließlich war es früher oft genug andersrum gelaufen. Frank hatte ihn immer beschützt. Außerdem hatte er so viel Scheiße gebaut, dass für Ben selbst kaum noch was übrig blieb. Ohne seinen Bruder, da war Ben sich sicher, wäre er auf der anderen Seite gelandet.

Gestern war es mal wieder so weit gewesen. Frank hatte ihn nach der Arbeit angerufen, und er war in den Club gefahren, den sein Bruder seit zwei Jahren in einem ehemaligen Industriegebiet östlich der Innenstadt betrieb. Er wusste nicht, woher er das Geld gehabt hatte, um den Laden zu kaufen, aber er wusste, dass es Frank guttat, sich was Eigenes aufgebaut zu haben. Die Partyszene war das Wasser, in dem er schwamm. Allerdings ein ziemlich trüber Tümpel voller Drogen, Minderjähriger mit Selbstzerstörungstendenzen, gewaltbereiter Türsteher und Schutzgelderpresser. Und das Problem war, Frank konnte sich nichts mehr erlauben.

Niemand hatte was dagegen, wenn in seinem Club ein paar Pillen den Besitzer wechselten. Das steigerte den Umsatz. Aber wenn die Dealer quasi mit dem Bauchladen rumliefen und Türsteher bedrohten und Gäste einschüchterten, musste man was unternehmen. Deshalb hatte Ben die halbe Nacht neben der Box an der Wand gelehnt und sich das Gewimmel auf der Tanzfläche angesehen.

Mit einem Mal war er sich alt vorgekommen. Er wollte nicht hier sein, er wollte lieber auf seinem Sofa sitzen und sich eine Netflix-Serie ansehen. Er war ein Bulle, und mittlerweile sah er auch schon aus wie ein Bulle, und überhaupt, wenn Kant wüsste, was er hier trieb, würde er ihm in den Arsch treten. Andererseits hatte er ja nicht vor, sich auf irgendwas Kriminelles einzulassen. Er würde nur mal ein paar Worte mit ihnen reden.

Es waren drei Typen, die sich in dem Laden verteilt hatten. Zwei Dunkelhaarige mit Baseballkappen liefen rum und laberten die Leute an. Ein Blonder mit einem angeberischen Kinnbart stand in der Nähe des Eingangs und hielt Wache. Jede halbe Stunde kamen seine beiden Arbeitsbienen zu ihm und drückten ihm zusammengerollte Scheine in die Hand.

Dörfner wartete, bis der Blonde nach draußen ging. Er folgte ihm über den Parkplatz. Ein Trampelpfad führte durch einen Grünstreifen zu einem Streusalzkasten am Straßenrand. Aus dem Gebüsch beobachtete Dörfner, wie der Dealer das Schloss aufsperrte und in dem Salz herumwühlte. Dörfner näherte sich ihm leise bis auf drei Meter. Aus dem Club hörte man nur das Dröhnen der Bässe.

»Bist du vom Winterdienst?«, fragte er.

Der Typ zuckte nicht mal zusammen. Langsam drehte er sich um und sah Dörfner an. In seinen Augen spiegelten sich die Neonröhren an der Fassade des Clubs.

»Verpiss dich.«

»Es gibt zwei Möglichkeiten«, sagte Dörfner. »Entweder nimmst du dein Geld und deinen Stoff und lässt dich hier nie mehr blicken, oder ich nehme dir beides ab und schmeiß es in den Gully.«

Der Mann schien zu überlegen, wie ernst er die Drohung nehmen musste. Dörfner trat einen Schritt näher.

»Okay, okay.« Der Dealer hob beschwichtigend die Hände, aber sein Blick zuckte zur Seite. Dörfner drehte sich um. Die beiden Typen mit den Baseballkappen standen am Rand des Grünstreifens. Einer hielt ein Messer in der Hand. Dörfner blieb nichts anderes übrig. Er zog die Pistole aus dem Schulterhalfter.

»Das Messer fallen lassen«, sagte er.

Der Mann gehorchte.

Der Blonde lachte.

»Findest du das witzig?«

»Du bist der Bulle, oder? Der kleine Bruder.«

Dörfner brach der Schweiß aus. Irgendwas lief hier gewaltig schief.

»Ich hab mir fast in die Hose gepisst, als Frank uns gedroht hat. Allerdings vor Lachen. Willst du uns verhaften? Oder bist du etwa gar nicht im Dienst? Ich meine, wir leben schließlich in einem Rechtsstaat. Was sagen denn deine Vorgesetzten dazu, dass du als Ein-Mann-Armee für deinen Bruder arbeitest?«

»Haut ab«, sagte Dörfner. »Verkauft euren Dreck einfach woanders, dann kriegen wir keine Probleme.«

»Und wenn nicht? Knallst du uns dann ab? Alle drei?«

»Nein«, sagte Dörfner. »Nur dich.«

Der Blonde kniff die Augen zusammen. Dörfner hielt die Pistole auf seine Brust gerichtet, während er sich nach den anderen Männern umsah. Die beiden hatten sich keinen Millimeter bewegt. Dörfner bezweifelte, dass sie sich für ihren Boss opfern würden.

»Also gut.« Der Blonde hob langsam den Arm und sah auf seine goldene Uhr. »Es ist sowieso schon spät. Wir machen Feierabend. Für heute.« Er wandte sich ab und zog eine Sporttasche aus dem Streusalzbehälter.

Dörfner steckte die Pistole weg. Der Blonde ging so dicht an ihm vorbei, dass er ihn fast berührte. Er griff in die Hosentasche, und kurz darauf leuchteten auf dem Parkplatz die Scheinwerfer eines dunklen Geländewagens auf. »Steigt ein, ihr Schlappschwänze.« An der Fahrertür drehte er sich noch mal um. »In welcher Abteilung bist du überhaupt? Sonderkommission Streugutüberwachung?«

Dörfner wartete, bis die Rücklichter von der Nacht verschluckt wurden, dann trat er so fest gegen die Plastikkiste, dass er sich fast den Fuß verstauchte. Wenn wirklich jemand seinen Vorgesetzten was steckte, war er erledigt. Was hatte Frank sich nur dabei gedacht, als er rumerzählte, dass sein Bruder Polizist war?

Er ging zurück in die halb leere Disco und suchte nach ihm. Frank war nirgends zu sehen. Keiner wusste, wo er war. Wahrscheinlich hatte er es für schlauer gehalten, heute Nacht den Kopf einzuziehen. Wenigstens hatte er der Bardame aufgetragen, seinen kleinen Bruder kostenlos mit Drinks zu versorgen.

Die dickliche Blondine war ihrer Aufgabe mit derartigem Eifer nachgegangen, dass er sich fast in sie verliebte.

Jetzt, am nächsten Morgen, fühlte er sich, als hätte ihm jemand einen Nagel in den Hinterkopf geschlagen. Er raste drei Kilometer durch die Stadt und kam trotzdem zu spät zur Besprechung. Als er in den überheizten Raum trat, bildeten sich Schweißperlen auf seiner Stirn. Er wischte sie mit dem Ärmel weg. Kant warf ihm einen seltsamen Blick zu. Hatte etwa schon jemand einen anonymen Anruf gemacht?

»Wenn jetzt alle da sind«, sagte Kant, »können wir die Ergebnisse ja mal zusammenfassen.« Dörfner holte möglichst leise einen Stuhl aus der Ecke und schob ihn in die Lücke zwischen Rademacher und Lammers, die ihn nicht mal ansah. Er schnüffelte unauffällig an ihrem Parfüm und lehnte sich gegen die Plastiklehne. Wenn er die Augen zugemacht hätte, wäre er auf der Stelle eingeschlafen.

»Wer will das übernehmen?«, fragte Kant in die Runde. Lammers meldete sich. Wie ein eifriges Schulmädchen, dachte Dörfner, fehlt nur noch, dass sie mit den Fingern schnippt. Aber Kant ignorierte sie und sah eindeutig ihn an. Dörfner blickte zur Seite, wo Weber zusammengesunken auf seinem Stuhl saß, aber er spürte, dass Kant ihn nicht aus den Augen ließ. Alle sahen ihn an.

»Also gut. Olga und Melanie sind dieselbe Person.«

»Ach ja?«, sagte Rademacher. »Das ist ja mal was ganz Neues.«

»Ich habe ja gerade erst angefangen«, verteidigte sich Dörfner, aber plötzlich wusste er nicht mehr, wie er eigentlich weitermachen wollte. Dabei wollte Rademacher ihm bloß einen reinwürgen, weil er zu spät gekommen war. Neulich hatte er noch damit angegeben, dass er in über zwanzig Dienstjahren nicht ein einziges Mal unpünktlich gewesen war. Na ja, wenn man sonst nichts zu tun hatte ...

»Melanie hat gestern zugegeben, kurz vor Spichers Tod sexuellen Kontakt mit ihm gehabt zu haben, übrigens zum wiederholten Male«, kam ihm Lammers zu Hilfe. »Sie ist also vermutlich die Letzte, die ihn vor seinem Mörder gesehen hat. Sie gibt an, zur Tatzeit bei ihrem Freund – oder Ex-Freund – Paul gewesen zu sein. Das müssen wir noch überprüfen. Angeblich ist Spicher etwa um 19:15 Uhr vom Hotel weggefahren. Er braucht von dort ungefähr eine Viertelstunde bis nach Hause. Um 19:36 ist der Notruf eingegangen. Leider hat Spicher sein Handy nach dem Telefonat mit seiner Frau ausgeschaltet, sodass wir kein Bewegungsprofil haben.«

»Könnte ihm der Mörder von dem Hotel aus gefolgt sein?«, fragte Rademacher.

»Wohl kaum.« Weber richtete sich auf und kratzte sich an seinen Bartstoppeln. Wenigstens bin ich nicht der Einzige, dem es beschissen geht, dachte Ben. »Dann müsste er ihn überholt haben, um noch rechtzeitig den Infrarotempfänger an der Einfahrt zu manipulieren. Ziemlich unwahrscheinlich. Außerdem deuten die Spuren am Tatort darauf hin, dass dort jemand länger mit dem Auto gestanden hat.« Weber hob eine durchsichtige Tüte mit einem Plastikkästchen vom Tisch. »Ich habe euch was mitgebracht.«

»Was ist das?«, fragte Dörfner. »Ein Kamera-Akku?«

»Nicht ganz. Ein GPS-Tracker. Den haben wir unter Spichers Wagen gefunden. Jemand hat ihn überwacht. Die Batterie hält ungefähr zehn Tage. Wir haben den Ladestand überprüft. Sie ist halb leer. Vermutlich wurde der Tracker also vor etwa fünf Tagen am Fahrzeug angebracht.«

»Dann wusste der Mörder die ganze Zeit, wo Spicher sich aufhielt«, sagte Kant. »Er hat vor seiner Haustür geparkt und in aller Ruhe darauf gewartet, dass er zurückkommt.«

»Es muss jemand mit einer gewissen technischen Begabung gewesen sein«, sagte Weber. »Also kann man eine Frau wohl doch ausschließen.«

Lammers verzog das Gesicht. »Deine Witze sind echt aus dem letzten Jahrhundert. Aber lassen wir das. Ich glaube auf jeden Fall, dass Melanie eine Schlüsselfigur ist. Schließlich kannte sie Spicher schon von früher. Und sie kannte ja wohl auch den anderen Toten, Georg Kofler. Falls es da einen Zusammenhang gibt.«

Schlüsselfigur, wieso fällt mir so was eigentlich nie ein, dachte Dörfner. Er warf ihr einen bewundernden Blick zu. Wenn sie sich so konzentrierte, bildete sich eine kleine Falte zwischen den Augenbrauen, die er irgendwie sexy fand. Er selbst hatte Mühe zu folgen, als Kant berichtete, was er und Weber in Bezug auf Koflers Tod am Vortag rausgefunden hatten.

»Es könnte also theoretisch sein, dass derjenige, der Kofler in der Scheune hat erfrieren lassen, derselbe ist, der Spicher getötet hat«, schloss Kant. »Aber warum? Kofler war ein Kleinkrimineller, ein Ex-Junkie, der erst vor drei Monaten aus der JVA entlassen wurde. Spicher war ein Rechtsanwalt mit einwandfreiem Leumund. Was verbindet die beiden, außer dass sie früher mal befreundet waren?«

»Was ist mit dieser Grundstückssache?«, fragte Rademacher. »Könnte da ein Motiv liegen?«

»Bei Spicher möglicherweise ja. Petra hat in Erfahrung gebracht, dass er Erwin Horn vertreten hat, der gegen den Bebauungsplan klagt. Merkwürdigerweise verstieß er damit gegen die Interessen seiner eigenen Eltern, die ja von der Ausweisung der Baugrundstücke profitieren. Aber bei Kofler? Das kann ich mir kaum vorstellen. Selbst wenn sein Vater, der Bürgermeister, da irgendwas Krummes gedreht hat.«

»Vielleicht Erpressung«, warf Dörfner ein. »Vielleicht hat Kofler was gesehen, was er besser nicht gesehen hätte, und dann auch noch die Hand aufgehalten. Solche Typen brauchen doch immer Geld.«

»Das ist alles reine Spekulation«, sagte Rademacher. »Wir sind doch keine Tippgemeinschaft.«

Kant stand auf und begann, im Raum auf und ab zu gehen. Alle warteten darauf, dass er etwas sagte.

»Was ist aus der Geschichte mit dem blauen Kadett geworden?«, fragte er schließlich Weber.

»Nichts. Absolut im Sand verlaufen. Katschinsky war es nicht, wir haben sein Alibi überprüft. Sonst haben wir alle durch.« Er sah Dörfner an. »Deine Idee war auch ein Schlag ins Wasser. Wir haben die Überwachungskameras an den Häusern in der Nachbarschaft überprüft. Auf keiner Aufnahme ist was zu sehen, das uns weiterhilft.«

»Und die Laborergebnisse?«, fragte Kant. »Sind die mittlerweile eingetrudelt?«

»Ja«, sagte Weber, »aber da gibt es auch nichts Neues. Das Blut unter Spichers Fingernägeln war leider sein eigenes. Vermutlich hat er seine Kopfverletzung betastet.«

»Okay, dann kümmerst du dich jetzt mal um diese Grundstücksgeschichte. Besorg dir den Bebauungsplan. Hol dir einen Experten, wenn du nicht durchblickst. Ich will wissen, ob da genug Potenzial für ein oder zwei Morde drin ist. Anton und ich sprechen mit dem Arzt, der den Totenschein für Kofler ausgestellt hat.«

Weber sieht nicht so aus, als würde er überhaupt noch irgendwo durchblicken, dachte Ben. Zum ersten Mal fiel ihm auf, wie dünn der Mann geworden war. Rademacher hingegen, der selbstzufrieden vor sich hin nickte, wurde immer fetter.

»Petra, da kümmerst dich um diesen Paul. Am besten nimmst du Ben mit, man weiß ja nicht, wie der Mann reagiert. Setzt ihn ruhig ein bisschen unter Druck, vielleicht lügt er ja, was Melanies Alibi angeht.«

Vielleicht wird der Tag doch nicht ganz so beschissen, wie es gerade noch aussah, dachte Dörfner, als er hinter Lammers aus dem Besprechungsraum trottete. Wenn das noch mal gut geht, schwor er sich, kann Frank seine Scheiße zukünftig alleine regeln. Apropos, den würde er sich auch noch vorknöpfen.

26

Erst auf den Friedhof, dann zum Arzt. Normalerweise ist die Reihenfolge andersrum, dachte Kant. Er sah sich im Wartezimmer um, während Rademacher mit der Sprechstundenhilfe diskutierte. Eine alte Frau mit Kopftuch schniefte ununterbrochen in ihr Taschentuch. Zwei Mädchen stritten sich um einen armseligen Haufen Bauklötze, während ihre Mutter genervt in einer Zeitschrift blätterte. Ein hagerer Mann, der einen Arm in der Schlinge trug, war mit dem Kopf an der Tapete eingeschlafen.

»Nein, wir haben keinen Termin«, sagte Rademacher zum dritten Mal zur Arzthelferin, die trotzig die Arme vor der Brust verschränkt hatte. »Aber wir haben trotzdem keine Zeit zu warten.«

Sie beäugte Rademachers Ausweis, als hielte sie ihn für eine raffinierte Fälschung. »Ich kann den Herrn Doktor mal fragen, wann er Sie drannimmt. Aber Sie sehen ja selbst, was hier los ist.« Sie verschwand hinter einem Vorhang.

Kant betrachtete die Fotos an der Wand. Eine Eiche, unter der stand: Nur wer starke Wurzeln hat, kann hoch hinauswachsen. Ein von Wasser umspülter Felsen mit der geistreichen Aufforderung: Sei gut zu dir selbst, bis auf ein gesundes Maß an Härte. Dazu jede Menge anderer esoterischer Unsinn. Es dauerte fast fünf Minuten, bis die Arzthelferin wieder auftauchte.

»Heute ist es ungünstig.« Kant meinte, einen triumphierenden Unterton rauszuhören. »Am besten vereinbaren wir einen

Termin für nächste Woche. Oder sie rufen einfach die Tage noch mal an.«

Rademacher drehte sich zu ihm um. »Was meinst du?«

Kant zuckte mit den Achseln. »Ich würde sagen, wir gehen rein.«

Rademacher drängte sich an der Arzthelferin vorbei. Kant folgte in seinem Windschatten. Hinter dem Vorhang führte ein kurzer Flur zu zwei Behandlungszimmern. Die Arzthelferin versuchte, sie zu überholen, kam aber nicht an Rademachers massigem Oberkörper vorbei.

»Lassen Sie uns durch, wir sind privatversichert«, sagte Rademacher, bevor er die erste Tür aufschob.

Dr. Thalmann stand neben einem Jugendlichen, der mit nacktem Oberkörper auf der Behandlungsliege saß, und ließ das Ultraschallgerät sinken. Die Jalousien waren heruntergelassen und das Licht gedimmt, damit er das Bild auf dem Monitor besser erkennen konnte.

Rademacher drückte auf den Lichtschalter. Der Junge sah sie aus großen Augen an.

»Was soll das?«, fragte Dr. Thalmann mit hoher Stimme. Er war ein dicklicher Mann Mitte dreißig. Mit seinen roten Wangen, den hervorquellenden Augen und seinem spärlichen Bartwuchs erinnerte er Kant an das Bildnis eines degenerierten Adelssprosses aus vergangenen Zeiten.

Kant ging zu dem Jugendlichen und klopfte ihm auf die magere Schulter. »Zieh mal deinen Pullover an und geh ins Wartezimmer. Es dauert nicht lange.« Er schob ihn auf die Tür zu. »Die nette Dame begleitet dich.«

»Ich habe versucht, sie aufzuhalten«, sagte die Arzthelferin, bevor Rademacher die Tür zudrückte und sich mit dem Rücken dagegenlehnte.

»Das ist Hausfriedensbruch.« Thalmann verzog sich hinter seinen Schreibtisch. »Ich werde mich bei Ihren Vorgesetzten beschweren.«

»Ja, ja«, antwortete Kant. »Soll ich Ihnen die Nummer geben, damit das Ganze offiziell wird?« Thalmann sagte nichts. »Wir ermitteln in einem Mordfall, und wenn Sie nicht kooperieren, sind Sie bei dem, was Sie sich geleistet haben, ganz schnell Ihre Approbation los.«

»Ich weiß überhaupt nicht, wovon Sie reden«, sagte Thalmann, aber seine Empörung hatte deutlich nachgelassen.

»Schon mal den Namen Georg Kofler gehört?«

»Natürlich. Das ist der Sohn des Bürgermeisters. Man hat mich gerufen, als der arme Junge tot aufgefunden wurde.«

»Und was haben Sie damals als Todesursache festgestellt?«

»Ich kann mich im Moment nicht genau erinnern.«

»Kommt es oft vor, dass Sie zu Toten in den Wald gerufen werden?«

Thalmann setzte sich auf seinen Drehstuhl und zeigte auf die niedrigen Plastikstühle auf der anderen Seite des Schreibtischs. »Nehmen Sie doch Platz, damit wir uns in Ruhe unterhalten können.«

»Nein, danke«, sagte Rademacher. »Wir wollen Sie ja nicht lange aufhalten, wo Ihr Wartezimmer doch aus allen Nähten platzt.«

Kant trat einen Schritt vor. »Sie können sich also nicht mehr an die Todesursache erinnern?«

»Warum wenden Sie sich nicht ans Gesundheitsamt? Ich habe den Totenschein vorschriftsmäßig weitergeleitet. Da steht doch alles drin.«

Kant hörte, wie hinter ihm Papier raschelte. »Zufällig haben wir uns schon eine Kopie besorgt«, sagte Rademacher. »Hier steht Herzstillstand, wenn ich das Gekritzel richtig interpretiere. Ziemlich ungewöhnlich bei einem so jungen Mann, oder?«

»Warum fragen Sie, wenn Sie sowieso schon alles wissen?« Thalmann stand wieder auf und zog die Jalousien hoch. »Ich kenne den Georg schon lange. Er war heroinabhängig und in einem sehr schlechten Allgemeinzustand.«

»Hätte man da nicht eine Obduktion durchführen sollen?«, fragte Kant. »Ich meine, die Umstände müssen Ihnen doch merkwürdig vorgekommen sein.«

»Ich bin der einzige Arzt hier weit und breit, seit die Wengers sich zur Ruhe gesetzt haben. Der Nachwuchs bleibt lieber in der Stadt. Ich arbeite vierzehn Stunden am Tag, und durch die Budgetierung verdiene ich kaum noch was.«

»Ein Alltagsheld«, sagte Rademacher. »Hier gibt's so ein Kästchen: Todesursache ungeklärt. Das hätten Sie bloß ankreuzen müssen.«

Thalmann zog eine Schublade auf und begann, in den Krankenakten zu blättern. Die Digitalisierung hatte hier offenbar noch keinen Einzug gehalten. »Ich kann Ihnen die Daten zeigen. Der Junge hatte Blutwerte wie ein Achtzigjähriger.«

»Das interessiert mich nicht«, sagte Kant. »Ich war gerade auf dem Friedhof und habe Blumen auf sein Grab gelegt. Wäre schade, wenn man ihn wieder ausgraben müsste.«

»Wie bitte?«

»Niemand hat Interesse, Ihnen ans Bein zu pinkeln. Erzählen Sie mir doch einfach, was Sie gesehen haben und warum Sie die Sache vertuschen wollten, und im Gegenzug verzichte ich darauf, eine Exhumierung zu veranlassen.«

Thalmann setzte sich mit einer Backe auf die Patientenliege, aber da schien es ihm auch nicht zu gefallen. Er stand wieder auf und lehnte sich an die Fensterbank. »Ja, das sollte man unbedingt vermeiden. Die Eltern haben wirklich schon genug gelitten.«

Kant sah ihn schweigend an, bis er weiterredete.

»Okay. Vielleicht hätte ich sorgfältiger vorgehen müssen, das kann schon sein. Aber versetzen Sie sich mal in meine Lage. Ein Heroinsüchtiger in geschwächtem Zustand. Was spielt das schon für eine Rolle, ob der erfroren oder an einem Herzstillstand gestorben ist? Warum sollte ich Kofler nicht den kleinen Gefallen tun und ihm eine Obduktion ersparen? Er wollte doch nur, dass kein Staub aufgewirbelt wird und er seinen Sohn in Ruhe beerdigen kann.«

»Was hat er Ihnen denn gezahlt?«, fragte Rademacher.

Thalmann presste ein Lachen hervor. »Sie haben ja Vorstellungen. Der zahlt nicht. Wissen Sie, ich habe auch ein Stück Ackerland von meinen Eltern geerbt. Irgendwann stellt sich die Frage, ob das als Bauland ausgewiesen werden kann oder nicht. Da versucht man natürlich, den Bürgermeister nicht zu verärgern, wenn Sie verstehen, was ich meine.«

»Ja, das verstehen wir. Bloß nennt man das bei uns einfach Korruption«, sagte Rademacher.

Kant hob die Hand. »Sagen Sie mir einfach die Wahrheit, dann versuchen wir, Sie da rauszuhalten. Haben Sie an der Leiche irgendwas Auffälliges festgestellt?«

Thalmann zögerte. Sein Blick wanderte von Kant zu Rademacher und wieder zurück zu Kant. Dann rang er sich zu einem Entschluss durch.

»Wie gesagt, ich war ein bisschen in Eile, und Herr Kofler hat mich gedrängt. Nageln Sie mich jetzt nicht darauf fest, aber ich meine, mich zu erinnern, dass er Prellungen im Gesicht und an den Rippen hatte. Ein paar Rippen könnten sogar gebrochen gewesen sein. Ich habe das für eine Sturzverletzung gehalten.«

»Sonst noch was?«, fragte Kant. »Zum Beispiel an den Handgelenken?«

Thalmann tat, als dächte er nach. »Leichte Abschürfungen vielleicht. Aber so genau habe ich mir das wirklich nicht angesehen. Wenn ich gewusst hätte, dass da ein Verbrechen vorliegen könnte, dann hätte …«

»Ist schon klar«, unterbrach ihn Kant. »Wer war alles vor Ort, als Sie Ihre sogenannte Leichenschau durchgeführt haben?«

»Der Bürgermeister, wie gesagt. Und zwei Polizisten. Der Wegner, das ist der Dienststellenleiter, und eine junge Assistentin. Keine Ahnung, wie die heißt. Ein ziemlich scharfes Gerät.«

»Haben die auch Grundstücke geerbt?«, fragte Rademacher. »Oder grassiert hier in der Gegend irgendeine Augenkrankheit?«

»Weiß ich nicht«, sagte Thalmann. »Da müssen Sie Ihre Kollegen schon selber fragen.«

Darauf kannst du dich verlassen, dachte Kant. Er ging zur Tür. Rademacher sah ihn mit verschränkten Armen an, als hätte er noch keine Lust zu gehen. »Das ist der erste Arztbesuch, der mir Spaß macht«, sagte er. »Meinst du, das Arschloch hat schon alles gesagt, was es weiß?«

»Ich glaube schon«, antwortete Kant. »Und wenn uns noch was einfällt, können wir ihn ja jederzeit vorladen.« Er wandte sich noch mal zu Thalmann um, der jetzt ziemlich blass aussah.

»Und nicht vergessen: Am Ende des Weges hilft uns weder Lug noch Trug.«

»Bitte?« Thalmann sah ihn verständnislos an.

»Lesen Sie nicht mal selbst, was auf Ihren albernen Postern da draußen steht?«

27

Lammers fragte sich, was mit Ben los war. Während der gesamten Fahrt hatte er keinen Ton gesagt, und jetzt, als sie zum Eingang der fünfstöckigen Wohnanlage gingen, hielt er sich einen halben Schritt hinter ihr. Irgendwie süß, dachte sie, wie ein Welpe, der auf den Teppich gepinkelt hat.

Verbotsschilder spickten den schmalen Rasenstreifen zwischen Bürgersteig und Hauswand. Kein Zutritt für Unbefugte, Hunde fernhalten, Ballspielen untersagt. Neben dem Klingelbrett erwartete sie das schwarze Auge einer Videokamera. Lammers sah zu den verglasten Balkonen hinauf und fragte sich, wie sich jemand mit Mitte zwanzig eine Eigentumswohnung in einer solchen Neubauanlage leisten konnte.

Sie lächelte in die Kamera, als sie klingelte. Der Türöffner summte wie eine gut gelaunte Biene, und das Treppenhaus war frisch gewischt. Ein Aufzug, in dem es dezent nach Vanille roch, brachte sie in den zweiten Stock.

Paul Krumbach lehnte, nur mit Boxershorts bekleidet, im Türrahmen. Er war nicht besonders groß, aber man sah ihm an, dass er mit Gewichten trainierte. Über seinen linken Brustmuskel zog sich eine verschlungene Tätowierung hoch bis in den Nacken. Wenn das breite Kinn und die kurz geschorenen Haare seinem Gesicht nicht eine Spur von Brutalität verliehen hätten, hätte Lammers ihn vielleicht sogar attraktiv gefunden.

»Kennen wir uns von irgendwoher?«, fragte Krumbach. Er gähnte und grinste Lammers an. Als er Dörfner hinter ihr bemerkte, trat ein wachsamer Ausdruck in seine Augen.

Lammers zeigte ihm ihren Ausweis. »Wollen wir uns hier unterhalten oder lieber im Präsidium?«

Krumbach kratzte sich unter der Achsel, während er die Möglichkeiten abwog.

»Wir sind nicht gekommen, um in Ihrer dreckigen Wäsche nach einem Tütchen Dope zu suchen, falls Sie das befürchten«, sagte Lammers. »Es geht nur um eine Zeugenaussage.«

»Wenn das so ist, dann helfe ich der Polizei doch gerne.«

Ohne weitere Umstände ging er voraus in ein großes Wohnzimmer, dessen Wände vollständig von Plattenregalen eingenommen wurden. Ein weißes Ledersofa stand gegenüber einer High-End-Anlage mit zwei Meter hohen Boxen. Lammers hörte Ben hinter sich mit der Zunge schnalzen.

Krumbach warf sich auf das Sofa und legte die nackten Füße auf den Glastisch. »Also, was gibt's? Ich habe leider keinen Kaffee im Angebot.«

»Wollen Sie sich nicht was überziehen?«

»Keine Lust.«

Okay, dachte Lammers, wenn du glaubst, du könntest mich mit deiner zur Schau gestellten Männlichkeit beeindrucken, dann warte mal ab. »Was dagegen, wenn ich mich setze?« Sie zeigte auf den einzigen Sessel, auf dem sich Musikzeitschriften türmten.

»Nee«, sagte Krumbach. »Mach's dir ruhig bequem.«

Sie warf die Zeitschriften auf den Boden und schob den Sessel näher ans Sofa. Krumbach beobachtete sie mit demonstrativ gelangweilter Miene, während sie sich setzte. Ben blieb vor einem der Plattenregale stehen.

»Es geht um den Abend des 26. Dezember.«

»Und?«

»Wo waren Sie da?«

»Zu Hause. Bis zwölf ungefähr. Dann bin ich auf eine Party gegangen.« Er sah zu Dörfner. »Finger weg von den Platten, ja?«

»Coole Sammlung«, sagte Dörfner. »Sind Sie DJ oder so? Ich wollte früher auch mal DJ werden. Das ist doch geil, da auf dem Pult zu stehen, während die Mädels auf der Tanzfläche abgehen und zu einem hochsehen.«

»Wer ist der Affe?«, fragte Krumbach. »Ich dachte immer, man braucht wenigstens einen Hauptschulabschluss, um zur Polizei zu gehen.«

Lammers stöhnte innerlich. Sie hatte keine Lust, als Puffer zu fungieren, weil die beiden zu viel Testosteron produzierten. Gab es keine Tabletten dagegen? Sie drehte sich zu Ben um, aber der lächelte nur sanftmütig.

»Mein Bruder macht jedes Jahr eine große Silvesterparty«, sagte er. »Legen Sie auch auf Partys auf?«

Lammers räusperte sich. »Waren Sie allein zu Hause, an dem Abend?«

»Worum geht es denn überhaupt?«

»Ein Bekannter Ihrer Freundin wurde ermordet. Wir überprüfen ihr Alibi.«

»Melanie war bei mir.«

»Wann ist sie gekommen?«

»Um halb acht.«

Das war ziemlich genau der Zeitpunkt, zu dem Spicher ermordet worden war. Es passte zu Melanies Aussage, dass sie von halb sieben an eine knappe Stunde mit ihm im Hotel verbracht hatte.

»Und wie lang ist sie geblieben?«

»Um kurz vor zwölf habe ich gesagt, sie soll sich verpissen, weil ich ihre Laune nicht mehr ertragen konnte.«

Melanie hatte behauptet, sie habe an dem Abend mit ihrem Freund Schluss gemacht, aber vielleicht log Krumbach nur aus gekränkter Eitelkeit.

»Hatten Sie Streit?«

»Nicht direkt. Sie war nur schlecht drauf.«

»Was haben Sie gemacht, während sie hier war?«

»Was glaubst du?«

»Ich bin Atheistin. Beantworten Sie die Frage, oder wir nehmen Sie mit aufs Revier.«

»Oh«, sagte Krumbach, »eine Kampflesbe.« Er sah zu Dörfner. »Bei der hast du bestimmt nicht viel zu lachen, was?«

Ben zuckte nur mit den Schultern. Lammers stand auf. »Okay, gehen wir.«

»Immer mit der Ruhe«, sagte Krumbach. »Wir haben einen Schluck getrunken und eine Runde gefickt.«

»Wissen Sie, wo Ihre Freundin vorher war?«

»Ich wette, ihr könnt es mir verraten.«

»Bei Benedikt Spicher. Kennen Sie ihn?«

»Nie gehört.«

»Aber Sie wissen, womit Melanie ihr Geld verdient hat?«

»Ich bin ein toleranter Mensch.«

»Als sie zu Ihnen gekommen ist, wirkte sie da in irgendeiner Weise nervös oder beunruhigt?«

Krumbach gähnte. Er hatte schöne weiße Zähne, fand Lammers. Sie hatte Lust, ihm ein paar davon auszuschlagen.

»Wie gesagt, sie war zickig. Vielleicht hatte sie ihre Tage. Ach nee, kann nicht sein, das wär mir aufgefallen.«

»Wie lang sind Sie schon mit ihr liiert?«

»Was für ein schönes Wort. Wir bumsen schon seit drei oder vier Monaten. Was nicht heißen soll, dass ich sie nicht mag.«

»Kann man denn vom Plattenauflegen leben?«, fragte Ben. »Oder haben Sie einfach nur reiche Eltern?«

»Mit dem Affen rede ich nicht.«

Lammers fragte sich, wie lang Ben sich noch beleidigen lassen würde. Es wurde Zeit, die Gangart ein bisschen zu verschärfen. »Sie hatten ja schon öfter mal Schwierigkeiten mit der Polizei«, sagte sie. »Vor zwei Jahren wurden Sie zu einer Geldstrafe verurteilt, weil Sie in einer Bar jemandem mit einem Kopfstoß das Nasenbein gebrochen haben. Angeblich hatte er Ihre Freundin blöd angequatscht. Wollen Sie mir erzählen, Sie wären nicht eifersüchtig?«

»Immer diese Geschichten von vorgestern. In der Beziehung bin ich eben ein bisschen altmodisch. Wenn einer meine Freundin beleidigt, kriegt er aufs Maul.«

»Und am Sechsundzwanzigsten? Sind Sie da zufällig zur Wohnung von Herrn Spicher gefahren? Um ihm auf Ihre altmodische Art eine kleine Lektion zu erteilen?«

»Lächerlich. Ich war hier, mit Melanie.«

»Warum haben Sie uns dann belogen? Melanie hat uns gesagt, sie hätte an dem Abend mit Ihnen Schluss gemacht.«

Krumbach antwortete nicht.

»Was fahren Sie denn für ein Auto?«, fragte Ben.

»Am liebsten Stretch-Limo.« Krumbach stand auf und verschwand im Schlafzimmer. Als er wieder auftauchte, trug er eine Jeans, in die praktischerweise schon Löcher geschnitten worden waren, und einen Kaschmirpullover. »Das reicht mir jetzt. Ich hab noch nicht gefrühstückt. In Wirklichkeit seid ihr doch nur neidisch.« Er schlüpfte in seine Sneakers. »Es passt euch nicht, wie ich lebe, deshalb muss ich natürlich ein Krimineller sein. Das kenn ich schon. Wenn irgendwo ein Kaugummiautomat aufgebrochen wird, steht ihr bei mir vor der Tür.«

Krumbach nahm in der Diele seine Jacke vom Haken. »Hier geht's raus, falls ihr euch nicht mehr erinnern könnt.« Er öffnete die Tür und wartete, bis die Polizisten die Wohnung verlassen hatten. »Aber nimm deinen Affen im Treppenhaus an die Leine, damit die Nachbarn sich nicht erschrecken«, rief er Lammers zu, bevor er die Treppe hinunterhüpfte.

Lammers sah zu Ben. »Was für ein widerlicher kleiner Scheißer.«

»Hu, hu«, machte Dörfner.

Auf dem Rückweg zum Präsidium überließ Lammers Ben das Steuer. Sie sah aus dem Seitenfenster und dachte nach. Krumbach hatte Melanies Alibi bestätigt, wenn auch in abgewandelter Form, und auch sonst schien es unwahrscheinlich, dass er etwas mit dem Mord zu tun hatte.

Allerdings fragte sie sich, wieso eine Frau wie Melanie sich mit so jemandem einließ. Hatte sie finanzielle Interessen, oder war das eine Art Selbstgeißelung, so wie religiöse Fanatiker sich den Rücken peitschten? Wenn Letzteres zutraf, musste sie sich selbst mehr hassen, als sie es sich anmerken ließ. Man könnte fast Mitleid mit ihr haben, dachte Lammers.

Normalerweise hätte Ben irgendeinen Blödsinn geredet und sie abgelenkt, aber jetzt schien er ganz auf den Verkehr konzentriert. Obwohl sie sich immer gewünscht hatte, er wäre ein wenig ernster, bedrückte es sie jetzt, ihn so zu sehen.

»Was ist los mit dir? Kant hat doch gesagt, wir sollen ihn unter Druck setzen«, sagte sie.

»Das hast du ja übernommen.«
»Bist du krank oder so?«
»Nein«, sagte Ben. »Ich arbeite nur an mir. Im Dienst muss man seine Gefühle unter Kontrolle haben.«

28

Das Telefon klingelte, als Rademacher gerade auf den Parkplatz vor dem würfelförmigen Neubau der Polizeiwache einbog. Kant nahm den Anruf entgegen.

»Sie ist weg«, sagte Weber. Trotz des schlechten Empfangs hörte Kant die Anspannung in seiner Stimme.

»Wer?«

»Melanie Klever. Ihr Vater hat vorhin hier angerufen. Vielleicht hast du schon mal von ihm gehört. Winfried Klever. Ihm gehört ein großes Filmstudio in Unterföhring. Jedenfalls wollte Melanie ihn heute zur Arbeit begleiten, aber als er aufgestanden ist, war sie schon aus dem Haus verschwunden, ohne eine Nachricht zu hinterlassen.«

»Sie ist ja nicht gerade als besonders zuverlässig bekannt, oder?«, sagte Kant.

»Das stimmt natürlich. Aber Klever meint, er hätte schon die ganze Zeit das Gefühl, dass sie vor irgendwas Angst hat. Deswegen macht er sich jetzt große Sorgen. Ich dachte, wo ihr doch gerade in der Gegend seid …«

»Ist gut«, sagte Kant. »Ruf ihn an und sag, wir sind in einer Stunde bei ihm.«

Er spürte, wie Rademacher ihm einen merkwürdigen Blick zuwarf. »Was ist los?«

»Ich habe seit heute Morgen nichts mehr gegessen. Wir wollten doch Mittag machen, wenn wir hier fertig sind.«

»Manchmal geht mir deine Fresserei echt auf die Nerven«, sagte Kant, aber als er Rademachers Miene sah, tat es ihm schon wieder leid.

Polizeihauptmeister Wegner empfing sie an der Tür. Er war ein großer Mann, der ein paar Kilo zu viel mit sich herumschleppte. Nachdem er sie mit schlaffem Händedruck begrüßt hatte, bat er sie in sein Büro, dessen Wände mit Hundefotos gepflastert waren. Sie setzten sich an den Besprechungstisch. Auf Kants Schreibunterlage tollten zwei Welpen herum, auf der vor Rademacher jagte ein Labrador einem Frisbee hinterher.

»Mögen Sie ... Hunde?«, fragte Rademacher.

»Ich bin Züchter«, sagte Wegner. »In ein paar Jahren, wenn das alles hier vorbei ist, kann ich mir ordentlich was dazuverdienen. Die Pension ist ja auch nicht mehr das, was sie mal war.«

»Meine Frau will auch unbedingt einen Hund. Vielleicht können Sie uns weiterhelfen?«

Kant fragte sich, ob das stimmte. Fünf Kinder und ein Hund, das wollte er sich gar nicht ausmalen.

»Aber sicher. Kommen Sie doch einfach mal vorbei.« Wegner griff zum Telefon und bat eine Kollegin, ihnen Kaffee und Hefegebäck zu bringen. Kant spürte Rademachers triumphierenden Seitenblick.

»Wir sind leider ein bisschen in Eile«, sagte Kant. »Erzählen Sie doch mal, wie Sie die Leiche von Georg Kofler gefunden haben.«

»Ganz einfach«, sagte Wegner. »Der Herr Kofler hat mich angerufen. Er sagte, sein Sohn wäre gestorben, und hat mich gebeten, die Angelegenheit möglichst diskret zu behandeln. Deshalb bin ich persönlich zusammen mit Katja, einer jungen Kollegin ...«

»Moment mal«, unterbrach ihn Kant. »Ich dachte, die Leiche wäre von spielenden Kindern entdeckt worden.«

»Ja, das stimmt auch. Die Zwillinge vom Krämer haben ihn gefunden. Sie sind nach Hause gelaufen und haben es ihrem Vater erzählt. Der hat aber geglaubt, die Kleinen spinnen, und ist selber hingegangen. Als er dann den jungen Kofler da liegen sah, hat er ihn gleich erkannt und ist zum Bürgermeister gelaufen. So sind die Leute hier. Da kann man froh sein, dass sie überhaupt zur Polizei kommen und ihn nicht einfach verscharren.«

Wegner verzog die Mundwinkel zu einem Lachen, aber seine Augen blieben ernst. Kant wartete, bis er weitersprach.

»Als ich bei Herrn Kofler ankam, war dieser Arzt, der Thalmann, auch schon da. Wir sind zusammen rausgefahren, und der Thalmann hat ihn untersucht. Keiner von uns war besonders überrascht. Ich meine, den Georg Kofler kenne ich schon länger, der gehörte ja zu unseren besten Kunden sozusagen, und jeder wusste, dass er ein Junkie war.«

Es klopfte an der Tür, und eine uniformierte Polizistin kam herein. Als sie das Tablett mit Kaffee und Gebäck auf den Tisch stellte, löste sich eine Strähne aus ihrem Dutt und streifte Kant an der Wange. Er sah zu ihr auf, und sie lächelte ihn an.

»Danke, Katja«, sagte Wegner. »Bringst du uns noch Zucker? Vielleicht mögen die Kollegen es gerne süß.« Sie ging zur Tür.

»Für mich nicht«, sagte Rademacher.

»Bleiben Sie doch hier«, sagte Kant. »Ich meine, wenn Sie einen Augenblick Zeit haben. Sie waren doch auch dabei, als Georg Kofler gefunden wurde.«

Sie sah zu ihrem Chef, und als der mit den Schultern zuckte, blieb sie mitten im Raum stehen. Kant zog einen freien Stuhl aus der Ecke neben sich, damit sie sich zwischen ihn und Rademacher setzen konnte.

»Ist Ihnen am Fundort irgendwas aufgefallen?« Kant sah die Polizistin an, aber sie wich seinem Blick aus und wartete darauf, dass Wegner sich äußerte.

»Es war saukalt an dem Tag, bestimmt minus fünfzehn Grad. Der Georg lag tot auf einer Matratze. Unter einer ziemlich dünnen Decke. Ich habe mich da ganz auf das Urteil des Arztes verlassen. Niemand hatte Lust, lange da im Wald rumzustehen.«

»Verstehe«, sagte Kant. »War ja bloß ein Junkie.«

»Das habe ich nicht gesagt.«

»Dr. Thalmann hat vorhin zugegeben, dass der Leichnam noch weitere Verletzungen aufgewiesen hat. Vielleicht sogar Fesselspuren.«

»Davon weiß ich nichts«, sagte Wegner.

»Kennen Sie den Bürgermeister eigentlich persönlich?«

Wegner stellte seine Tasse so heftig ab, dass der Kaffee auf die Untertasse schwappte.

»Was wollen Sie damit sagen?«

»Gar nichts. Ich wundere mich bloß, dass es hier anscheinend niemanden besonders interessiert, wenn ein junger Mann ermordet wird.«

»Da gab es ja nicht den kleinsten Hinweis drauf.«

»Wer suchet, der findet«, bemerkte Rademacher und biss in einen Kirschplunder. Als Wegner ihm einen wütenden Blick zuwarf, hob er entschuldigend die Hände. »Mir ging nur gerade durch den Kopf, was ich im Wartezimmer gelesen habe«, sagte er mit vollem Mund.

»Ich will Ihnen jetzt mal was erzählen.« Wegner holte tief Luft. »Verstehen Sie mich bitte nicht falsch, aber der Georg war wirklich eine Plage. Mit vierzehn ist er in das Vereinshaus des Tennisclubs eingebrochen und hat die Kasse mitgehen lassen.

Mit sechzehn fing er an, seinen Mitschülern Drogen zu verticken. Der hatte eine Akte, so dick wie mein Oberschenkel. Als er das letzte Mal verurteilt wurde, hatte sich so einiges angesammelt. Darunter war auch ein bewaffneter Überfall auf eine Tankstelle, nicht weit von hier. Die Sache ist ziemlich aus dem Ruder gelaufen. Auf der Flucht haben die Täter auf der Landstraße ein siebzehnjähriges Mädchen überfahren. Vielleicht verstehen Sie jetzt besser, warum da keiner besonders unglücklich war, als es mit ihm vorbei war.«

»Verdammt, warum wissen wir davon nichts?«, fragte Kant Rademacher. »Du hast doch Koflers Akte gelesen.«

»Allerdings. Da steht nur drin, dass er wegen des Überfalls verurteilt wurde. Nichts von einem toten Mädchen.«

»Ja«, sagte Wegner. »Das konnte man ihm leider nicht nachweisen. Angeblich saß er nicht mit im Fluchtfahrzeug. Der oder die anderen sollen ihn zurückgelassen haben. Die Sache wurde nie ganz aufgeklärt. Aber das spielt ja auch keine Rolle. Für mich hat er das Mädchen auf dem Gewissen.«

»Wer war das Mädchen?«, fragte Kant.

»Da kann ich mich noch genau dran erinnern«, sagte Katja. Kant bemerkte, dass Wegner ihr einen scharfen Blick zuwarf, der sie aber nicht besonders zu beeindrucken schien. »Das war vor sechs Jahren, als ich gerade hier angefangen habe. Sie hieß Sabine.«

»Und die anderen Beteiligten wurden nicht ermittelt?«

»Nein«, sagte Wegner. »Der Kofler hat vor Gericht geschwiegen. Er wurde überführt, weil bei einer Hausdurchsuchung die Pistole bei ihm gefunden wurde. Das war aber erst zwei oder drei Jahre später.«

Kant sah auf die Uhr. Unvermittelt stand er auf und zog seine Jacke an.

»Wir müssen jetzt los.«

Wegner machte einen erleichterten Eindruck, als er die beiden zur Tür begleitete. »Rufen Sie mich einfach an«, sagte er zu Rademacher. »Wegen des Hundes.«

»Vielleicht holen wir uns doch lieber eine Katze. Die sind zwar nicht so treu, aber dafür selbstständig.«

Wegner schnaufte. »Wie Sie meinen.«

»Würden Sie uns vielleicht Ihre Kollegin ausleihen?«, fragte Kant. »Wir könnten jemanden brauchen, der sich hier auskennt und uns ein wenig unterstützt.«

Er sah Wegner an, dass ihm das nicht gefiel.

»Vielleicht wäre es besser, wenn ich Sie persönlich begleite. Ich kenne hier so ziemlich jeden.«

»Genau das ist ja das Problem«, sagte Kant.

»Sie haben auch so schon genug getan«, fügte Rademacher schnell hinzu. »Und danke für das Gebäck.« Bevor Wegner noch etwas entgegnen konnte, schob er Katja vor sich her zur Tür.

29

Kant sah aus dem Fenster. Graue Flecke fraßen sich durch die Schneedecke auf den Äckern. Weiden und Buchen, die ihre kahlen Äste in den Himmel streckten, flogen vorbei. Er versuchte, sich vorzustellen, wie es war, als Jugendlicher hier aufzuwachsen. Die Langeweile. Das Gefühl, abgehängt zu sein. Natürlich empfanden das nicht alle so. Wenn man mit dem Strom schwamm, konnte man sich überall wohlfühlen, aber sowohl Georg Kofler als auch Benedikt Spicher waren auf ihre Art Sonderlinge gewesen. Vor allem Kofler. Vielleicht hatte er geglaubt, es gäbe auf der ganzen Welt niemanden, der so empfand wie er. Vielleicht hatte ihn das in die Drogensucht, die Kriminalität und letztlich in den Tod getrieben.

Kant hatte sich neben Katja auf die Rückbank gesetzt, um ihr während der Fahrt schon mal ein paar Fragen zu stellen, aber während er noch aus dem Fenster sah und seine Gedanken sammelte, kam sie ihm zuvor.

»Glauben Sie, dass der Tod von Georg Kofler irgendwie mit dem Überfall auf die Tankstelle zusammenhängt?«

»Schon möglich«, sagte Kant. »Wir haben noch kein Motiv.«

Der Wagen schlitterte auf der nassen Landstraße, aber Rademacher brachte ihn wieder unter Kontrolle und fuhr mit unvermindert hoher Geschwindigkeit weiter. Kant sah, wie Katja sich am Türgriff festklammerte.

»Ich habe mir gleich gedacht, dass da was nicht stimmt, als wir den Georg in dem Heuschober gefunden haben«, sagte sie. »Aber mein Chef, der Arzt und der Bürgermeister waren sich ziemlich schnell einig. Ich hatte nicht den Mut zu widersprechen. Hinterher hat es mir leidgetan. Wahrscheinlich hätte ich mich auf dem Dienstweg beschweren sollen. Dann hätte ich allerdings gleich woanders hinziehen können.«

»Sie können ja nun am wenigsten dafür.« Er vermutete, dass sie bei Wegner ohnehin keinen leichten Stand hatte. Der Mann schien das Bedürfnis zu haben, sie herabzusetzen. Wahrscheinlich, weil er sich davon bedroht fühlte, dass eine junge Frau ihm intellektuell überlegen war. Das war zumindest Kants Verdacht. »Erzählen Sie mir doch mal, was Sie über den Tankstellenüberfall wissen.«

»Als der Kassierer wieder vernehmungsfähig war, hat er ausgesagt, dass kurz vor Mitternacht ein Fahrzeug auf dem Seitenstreifen neben der Tankstelle hielt. Ein dunkler Golf, seiner Erinnerung nach. Zwei Personen sind zu Fuß zum Kassenhäuschen gekommen. Das war nichts Ungewöhnliches, weil um diese Zeit öfter Jugendliche kamen, um noch ein paar Flaschen Bier zu kaufen. Gibt ja sonst nichts hier.«

»Gab es da keine Videoüberwachung?«, fragte Kant.

»Doch, natürlich. Aber der Wagen stand außerhalb des überwachten Bereichs. Auf der Aufnahme sieht man die Täter erst, als sie sich dem Eingang nähern. Da tragen sie schon Sturmhauben. Einer der beiden zieht eine Pistole aus der Jacke. Er bedroht den Tankwart und verlangt das Geld aus der Kasse, während die andere Person anfängt, Schnapsflaschen aus dem Regal in eine Sporttasche zu packen. Dabei fällt die Hälfte runter und geht kaputt.«

»Nicht gerade professionelles Vorgehen, oder?«

»Ganz im Gegenteil. Der Kassierer war auch nicht besonders beeindruckt. Er hatte vorher als Türsteher in einer Disco gearbeitet. Außerdem hatte er einen Baseballschläger unter dem Tresen. Dummerweise versuchte er, dem Täter damit die Waffe aus der Hand zu schlagen. Klassischer Fall von Selbstüberschätzung. Man sieht auf den Aufnahmen, dass er den Täter am Unterarm streift. Dann löst sich ein Schuss und trifft ihn an der Schulter. Er geht hinter dem Tresen zu Boden. Die Person am Schnapsregal gerät in Panik und rennt raus. Der andere Täter klettert über den Tresen, um sich das Geld zu holen. Er fummelt eine halbe Minute an der Kasse rum, kriegt sie aber nicht auf. Dann rennt auch er raus. Der verletzte Tankwart schafft es, aufzustehen und die Polizei zu rufen.«

Kant war einigermaßen beeindruckt. »Das ist doch schon sechs Jahre her. Wieso können Sie sich so genau daran erinnern?«

»Weil ich hingeschickt wurde, nachdem der Notruf einging. Es war einer meiner ersten Einsätze. Als wir ankamen, lag der Kassierer hinter dem Tresen auf dem Boden. Alles war voller Blut. Normalerweise haben wir es hier mit aufgeknackten Zigarettenautomaten oder Graffiti in der Bahnhofsunterführung zu tun, aber plötzlich hatte ich das Gefühl, bei *CSI: Miami* mitzuspielen.« Sie lachte nervös. »Bevor der Tankwart das Bewusstsein verlor, hat er uns noch gesagt, dass die Täter Richtung Westen geflohen waren. Wegner hat uns hinterhergeschickt, mich und den Kollegen Schulz. Die Täter hatten ja nur zehn Minuten Vorsprung.«

»In zehn Minuten kann man schon ein Stück fahren«, sagte Kant. »Das kommt mir ziemlich aussichtslos vor.«

»Dachte ich auch. Wir haben es trotzdem versucht. Leider sind wir nicht weit gekommen. Auf der Brücke kurz vor dem

Gewerbegebiet lag ein Fahrrad mitten auf der Straße. Da gibt es keinen Randstreifen, und damals war auch die Beleuchtung schlecht. Sabine lag in dem Entwässerungsgraben unter der Brücke. Sie muss über das Geländer geschleudert worden sein.«

Sie sah Kant mit ihren traurigen dunklen Augen an. Es tat ihm leid, dass er sie an die traumatischen Ereignisse erinnern musste.

»Die Schweine haben sie einfach liegen lassen. Ich habe versucht, Sabine wiederzubeleben. Fast zwanzig Minuten lang, bis der Notarzt kam. Am Anfang waren ihre Lippen und ihre Nase noch warm. Es hat alles nichts genützt. Sie ist in dem beschissenen Graben verreckt. Wie ein angefahrenes Tier.«

Katja schwieg und senkte den Blick auf ihre Hände, die sich fest ineinander verkrampft hatten. Kant berührte sie leicht an der Schulter.

»Sie haben Ihr Bestes gegeben«, sagte er, obwohl er wusste, dass das kein Trost war. Nach einer Weile fragte er: »Kannten Sie das Mädchen vorher schon?«

»Sagen Sie nicht ›das Mädchen‹. Sie hieß Sabine. Sabine Horn. Ich kannte sie nur vom Sehen. Sie hat immer auf den Tennisfesten bedient.«

»Moment«, sagte Kant. »War sie mit dem Tischler verwandt? Erwin Horn? Meine Kollegin hat ihn vernommen, weil Benedikt Spicher ihn als Anwalt vertreten hat.«

»Ja. Sie war seine Tochter. Ihr Tod hat ihn völlig aus der Spur geworfen. Er hängt nur noch in der Dorfkneipe rum und säuft, und wenn er voll genug ist, fängt er Streit an. Wir mussten ihn schon ein paarmal über Nacht auf der Wache behalten.«

»Georg Kofler wurde später wegen des Tankstellenüberfalls verurteilt«, sagte Kant. »Die Pistole, aus der das Projektil in der Schulter des Kassierers stammte, wurde bei ihm gefunden. Aber über die Mittäter wissen wir nichts?«

»Nicht viel. Der Kassierer hat gesehen, dass jemand im Auto wartete. Bei der Person, die das Schnapsregal ausgeräumt hat, könnte es sich um eine Frau handeln, aber das wissen wir nicht genau. Einer der beiden muss am Steuer gesessen haben. Sie haben nach dem Schuss wohl die Nerven verloren und Kofler zurückgelassen. Er ist zu Fuß geflüchtet. Leider konnte uns der Kassierer das nicht mehr sagen, bevor er bewusstlos wurde, sonst hätten wir ihn vielleicht schon damals geschnappt.«

Benedikt Spicher war damals mit Kofler befreundet gewesen, dachte Kant. Jahre später hatte er Erwin Horn seine Dienste als Anwalt angeboten, obwohl er damit seinen eigenen Eltern schadete. Hatte er den Fluchtwagen gefahren und wollte auf diese Art Buße beim Vater des getöteten Mädchens leisten? Zwar war er im Gegensatz zu Kofler als Jugendlicher nie straffällig geworden, und alle beschrieben ihn als ruhig und umgänglich, aber man wusste ja, was Gruppendruck und der Drang, sich aufzuspielen, insbesondere bei jungen Männern bewirken konnten.

Jedenfalls waren Spicher und Kofler im Abstand weniger Wochen zu Tode gekommen, und in beiden Fällen hatte jemand nachgeholfen. Vielleicht hatte der Täter darauf gewartet, dass Kofler aus dem Gefängnis kam, und ihn dann in den Heuschober gesperrt, um aus ihm rauszubekommen, wer noch an dem Überfall beteiligt gewesen war. Bei seiner Verurteilung hatte Kofler geschwiegen. Hatte er dem Mörder Spichers Namen gegeben?

Falls es sich um einen Racheakt handelte, war der dritte Beteiligte ebenfalls in Gefahr. Und Kant hatte auch schon eine Idee, wer das sein konnte.

Die entscheidende Frage war natürlich, wer nach all den Jahren noch genug Wut in sich hatte, um zu morden. Der Vater wäre ein naheliegender Kandidat, aber nach dem, was Lammers berichtet hatte, schien es doch zweifelhaft, ob er überhaupt dazu fähig war.

»Wissen Sie eigentlich, was Sabine nachts allein auf der Landstraße gemacht hat?«, fragte er Katja, die in die graue Landschaft starrte und ihren Erinnerungen nachhing. »Sie war doch noch ziemlich jung.«

»Siebzehn. Ist das nicht schrecklich?«

»Ja.« Kant beobachtete, wie Katja auf ihrer Unterlippe kaute, während sie nachdachte.

»Sie war zu ihrem Freund unterwegs, glaub ich, oder auf dem Rückweg nach Hause, aber das weiß ich wirklich nicht mehr genau.«

»Wie hieß der Freund?«

»Der Name fällt mir grad nicht ein. Aber vielleicht komme ich noch drauf …«

Rademacher bog so scharf ab, dass sie gegen Kants Schulter gepresst wurde. Sie blieb einen Moment an ihn gelehnt, bevor sie zurück auf ihre Seite rückte.

»Willst du uns umbringen?«, fragte Kant.

»Ich dachte, du hättest es eilig«, sagte Rademacher. »Da vorne ist das Haus.«

Das Rolltor an der Einfahrt öffnete sich, noch bevor Rademacher anhielt. Offenbar hatte Klever am Fenster gestanden und auf sie gewartet. Sie parkten vor der Garage auf einem Platz aus geharktem Kies und gingen zum Eingang, wo der Filmproduzent sie am Kopf einer breiten Steintreppe erwartete. Er nahm ihnen die Mäntel ab und führte sie durch eine geräumige Diele ins Wohnzimmer.

Kant musste zugeben, dass er beeindruckt war von dem Blick durch die Fensterfront auf den See. Er fragte sich, was es bedeutete, unter solchen Umständen aufzuwachsen. Benedikt Spicher, der aus einer einfachen Bauernfamilie stammte, hatte vermutlich einen schwierigeren Start ins Leben gehabt, und Georg Kofler stand als Sohn des Bürgermeisters irgendwo dazwischen. Natürlich war das nur der materielle Aspekt. Ein glücklicherer Mensch schien Klevers Tochter Melanie dadurch nicht geworden zu sein.

Sie setzten sich auf die weißen Ledersessel, die den Glastisch umringten, und Rademacher kam gleich zur Sache. »Wann haben Sie denn das Verschwinden Ihrer Tochter bemerkt?«

Klever goss ihnen aus einer Karaffe Wasser ein. Kant bemerkte, dass seine Hände zitterten. »Heute Morgen gegen halb acht. Sie wollte mit mir ins Studio fahren, was an sich schon merkwürdig ist. Ich dachte, sie hätte verschlafen, und bin in ihr Zimmer gegangen. Da war sie aber nicht.«

Kant lehnte sich zurück und überließ Rademacher die Befragung. Er hatte seine Zweifel daran, dass Melanie aus dem Haus entführt worden war, und Rademacher schien es genauso zu gehen.

»Sind Sie sicher, dass Ihre Tochter hier übernachtet hat?«

Klever stand auf und begann, vor dem Fenster auf und ab zu gehen. Aus Kants Perspektive sah es fast aus, als wandelte er auf der Oberfläche des Sees.

»Natürlich. Sie ist gestern Abend nach Hause gekommen. Wir haben uns noch eine Weile unterhalten, dann ist sie ins Bett gegangen.«

»Wie ist sie gekommen? Mit dem Auto?«

»Ja, klar. Sie fährt nie mit dem Zug.«

»Und wo ist ihr Auto jetzt?«, fragte Rademacher. »In der Garage? Vor dem Haus habe ich nur einen BMW gesehen, und der gehört Ihnen, oder?«

»Ja. Melanies Auto ist weg. Jemand muss sie aus dem Haus gelockt und gezwungen haben einzusteigen und ...«

»Jetzt mal langsam«, sagte Rademacher. »Woher wollen Sie denn wissen, dass sie es sich nicht anders überlegt hat und zurück in die Stadt gefahren ist oder sonst wohin? Nehmen Sie es mir nicht übel, aber soweit wir wissen, war sie ja nicht gerade die Zuverlässigkeit in Person.«

»Sie hatte Angst«, sagte Klever mühsam beherrscht. »Seit sie wieder nach Hause gekommen ist, ist sie völlig verändert. Sie hat versucht, es sich nicht anmerken zu lassen, aber selbst mir ist aufgefallen, dass mit ihr was nicht stimmt. Sie wollte schon ewig nicht mehr mit mir ins Studio fahren.«

»Und wovor hatte sie Angst?«

»Das wollte sie mir nicht sagen. Über die wichtigen Dinge hat sie mit mir ja nicht geredet.« Die Enttäuschung über das schwierige Verhältnis zu seiner Tochter war ihm deutlich anzuhören. Er blieb abrupt stehen. »Vielleicht sollten Sie das mal Christian fragen. Als ich neulich nach Hause gekommen bin, saßen die beiden hier auf dem Sofa und haben getuschelt.«

»Christian? Wer ist Christian?«, fragte Rademacher.

Kant spürte, wie sich Katja neben ihm anspannte. Sie tippte ihm aufs Knie und beugte sich zu ihm hinüber.

»Das ist der Name, der mir vorhin nicht eingefallen ist«, flüsterte sie ihm ins Ohr. »Christian, so hieß der Freund von Sabine.«

Klever warf ihnen einen irritierten Blick zu. »Christian kümmert sich hier um den Garten und so. Er wohnt hundert Meter die Straße runter, im Haus seiner Eltern. Melanie und er kennen sich schon, seit sie Kinder sind. Allerdings ist er nicht gerade der Hellste.«

»Wir werden uns mit ihm unterhalten«, sagte Kant.

»Haben Sie mal in Melanies Zimmer nachgesehen, ob sie irgendwelche Sachen mitgenommen hat? Was zum Anziehen beispielsweise?«, fragte Rademacher.

Klever schüttelte den Kopf.

»Wenn Sie nichts dagegen haben, würden wir uns mal umsehen.«

»Das Zimmer ist im ersten Stock. Soll ich es Ihnen zeigen? Ich weiß nicht, ob ich eine große Hilfe bin. Im Kleiderschrank meiner Tochter kenne ich mich nicht aus.« Er lachte gezwungen.

»Nein«, mischte sich Kant ein. »Wir finden uns schon allein zurecht. Beziehungsweise, ich habe noch eine bessere Idee. Wie wär's, wenn du mal versuchst, diesen Christian aufzutreiben, Anton. Ich glaube, unsere Kollegin kriegt das hier auch alleine hin.«

»Klar«, sagte Katja. »Kein Problem. Klamotten sind sozusagen mein Spezialgebiet.«

Rademacher verzog das Gesicht. Wahrscheinlich war er immer noch beleidigt, weil Kant ihn vor der Polizeiwache zurechtgewiesen hatte. Kant war es egal. Er wollte einen Moment lang mit Klever allein sein.

Klever war mit hängenden Schultern vor dem Fenster stehen geblieben und blickte zum See, über dessen vereiste Oberfläche Nebelschwaden trieben. Kant stand auf und ging zu ihm. Der Wind wehte Schneeflocken gegen die Scheibe, wo sie schmolzen und in dicken Tropfen herabrannen. Katjas leichtfüßige Schritte auf der Treppe verklangen, und es wurde still im Haus.

»Erinnern Sie sich an den Sommer 2012?«, fragte Kant.

»Was soll das? Ich bin nicht in Stimmung, um in Erinnerungen zu schwelgen«, antwortete Klever, ohne ihn anzusehen.

»Ich stelle Ihnen jetzt eine Frage, auf die ich eine ehrliche Antwort will. Hatte Melanie irgendwas mit dem Überfall auf die Tankstelle zu tun?«

Klever antwortete nicht. Er starrte weiter reglos aus dem Fenster.

»Ich habe schon zwei Morde am Hals, und einen dritten kann ich wirklich nicht gebrauchen.«

Noch immer schwieg Klever, aber in ihm schien etwas in Bewegung zu geraten. Kant hörte, wie er langsam und tief einatmete. Wahrscheinlich hat er das auf irgendeinem Führungskräfteseminar gelernt, dachte Kant. Nicht aufregen, erst atmen und nachdenken, dann antworten.

»Ich würde gern alles tun, um Ihre Tochter zu finden. Aber wenn Sie mir jetzt nicht die Wahrheit sagen, dann kann ich Ihnen nicht helfen. Natürlich können Sie eine Vermisstenanzeige aufgeben, nur sage ich Ihnen gleich, dass pro Tag durchschnittlich dreihundert davon eingehen. Melanie ist volljährig, gesund und kann ihren Aufenthaltsort frei wählen. Sie sollten nicht erwarten, dass da gleich Hubschrauber und Hundestaffeln ausrücken.«

Klever öffnete den Mund, um etwas zu sagen, und schloss ihn wieder, als fehlte ihm die Kraft zum Sprechen. Er ging zum Tisch, schenkte sich ein Glas Wasser ein und setzte sich auf die Lehne eines Sessels. Kant ließ sich ihm gegenüber nieder, kramte seinen Tabak heraus und begann, sich eine Zigarette zu drehen, nur damit seine Hände beschäftigt waren.

»Also gut«, begann Klever. »Ich dachte, diese Geschichte wäre ein für alle Mal vorbei, aber irgendwann muss wohl die

Wahrheit ans Licht. Scheiße, das klingt ja wie aus einem meiner schlechtesten Filme.« Er holte Luft und setzte neu an. »Ja, Melanie war dabei. Aber der Kofler hat sie angestiftet, darauf würde ich alles wetten. Ich war schon immer dagegen, dass sie mit diesem Spinner rumhängt.«

»Hat sie Ihnen das erzählt?«, fragte Kant.

»Natürlich nicht.«

Klever schloss einen Moment lang die Augen. Als er Kant wieder ansah, fehlte seinem Blick die gewohnte Schärfe. »Es war so ein verflucht schwüler Morgen, ich weiß noch, dass ich in der Nacht schlecht geschlafen habe. Melanie war abends nicht nach Hause gekommen, aber das war nichts Besonderes, obwohl sie da gerade erst neunzehn war.« Er schluckte, um seine Gefühle zu kontrollieren.

»Ich weiß, wie das ist«, sagte Kant. »Ich habe auch so eine zu Hause. Man will sie beschützen, aber sie lassen einen nicht.«

Klever nickte. »Irgendwann frühmorgens habe ich gehört, wie sie ins Haus geschlichen kam. Ich habe mir nicht viel dabei gedacht. Sie hatte ja nur Party im Kopf. Ständig hing sie mit den beiden Jungs rum. Die natürlich beide in sie verknallt waren. Na ja, das hat mich sogar ein bisschen stolz gemacht. Der Benedikt war ja auch ein netter Junge. Aber der Georg, das wusste ich damals schon, dass das mit dem nicht lange gut geht.«

Kant zeigte auf seine Zigarette. »Darf ich?«

»Wenn Sie mir auch eine drehen. Ich habe vor Melanies Geburt aufgehört, aus Solidarität mit meiner Frau.« Er lachte bitter. »Die heimlich weitergeraucht hat, aber das ist eine andere Geschichte.«

Klever wartete, bis Kant fertig war und ihm Feuer gab. »Als ich an dem Morgen ins Studio fahren wollte, habe ich gemerkt, dass der Golf nicht vor der Garage stand. Das war damals unser Zweitwagen. Ich hatte ihn eigentlich für meine Frau gekauft, aber sie ist kaum damit gefahren. Am Abend zuvor war Melanie damit unterwegs gewesen. Sie hat ihn grundsätzlich vor der Garage stehen lassen, da konnte ich noch so oft sagen, sie soll ihn reinfahren. Wahrscheinlich gerade deshalb. Jedenfalls kam mir das komisch vor, und ich habe einen Blick in die Garage geworfen. Es war nicht zu übersehen, dass sie einen Unfall gehabt hatte. Ein Scheinwerfer war zersplittert, und die Motorhaube hatte auch was abgekriegt. Erst habe ich mir nicht viel dabei gedacht. Ich habe nachgesehen, ob es ihr gut geht, und sie hat friedlich geschlafen. Oder vielleicht hatte sie sich auch so volllaufen lassen, dass sie halb im Koma lag. Ich dachte jedenfalls, Hauptsache, es geht ihr gut, und bin zur Arbeit gefahren. Am nächsten Morgen, als ich die Sache schon fast vergessen hatte, habe ich dann von dem Überfall und dem anschließenden Unfall in der Zeitung gelesen. Da wurde mir alles klar, zumal ja auch nach einem dunklen Golf gesucht wurde.«

»Und dann haben Sie Melanie darauf angesprochen?«

»Nein.«

»Warum nicht?«

»Ich wollte sie nicht ganz verlieren. Sie kam ja sowieso nur noch zum Essen und Schlafen oder wenn sie Geld brauchte. Wenn ich versucht habe, mit ihr zu reden, fing sie an zu heulen und hat sich in ihrem Zimmer eingeschlossen. Man kam überhaupt nicht mehr an sie ran. Kurz darauf ist sie dann ausgezogen.«

»Und Sie haben das Ganze vertuscht? Dass andere Eltern gerade ihre Tochter verloren hatten, war Ihnen egal?«

Klever schwieg.

»Was haben Sie mit dem Auto gemacht?«

»Ein Mechaniker aus dem Studio hat es repariert. Dann habe ich es verkauft.«

»Wusste sonst jemand von dem Unfall? Haben Sie irgendwem davon erzählt?«

»Nein.«

»Wussten Sie, dass Sabine mit Christian zusammen war, als sie überfahren wurde?«

»Was? Nein. Das Mädchen war doch erst siebzehn. Christian ist ein oder zwei Jahre älter als Melanie. Er muss damals zwanzig oder einundzwanzig gewesen sein.«

»Wenn ich es richtig verstanden habe, hat Christian damals schon hier gearbeitet. Könnte er das beschädigte Auto gesehen haben?«

Klever wurde blass. Er nahm einen letzten Zug und drückte die Zigarette in einem Blumentopf aus. »Sie meinen doch nicht … Warum sollte er denn sechs Jahre warten und so tun, als ob nichts wäre?«

Kant hatte keine Antwort darauf, aber er wusste, dass psychische Traumata Menschen zu nahezu unvorstellbaren Handlungen trieben. Während er noch darüber nachdachte, klingelte es an der Tür. Rademacher kam zurück.

»Keiner zu Hause. Alles verrammelt«, sagte er. »Sieht fast so aus, als wäre unser Junge ausgeflogen.«

30

Weber saß in seinem Büro und starrte auf die Unterlagen, die seinen Schreibtisch bedeckten wie schmutziger Schnee vom Vortag. Er hatte das deutliche Gefühl, vom Hauptstrang der Ermittlungen abgeschnitten zu sein. Seit Stunden blätterte er in den Bebauungsplänen und Grundbucheinträgen, die er sich besorgt hatte. Benedikt Spichers Eltern besaßen einen vier Hektar großen Acker hinter ihrem Haus, der zu Bauland werden sollte. Für die Kuhweide, die zu Erwin Horns Grundbesitz gehörte, war hingegen keine Nutzungsänderung eingeplant, obwohl sie näher am alten Dorfkern lag als das Land der Familie Spicher. Vielleicht hatte der Gemeinderat Horn benachteiligt. Vielleicht war jemand bestochen worden. So weit blickte er noch durch. Aber warum hatte Benedikt Erwin Horn dabei unterstützt, gegen den Bebauungsplan zu klagen? Damit schadete er schließlich seinen eigenen Eltern und brachte sich selbst möglicherweise um ein beträchtliches Erbe.

Weber fragte sich, ob Benedikts Eltern davon wussten. Jemand müsste noch einmal mit ihnen sprechen, auch wenn sie deswegen wohl kaum ihren Sohn ermordet hatten. Er glaubte ohnehin nicht an ein finanzielles Motiv. Der Modus Operandi ließ vermuten, dass der Täter aus persönlichen Gründen gehandelt hatte. Außerdem konnte Weber sich nicht erklären, was das Verschwinden der jungen Frau mit dieser Grundstücksgeschichte zu tun haben sollte.

Er hatte Melanie nur einmal gesehen, als Ben sie ins Präsidium brachte. Es widerte ihn an, dass sie als Prostituierte arbeitete. Sie war doch noch fast ein Kind. Am liebsten hätte er sie mit nach Hause genommen, um ihr bei einer Tasse Kakao zu erklären, dass man sein Leben nicht so wegwerfen durfte.

Else und ihm war es nicht vergönnt gewesen, Kinder zu bekommen. Er hatte sich immer ein Mädchen gewünscht. Im Nachhinein war er allerdings froh, dass es nicht geklappt hatte. Es gab schon genug bemitleidenswerte Geschöpfe auf der Welt. Wer wollte seiner Tochter schon zumuten, erst zuzusehen, wie der Krebs ihre Mutter auffraß, und dann mitzuerleben, wie der Vater sich totsoff? Niemand. Aber das war ja gerade das Ungerechte: Da, wo das Elend am größten war, gelang die Vermehrung am besten, als wollte das Leben beweisen, dass es so leicht nicht kaputtzukriegen war.

Jedenfalls war Melanie verschwunden und befand sich möglicherweise in der Hand eines brutalen Mörders, während er hier mit dem Hintern seinen Bürostuhl polierte. Er fühlte sich überflüssig und nutzlos.

Die Flasche zwischen den Aktenordnern im Regal war halb leer, und er beschloss, dass er den Rest genauso gut auch noch trinken konnte. Heute würde er seinen Verstand nicht mehr brauchen, und allein die Vorstellung, halb nüchtern nach Hause zu gehen, machte ihn krank.

Er holte ein Wasserglas aus der Schreibtischschublade und goss es randvoll mit Whisky. Gerade, als er das Glas an die Lippen führte und jede Faser seines Körpers vor Erwartung zitterte, klingelte das Telefon.

»Du musst was für uns erledigen«, sagte Kant. »Wir suchen nach einem jungen Mann namens Christian Richter. Könnte sein, dass er was mit Melanies Verschwinden zu tun hat.«

Weber saugte die Dämpfe aus dem Glas ein und musste sich konzentrieren, um den Whisky nicht auf der Stelle hinunterzukippen. »Ich könnte sowieso ein bisschen frische Luft gebrachen«, sagte er.

»Der Vater des Jungen wohnt in der Stadt. Rede mal mit ihm, ob er irgendwas weiß. Wir hören uns inzwischen im Dorf um.«

»Okay«, sagte Weber.

»Die Sache ist eilig. Wir können nicht ausschließen, dass er ihr was antut.«

»Ich bin schon unterwegs.« Er ließ sich die Adresse geben und legte auf. Ohne Zeit zu verlieren, zog er seinen Mantel an, nahm das Glas und goss damit seine Zimmerpflanze, eine traurige alte Palme, die kaum noch Blätter trug.

Zwanzig Minuten später parkte er vor Richters Gärtnerei neben dem Westfriedhof. Eine Blondine mit hochgestecktem Haar und zu engem Kleid empfing ihn im Verkaufsraum.

»Wie kann ich Ihnen helfen?«

Weber stellte sich vor und sagte, er müsse dringend mit Herrn Richter sprechen. Einen Moment lang verschwand die Langeweile aus ihren trüben Augen.

»Worum geht es denn?«

Er hatte weder Zeit noch Lust, sich mit ihr anzulegen. »Um seinen Sohn«, sagte er.

»Ach so.« Sie zeigte zur Tür, die in das angrenzende Gewächshaus führte. »Der ist irgendwo da drüben.«

Weber tauchte in die schwüle Luft ein. Er hasste den Geruch von Blumen. Er erinnerte ihn an Krankenhäuser und Friedhöfe.

Herr Richter kam ihm entgegen und streifte seine Gummihandschuhe ab. Er war ein untersetzter Mann mit kurzen grauen Haaren und einem Gesicht, das aussah, als hätte dort schon ein paarmal der Blitz eingeschlagen. Als Weber sich vorstellte, drückte Richter ihm kurz und brutal die Hand. »Geht es um Christian?«

»Wie kommen Sie darauf?«, fragte Weber.

»Na ja, ich habe ja nichts angestellt.«

Weber verfluchte sich, dass er nicht wenigstens eine kurze Suche bei INPOL durchgeführt hatte. »Hatte er denn schon öfter Schwierigkeiten mit der Polizei?«

Richter schnaubte. »Wissen Sie, wenn man einen Sohn hat, der im Rollstuhl sitzt, dann haben alle Mitleid mit einem. Aber bei einem Jungen, der nicht ganz richtig im Kopf ist, geben die Leute einem auch noch die Schuld. Was kann ich denn dafür, wenn er mit Gleichaltrigen nichts anfangen kann? Außerdem hat er bisher noch niemanden angefasst. Man kann ihm ja schlecht verbieten, mit Kindern zu *reden*.«

»Ich bin nicht gekommen, um Ihnen Vorwürfe zu machen. Ich muss nur wissen, wo Ihr Sohn sich aufhält.«

»Da sind Sie hier falsch. Ich habe schon seit ein paar Wochen nichts mehr von ihm gehört.«

»Haben Sie keine Idee?«

»Zu Hause, vielleicht?«

»Da haben wir schon nachgesehen.«

»Dann weiß ich auch nicht. Geht mich auch nichts an. Ich habe getan, was ich konnte. Ich habe ihm mein Haus überlassen. Eine Zeit lang habe ich ihn sogar hier beschäftigt. Bis sich die Kunden beschwert haben. Was soll ich denn noch machen?« Er warf Weber einen wütenden Blick zu, als wäre er an allem schuld.

»Denken Sie nach«, beharrte Weber. »Jetzt können Sie vielleicht wirklich was für ihn tun. Möglicherweise steht er kurz davor, eine große Dummheit zu begehen.«

Richter betrachtete seine schwieligen Hände. Weber sah, dass die Angestellte sie durch die offene Tür beobachtete, während sie einen Strauß zusammensteckte. Er fragte sich, ob sie Richters Geliebte war.

»Möglicherweise hat er eine junge Frau bei sich.«

»O Gott«, sagte Richter. »Bitte nicht.«

»Gibt es irgendeinen Platz, an dem er sich verstecken könnte? Einen Rückzugsort?«

»Wenn sich das rumspricht, kann ich den Laden gleich dichtmachen. Wer kauft denn Blumen für seine Frau bei dem Vater eines …«

Weber schnippte dicht vor seinem Gesicht mit den Fingern. »Jetzt wachen Sie mal auf, Mann. Es geht hier nicht um Ihre Befindlichkeiten. Wenn Sie uns irgendwas verschweigen und der Kleinen passiert was, dann reiß ich Ihren Laden persönlich ab.«

Richter sah ihn an und blinzelte ein paarmal. Er ballte die Fäuste und löste sie wieder. Weber wartete ab.

»Entschuldigung, Sie haben recht. Es gibt tatsächlich so einen Ort. Eine Berghütte. Da waren wir früher öfter alle zusammen, bevor meine Frau sich von mir scheiden ließ. Ich weiß, dass er auch ein paarmal alleine da war.«

»Die Wegbeschreibung«, sagte Weber. »Wir haben hier schon genug Zeit vergeudet.«

Richter gab sie ihm, und als er durch den Verkaufsraum zurück zur Tür ging, tauchte die Angestellte hinter einem Regal mit Vasen auf und verstellte ihm den Weg. »Ich hoffe, Sie schnappen ihn. So jemand darf nicht frei rumlaufen«, zischte sie.

»Lassen Sie mich durch«, sagte Weber.

Der Wind wehte schneidend kalt durch das offene Fenster, und Weber wusste, dass sein geschwächter Organismus sich mit einer fürchterlichen Erkältung rächen würde, aber es war ihm egal. Er brauchte jetzt einen klaren Kopf, denn er würde das Mädchen dort rausholen. Weder Kant noch Rademacher – und ganz sicher auch keiner der jungen Kollegen –, sondern er allein, und wenn es das Letzte war, was er in seinem Polizistenleben tat. Denn natürlich war es ein eklatanter Verstoß gegen die Vorschriften, seinen Vorgesetzten nicht rechtzeitig zu informieren. Es war ihm egal, wenn er seinen Job verlor. Es war ihm egal, was die anderen von ihm dachten. Es würde ihm schon genügen, sich wieder wie ein Mensch zu fühlen.

Er verließ die Bundesstraße, durchquerte einen Weiler und bog nach einem Blick auf die Wegbeschreibung hinter der verfallenen Kapelle in eine schmale unbeschilderte Straße ein. Eine Viertelstunde lang schlängelte er sich in engen Kurven aufwärts, bis er ein gekiestes Rondell erreichte. Dort wartete ein einzelnes Fahrzeug auf ihn. Der rote Fiesta wirkte wie ein Blutfleck im Schnee.

Weber parkte unter einer Fichte, von deren ausladenden Ästen Wasser auf sein Autodach tropfte. Nachdem er ein paar Sekunden lang dem Trommeln und den Geräuschen des Waldes gelauscht hatte, rang er sich zu einem Entschluss durch. Er musste Kant Bescheid geben, für den Fall, dass irgendwas schiefging. Kant nahm nach dem ersten Freizeichen ab. Weber erstattete ihm Bericht.

»Bleib, wo du bist«, sagte Kant. »Wir sind in einer halben Stunde bei dir.«

»Vielleicht ist es dann schon zu spät.«

»Das war keine Bitte, Klaus.«

»Ich habe darüber nachgedacht, was du gesagt hast. Du hast recht: Ich muss was ändern. Und damit fange ich jetzt an.«

Er unterbrach die Verbindung und schaltete das Handy aus, bevor er es in der Innentasche seiner Lederjacke verstaute. Dann nahm er seine Dienstwaffe aus dem Handschuhfach. Sie lag kalt und schwer in seiner Hand, als er die verwitterte Holzschranke umrundete und den Traktorspuren in den Wald folgte. Der Wind blies ihm Wolkenfetzen ins Gesicht. Er spürte den hart gefrorenen Boden unter seinen Sohlen. Aus dem Tal unter ihm krochen Schatten den Hang hinauf.

Er dachte an den einzigen Mann, auf den er in seinem Leben geschossen hatte, einen Dealer, der mit dem Messer auf seinen damaligen Partner losgegangen war. Das Ganze war über zwanzig Jahre her, doch er erinnerte sich noch genau an das Aufblitzen der Klinge in der halbdunklen Wohnung, an das Blut, das aus der Schulter seines Kollegen geströmt war, an den Hass im Gesicht des Dealers und an den Schrei, als die erste Kugel das Schlüsselbein des Mannes zertrümmert hatte. Der zweite Schuss, den Weber reflexartig abgefeuert hatte und der den Mann letztlich getötet hatte, wäre vielleicht nicht nötig gewesen, aber niemand hatte ihm deshalb je Vorwürfe gemacht. Diese eine Sekunde zwischen den beiden Schüssen nahm in seinem Kopf mehr Raum ein als sein halbes Leben. Es sind nur eine Handvoll Situationen, die unser Dasein ausmachen, dachte er. Zehn Jahre lang passiert nichts, dann blinzelt man einmal, und alles ist anders.

Jetzt war es wieder so weit.

Der Forstweg endete vor einem Stapel gefällter Bäume. Weber umrundete die nackten Stämme und sah die Hütte vor sich, mitten auf einer kleinen Lichtung. Aus dem Kamin stieg ein dünner Rauchfaden auf, und durch die Ritzen der geschlossenen Läden schimmerte Licht.

Er atmete tief durch. Die kalte Luft brannte in seiner Lunge. Ihm wurde schwindelig. Er ging hinter dem Holzhaufen in die Hocke. Wie von allein tastete die freie Hand nach dem Flachmann in seiner Jacke.

So nicht, Freundchen, dachte er. Noch habe ich hier das Kommando.

Er ließ den Flachmann, wo er war. Sein Leben war verkorkst, aber er war noch immer Polizist. Wenn auch nur die geringste Chance bestand, Melanie da rauszuholen, dann würde er es tun.

Das Adrenalin in seinem Blut wirkte hundertmal stärker als jeder Schnaps. Er sah auf seine knochigen Hände. Nicht die Spur eines Zitterns. Die Waffe ruhte in seiner Faust, so ruhig wie ein schlafendes Baby.

31

Die Hütte war wirklich eine Hütte. Christian hatte Melanie früher oft davon erzählt, aber das Bild, das sie mit sich herumtrug, war durch die Urlaube mit ihren Eltern im Engadin geprägt worden. Hier gab es aber keinen Kachelofen, keine Panoramafenster mit Blick auf die verschneiten Gipfel und keine Wasserfalldusche. Nicht mal einen Fernseher konnte sie entdecken. Es war ein einziger düsterer Raum mit vom Rauch geschwärzter Decke, einer Eckbank und einem selbst gezimmerten Tisch. Die Landschaftsbilder an den Wänden troffen so vor Kitsch, dass sie hinter die Theke jeder Hipster-Bar gepasst hätten.

Wenn sie zu dem Plumpsklo sah, das sich an den steilen Hang hinter der Hütte klammerte, bekam sie Brechreiz. An Duschen war sowieso nicht zu denken. Bad und Küche bestanden aus einer Blechwanne draußen an der Hauswand, in die trübes Wasser aus einem Schlauch tröpfelte.

Als sie angekommen waren – Christian schwer bepackt mit seinem Rucksack und zwei Plastiktüten in den Händen, sie nur mit der halb leeren Reisetasche und ihrer Handtasche –, hatte sie sich gefragt, worauf sie sich eingelassen hatte. Sie musste von der Bildfläche verschwinden, bis sich die Dinge beruhigt hatten, aber hätte es nicht auch ein Hotelzimmer in Berlin sein können? Da hätten ihre paar Hundert Euro allerdings nicht lange gereicht. Vielleicht hätte Verena sie auch aufgenommen, aber in München fühlte sie sich nicht mehr sicher. Es war ja nur für kurze Zeit.

Mit angezogenen Knien und in eine Wolldecke gewickelt, saß sie auf der Bank und sah zu, wie Christian ein Feuer anzündete. In einem Blechtopf setzte er Wasser auf. Er fegte Spinnen, Käfer und Mäusekacke nach draußen, wischte die Staubschicht vom Tisch und packte die Vorräte und Schlafsäcke aus. Normalerweise waren seine Bewegungen linkisch und unbeholfen, aber seit sie aus dem Auto gestiegen und zur Hütte marschiert waren, wirkte er wie befreit. Er hielt nicht mal die Hand vor den Mund, wenn er lachte.

»Ist dir warm genug?«, fragte er.

»Schon okay.«

»Ich kann noch ein paar Scheite auflegen.« Er lief nach draußen und kam mit den Armen voller Holz zurück. Melanie fiel auf, wie breit seine Schultern geworden waren. Der dürre Junge von damals hatte sich zum Mann entwickelt, zumindest körperlich.

Er goss eine Kanne Kräutertee auf und setzte sich zu ihr. »Hast du Hunger?«

»Nein.«

»Ich kann schnell ein paar Eier braten.«

»Christian, du musst das nicht tun.«

»Was denn?« Zu ihrer Überraschung konnte er ihr sogar in die Augen sehen. Und er wusste genau, was sie meinte, das hörte sie an seinem Tonfall.

»Mich verwöhnen.«

»Muss ich nicht, will ich aber«, sagte er. »Spiegel- oder Rührei?«

Während sie aßen, hörte man nur das Kratzen der Gabeln auf den Blechtellern. Melanie verschlang drei Spiegeleier und ein halbes Graubrot. Sie hatte gar nicht gemerkt, dass sie solchen Hunger hatte.

Mittlerweile hatte das Feuer die Luft aufgeheizt, und die Holzstämme verströmten einen harzigen Duft. Melanie streifte die Decke ab und machte sich über den Nachtisch her. Pfirsiche aus der Dose.

Christian stand auf, um Kerzen anzuzünden, obwohl es draußen noch nicht mal richtig dunkel war. Seine Wangen waren gerötet, als er sich wieder zu ihr setzte. »Darf ich dich was fragen?«

»Natürlich«, sagte sie. »Vielleicht antworte ich sogar.«

»Warum hast du solche Angst?«

Sie hatte sich bemüht, sich nichts anmerken zu lassen, aber Christian hatte sie durchschaut. Es wäre unfair, ihn jetzt zu belügen. Womöglich käme er sonst noch auf die Idee, sie wollte hier ein paar romantische Stunden mit ihm verbringen. »Jemand will mich umbringen.«

»Wirklich?«

»Ich glaub schon.«

»Derselbe, der Georg und Benedikt getötet hat?«

Er schien sich mehr den Kopf darüber zerbrochen zu haben, als sie gedacht hatte. »Ja.«

»Warum? Ich mein, du hast doch keinem was getan, oder?«

Es berührte sie, dass er das glaubte. Tatsächlich fielen ihr einige Leute ein, die sie verletzt hatte. Zuletzt ihren Vater, indem sie sich einfach verpisst hatte, auch wenn ihm das natürlich recht geschah.

Wie sollte sie es Christian erklären, ohne ihn einzuweihen? Sie hatte nie mit jemandem darüber gesprochen, sondern alles getan, um die Vorfälle zu verdrängen. Mithilfe von Männern, die sie nicht liebte, und Drogen, die sie nicht high machten, sondern nur runterzogen. Nicht besonders erfolgreich, dachte sie. Vielleicht war jetzt der Zeitpunkt gekommen.

»Erinnerst du dich an den Sommer 2012?«, fragte sie.

»Das Jahr, wo du weggegangen bist.«

»Wir haben abends auf dem Bootssteg gesessen. Wenn ich an damals denke, haben wir immer da gesessen, wir drei, der Benedikt, der Georg und ich.«

»Ich weiß«, sagte Christian. »Ich wär auch gern dabei gewesen.«

»Sei froh, dass du es nicht warst.« Sie griff über den Tisch nach seiner Hand, drückte sie, ließ sie wieder los. Dann brach alles aus ihr raus.

Es war die glücklichste Zeit ihres Lebens gewesen, ein Vorgeschmack auf das, was kommen sollte, aber nie kam. Im Frühling hatten sie und Benedikt Abitur gemacht. Sie waren seit ein paar Wochen zusammen, nicht so, wie ihre Eltern oder andere Paare zusammen waren, sondern auf eine leichte Art, ohne Verpflichtungen. War sie in ihn verliebt? Vielleicht, sie wusste es nicht. Sie war in die ganze Welt verliebt. Aber sie schlief nur mit ihm. Wenn sie nachts hinter dem Bootshaus im feuchten Gras auf ihm hockte, hatte sie das Gefühl, die Erde würde unter ihnen vibrieren.

Sie hatte vorher schon mit anderen Sex gehabt. Benedikt jedoch nicht. Sie ahnte, dass er sich etwas anderes von ihrer Beziehung erhoffte als sie, aber damals dachte sie nur an den Augenblick, und der war kristallklar und rein und frisch wie ein Bergsee.

Wenn es überhaupt eine Sorge in ihrem Leben gab, dann betraf sie Georg. Seit ihre Eltern Melanie aufs Gymnasium geschickt hatten, waren die beiden ihre besten Freunde gewesen. Sie hatte sich nie für einen von ihnen entscheiden wollen, aber jetzt war es eben so: Sie war mit Benedikt zusammen, mit dem süßen, lieben, schönen Bene, der sie auf den Schultern um die Welt tragen würde, wenn es sein musste.

Georg schien es besser zu verkraften, als sie erst befürchtet hatte. Gut, er war nicht mehr jedes Mal dabei, wenn sie sich trafen, aber dafür gab es auch andere Gründe. Er hatte die Schule schon ein Jahr zuvor geschmissen und hing immer öfter mit einer Clique aus der Stadt rum, die sie kaum kannte. Wenn sie sich trafen, erzählte er mit leuchtenden Augen von Raves und Drogenerfahrungen, die weit über das hinausgingen, was sie selbst erlebt hatte. Dann wiederum verfiel er in Depressionen und meldete sich wochenlang nicht bei ihr, nur um irgendwann unangemeldet vor der Tür zu stehen.

An jenem Abend lagen sie und Bene träge auf dem Bootssteg, zwischen sich eine fast leere Flasche Rotwein aus dem Keller ihres Vaters, und warteten auf den Perseidenschwarm. Damals konnte sie stundenlang in den Nachthimmel starren, ohne dass ihr langweilig wurde.

Sie waren allein. Ihr Vater trieb sich auf einer Filmpremiere rum, und ihre Mutter tauchte sowieso nur noch sporadisch auf, um irgendwelche Sachen zu holen, ihrem Mann Vorwürfe zu machen oder ihr vergiftete Ratschläge zu geben. Das große Haus war leer und dunkel, nur die Gartenbeleuchtung spiegelte sich auf dem glatten See.

Ein Plätschern ließ sie aufschrecken. Durch das Wasser glitt eine Gestalt auf den Steg zu. Melanie wickelte sich in ihr Badetuch. Benedikt knipste seine Taschenlampe an. Georgs Augen leuchteten knapp über der Wasseroberfläche. Er hielt seinen Rucksack über dem Kopf wie ein Soldat, der sich durch den Fluss an eine feindliche Stellung anpirschte. Wahrscheinlich hatte er sich das aus einer der Vietnamkriegsdokus abgeguckt, die er sich stundenlang ansah, wenn er sich mit zu viel Chemie im Blut schlaflos im Bett wälzte.

Als sie ihn entdeckten, lachte er leise. Seit einiger Zeit hatte er sich wieder angewöhnt, sich zu ihnen in den Garten zu schleichen. Das hatte er früher oft getan, wenn Melanies Vater ihm verboten hatte, mit ihr zu spielen. Zum Beispiel, weil sie erwischt worden waren, wie sie an der alten Kapelle die Fensterscheiben eingeworfen oder beim Schlecker Zigaretten geklaut hatten.

Er kletterte auf den Steg und zog sie beide in seine Arme. Melanie spürte, wie sein ganzer Körper vor Anspannung vibrierte, als er ihr einen Kuss auf die Stirn drückte. Seine erweiterten Pupillen zogen sie an wie schwarze Löcher. Er hatte irgendwas eingeworfen, Koks, MDMA, Meth, keine Ahnung.

»Wie seid ihr denn drauf?«, sagte er. »Feiert hier eine Party ohne mich?«

Von seiner nackten Brust tropfte das Wasser auf den Steg. Der Stoff seiner Jeans klebte ihm an den Beinen. Melanie fiel auf, wie dünn er geworden war.

»Das ist ein Oxymoron«, sagte Benedikt. »Ohne dich kann es keine Party geben.«

»Laber nicht rum, hol Gläser.« Georg zog eine halb volle Flasche Whisky aus der Plastiktüte und knallte sie auf das Holz. »Oder störe ich euch irgendwie?«

»Blödsinn.« Benedikt boxte ihm gegen die Schulter.

»Ich geh schon«, sagte Melanie.

Als sie mit den geschliffenen Tumblern aus der Bar im Wohnzimmer und einem Kübel Eiswürfel zurückkam, saßen die beiden nebeneinander und kicherten wie kleine Jungs. Sie hatte schon befürchtet, Bene wäre beleidigt, weil er lieber mit ihr allein gewesen wäre, aber jetzt wirkte er fast genauso aufgedreht wie Georg. Sie war erleichtert. Sie hasste es, zwischen den beiden zu stehen und sich für ihre Stimmung verantwortlich zu fühlen.

»Wo hast du die her?«, fragte Benedikt gerade.

»Getauscht«, sagte Georg. »Gegen dreißig Gramm Koks.«

Sie brauchte einen Augenblick, bis sie begriff, wovon sie redeten. Zwischen ihnen lag ein schwarzer Metallklumpen auf dem Holz. Ein hässliches Ding aus einer anderen Welt. Eine Pistole.

»Kann ich mal ... anfassen?«, fragte Benedikt.

»Klar. Ist gesichert.«

Benedikt hob die Waffe vorsichtig auf und zielte in die Dunkelheit über dem See. Melanie knallte den Eiskübel auf den Steg. »Tickt ihr noch ganz sauber?«

Benedikt gab Georg die Pistole zurück, als hätte er sich die Finger daran verbrannt. Georg grinste nur und packte sie zurück in die Plastiktüte. »Du hast ja keine Ahnung, was da draußen für Arschlöcher rumlaufen«, sagte er.

»Ist das aus irgendeinem Film? Du klingst nämlich, als würdest du dich für Johnny Depp halten oder so«, sagte Melanie.

»Schon gut.« Georg hob beschwichtigend die Hände. »Vergiss es einfach.«

»Ja«, sagte Benedikt. »Mach keinen Stress. Lass uns einfach feiern.« Er verband seinen iPod mit der Box und ließ Musik laufen.

Früher bist du nicht so ein Angeber gewesen, dachte Melanie, aber sie wollte ganz sicher nicht diejenige sein, die ihnen den Abend verdarb. Es war einfach zu perfekt. Die warme Nacht. Die ersten Sternschnuppen, die ihre Spuren über den Himmel zogen. Ihr Wiedersehen.

Mit Benes Kopf auf ihrem Oberschenkel und ihrem Rücken an Georgs Rücken tranken sie den Whisky und erzählten von ihren Plänen. Melanie hatte sich bei der Schauspielschule beworben. Benedikt schrieb gerade an seinem ersten Roman. Georg wusste noch nicht, was er vorhatte.

Um kurz nach Mitternacht war die Flasche leer. »Ich hol noch eine Flasche Wein aus dem Keller«, schlug sie vor. »Da steht mehr rum, als meine Eltern jemals saufen können.«

»Nee«, sagte Georg. »Wein vertrag ich nicht. Der macht mich depressiv. Lass uns zur Tanke fahren.«

Benedikt sprang auf. »Klar, wieso nicht? Ich kann noch fahren.«

»Du hast aber kein Auto«, sagte Melanie.

»Deine Mutter hat den Wagen hiergelassen.«

Und dann glitten sie durch die Nacht. Die warme Luft wehte ihr ins Gesicht, die Bässe rumpelten aus den Lautsprechern, und sie hörte das Blut in ihren Ohren rauschen. Bene steuerte mit einer Hand und legte einen Arm auf ihre Rückenlehne, und hinten drehte Georg für sie alle Zigaretten. Alles verschmilzt, dachte sie, wir sind wie ein einziger Organismus. Oder Orgasmus. Oder was auch immer. Sie lachte laut. Keiner fragte warum. Noch nie hatte sie sich so frei gefühlt.

»Halt auf dem Seitenstreifen«, sagte Georg.

Das gelbe und rote Licht der Tankstelle fiel durch die Seitenfenster, als er die Masken aus dem Rucksack zog. »Ich hab leider nur zwei dabei. Aber einer muss sowieso im Wagen bleiben.«

»Was soll die Scheiße?«, sagte Benedikt.

»Die Arschlöcher haben schon genug an uns verdient. Dreißig Euro für eine Flasche Jack Daniel's. Bloß weil es hier sonst nichts gibt. Das ist doch übelster Kapitalismus.« Georg stieß die Tür auf, und der betäubende Gestank von Benzin wehte ins Auto. »Komm schon, nur wir beide. Kurz rein und raus. Mela setzt sich hinters Steuer und lässt den Motor laufen.«

Sie dachte an den Steg über dem dunklen Wasser. An den Duft der Seerosen. An den warmen Nachtwind. Warum waren sie nicht einfach dageblieben? Es fühlte sich an, als hätte sie etwas Kostbares verloren.

»Vergiss es«, sagte Benedikt.

»Okay. Dann geh ich allein. Ihr könnt ja solange hier ein bisschen kuscheln.«

Georg stieg aus und schwang seinen Rucksack über die Schulter. Melanie sah Benedikts bleiches Gesicht dicht vor der Windschutzscheibe. Er umklammerte das Lenkrad, als hätte er Angst, jemand würde ihn aus dem Auto zerren.

»Warte, ich komm mit.« Ihre Stimme klang viel zu schrill.

»Ich weiß nicht«, sagte Georg. »Ich will ja niemanden in was reinziehen.«

Auf der Straße zischte ein Auto vorbei. Benedikt presste die Lippen zusammen und wandte den Blick ab. Melanie sprang aus dem Wagen. Georg zog ihr eine Sturmhaube übers Gesicht. Er küsste sie durch den groben Stoff auf die Lippen, bevor er seine eigene Maske aufsetzte. Melanie spürte die Hitze des Asphalts unter ihren nackten Füßen, als sie auf den verglasten Verkaufsraum zuliefen.

»Pack ein paar Flaschen ein.« Georg warf ihr den Rucksack zu. »Ich hol das Geld.«

Das grelle Neonlicht im Laden vertrieb die Magie der Nacht. Am liebsten wäre sie sofort wieder ins Freie gerannt, aber es war zu spät. Georg fuchtelte schon mit der Pistole vor dem Kassierer rum. Sie würden ins Gefängnis kommen. Ihre Hände zitterten. Flaschen zersprangen auf dem Boden. Etwas zischte durch die Luft. Ein Baseballschläger. Der Tankwart hatte keine Angst. Er traf Georg am Arm. Ein Schuss löste sich.

»Raus!«, schrie sie.

Georg sprang über die Theke. Sie rannte aus dem Laden, vorbei an den Zapfsäulen, zum Auto. Als sie auf den Beifahrersitz sprang, sah sie sich nach Georg um. Benedikt ließ die Kupplung schnalzen. Der Wagen machte einen Satz nach vorn, dann ging der Motor aus.

»Warte«, sagte sie.

Er schüttelte den Kopf. Drehte den Zündschlüssel, hektisch. Georg war immer noch nicht zu sehen.

»Wir können ihn nicht hierlassen.«

Benedikt fuhr los.

»Das kannst du nicht machen!«, schrie sie ihn an. Er fuhr weiter, ohne sie anzusehen.

Die Straße führte an dem Gewerbegebiet vorbei und in einer Rechtskurve durch ein Waldstück. Kein einziges Auto kam ihnen entgegen. Der Randstreifen endete, als sie die Brücke über den Entwässerungsgraben erreichten, unter der sie mit Georg ihre erste Zigarette geraucht hatte. Benedikt ging nicht vom Gas.

Das Rücklicht war kaum heller als ein Glühwürmchen. Benedikt stieß einen Schrei aus und trat auf die Bremse. Melanie schlug mit der Stirn gegen das Armaturenbrett. Ein dumpfes Geräusch, das Schaben von Metall auf Metall, ein Beben in der Karosserie, dann war es vorbei. Sie spürte die Feuchtigkeit an ihrer Stirn, aber keinen Schmerz.

Das Fahrrad hatte sich mit dem Lenker im Brückengeländer verheddert, und das Vorderrad drehte sich noch, aber der Fahrer war nirgendwo zu sehen. Sie wollte aussteigen. Benedikt packte sie am Handgelenk.

»Nicht.«

Eine Sekunde lang starrten sie beide in die Dunkelheit, bevor Benedikt wieder beschleunigte.

»Halt an«, sagte sie schwach.

Er schien sie gar nicht wahrzunehmen. Seine Hände umklammerten das Lenkrad so fest, dass die Knöchel in der Innenbeleuchtung bleich schimmerten. Er fuhr immer weiter, mit eckigen Bewegungen, wie ein Roboter, den Blick starr auf die Straße gerichtet.

In diesem Moment wusste sie, dass es vorbei war. Ihre Liebe. Ihre Jugend. Und alles andere. Die nächsten sechs Jahre wünschte sie sich, sie wäre aus dem fahrenden Auto gesprungen.

Christian hatte ihr schweigend zugehört. Sie konnte ihm nicht ansehen, ob er sie jetzt verachtete oder nicht. »Wir haben sie einfach liegen lassen«, sagte sie. »Vielleicht hätten wir sie noch retten können.«

Sie begann zu weinen. Zum ersten Mal seit damals konnte sie die Tränen einfach fließen lassen. Es fühlte sich gut an. Sie hatte gedacht, ihre Augen wären für immer ausgetrocknet, nachdem sie nach dem Unfall eine Woche lang durchgeweint hatte.

Christian sah auf seine Hände, die gefaltet vor ihm auf dem Holztisch lagen. Als sie sich beruhigt hatte, sagte er leise: »Ich habe sie geliebt.«

»Was?«

Melanie klammerte sich an der Tischkante fest. In ihrem Kopf begann sich alles zu drehen.

»In der Nacht ... da war sie bei mir. Sie war meine erste Freundin. Meine einzige Freundin.«

»O Gott.«

»Ich wusste, dass ihr das wart. Ich habe das kaputte Auto in der Garage gesehen.«

Ein schrecklicher Verdacht brachte sie beinahe um den Verstand. Konnte es sein, dass Christian Georg und Benedikt getötet hatte? Hatte er sie jetzt hergelockt, um die Sache zu Ende zu bringen? Sie hätte aufspringen und wegrennen sollen, aber dazu fehlte ihr die Kraft. Wenn es vorbei war, dann war es eben vorbei.

Sie sah ihm in die Augen. Doch statt des Hasses, den sie verdient hätte, fand sie dort nur Traurigkeit.

»Wir haben uns gestritten, an dem Abend. Wenn ich sie nicht weggeschickt hätte, würde sie jetzt noch leben«, sagte Christian.

Sofort schämte sie sich für ihren Verdacht. Sie legte ihm eine Hand auf den Arm. »Nein, Christian. *Wir* haben sie umgebracht. Es ist *unsere* Schuld. Niemand sonst kann was dafür.«

»Es war ein Unfall«, sagte er leise.

»Warum hast du nie was gesagt? Warum bist du nicht zur Polizei gegangen?«

Christian stand auf, um Holz ins Feuer zu legen. Er stocherte eine Weile in der Glut herum, und sie rechnete schon nicht mehr mit einer Antwort.

»Ich wollte dich nicht auch noch verlieren. Du und dein Vater, ihr wart die Einzigen, die mich wie einen Menschen behandelt haben. Ich hatte doch sonst niemanden.«

Er hatte es die ganze Zeit mit sich herumgetragen. Eine weitere Last auf ihrem Gewissen. Sie wusste nicht, wie sie das jemals wiedergutmachen konnte.

»Es tut mir so leid«, sagte sie.

Christian verriegelte die Fensterläden und zündete eine Petroleumlampe an. »Derjenige, der Georg und Benedikt getötet hat, der ist auch hinter dir her, oder?«

»Ja«, sagte Melanie. »Ich glaube schon.«

»Weißt du, wer das ist?«

»Nein.«

»Aber du hast Angst vor ihm?«

Sie nickte.

»Ich will dich beschützen.«

Er ging zurück zur Feuerstelle und kletterte auf den gemauerten Sims, sodass er an die Dachbalken herankam. Als er heruntersprang, hielt er ein Lederfutteral in den Händen. Er legte es auf den Tisch und schlug es auf. Der ölige Lauf eines Jagdgewehrs schimmerte im Licht der Lampe.

»Tu das weg«, sagte Melanie. Sie wollte nie wieder eine Waffe sehen.

Christian schien sie nicht gehört zu haben. Mit routinierten Bewegungen vergewisserte er sich, dass das Magazin geladen war.

»Christian, nicht. Bitte.«

Er ging zur Tür. »Du bleibst hier«, sagte er mit ungewohnter Bestimmtheit. »Ich dreh nur mal eine Runde um die Hütte.«

32

Als er den Leihwagen am See geparkt hatte und langsam eine Runde um das Haus schlenderte, um sich auf den Abend vorzubereiten, wäre er beinahe den Polizisten in die Arme gelaufen. Sie waren zu dritt. Eine junge Uniformierte und zwei Männer in Zivil, der eine massig und mit einem Strickpullover unter der Regenjacke, der andere lang und hager, in Anzug und Mantel. Der Dünne schien der Chef zu sein, zumindest ging er als Erster die Stufen zum Haus rauf und sprach mit dem Mann an der Tür, dem Vater der kleinen Schlampe.

Er war also zu spät gekommen. Ihr Auto stand nicht mehr vor dem Haus. Und jemand hatte die Polizei eingeschaltet, warum auch immer. Natürlich war er enttäuscht. Er hatte alles für heute Abend vorbereitet. Die Klappleiter, das Werkzeug und die Seile lagen im Kofferraum des Kombis bereit.

Andererseits machte es ihm Spaß, die Polizisten aus dem Gebüsch heraus zu beobachten. Sie hatten keine Ahnung, wer er war. Ihre Hilflosigkeit amüsierte ihn. Und was die Schlampe anging, die würde er schon finden. Niemand konnte sich sein Leben lang verstecken, aber er würde sie für den Rest seines Lebens suchen, wenn es sein musste. Vielleicht sollte er sich als Erstes ihren Freund vorknöpfen, diesen kleinen Angeber, der aussah wie ein Zuhälter.

Er schlich sich zurück zum Parkplatz. In dem Leihwagen, der gerade mal ein paar Hundert Kilometer auf dem Tacho hatte, roch es unangenehm nach Lösungsmitteln. Er hasste dieses Gefängnis aus Plastik, aber den Kadett konnte er im Moment unmöglich benutzen. Er ließ den Motor an, drehte Heizung und Gebläse auf, bis die beschlagenen Scheiben langsam frei wurden, und fuhr eine Weile durchs Dorf.

In dem Wirtshaus aß er allein an einem Ecktisch. Niemand beachtete ihn. Niemand erkannte ihn. Er ging, ohne zu bezahlen. Einfach nur, um sich zu beweisen, dass er es konnte.

Im letzten Tageslicht fuhr er zur Brücke. Er parkte an einem Forstweg und ging die letzten dreihundert Meter zu Fuß. Neben dem Geländer stand ein kleiner Gedenkstein mit einer Bronzeplakette. Das war alles, was von ihr übrig war. Als er den Namen las, fiel ihm etwas ein, das er noch erledigen musste. Nur vorsichtshalber, falls er seine Mission nicht überleben sollte.

Er ging zurück zum Auto und fuhr eine Stunde lang über die einsamen Landstraßen. Der Mond schlich sich über die Baumwipfel und tauchte die Hügellandschaft in kaltes Licht, als er endlich auf dem fast leeren Parkplatz anhielt. Es fühlte sich passend an, jetzt hier zu sein. Er war gerührt von seiner eigenen Sentimentalität. Einen Moment lang hatte er das Gefühl, dass seine Augen feucht wurden, aber das ging schnell vorbei.

Er stieg aus und lehnte sich an den Kotflügel seines Wagens. Der Mann in dem Pförtnerhäuschen schien ihn noch nicht bemerkt zu haben; er las in einem Buch oder einer Zeitschrift und umklammerte eine Kaffeetasse. Hinter der Schranke schlängelte sich eine schmale asphaltierte Straße zu dem dreistöckigen Gebäude auf dem Hügel. Die gelben Lichtpunkte der Fenster sahen ihn an wie tausend Augen.

Wie lange war er nicht mehr hier gewesen? Vier Jahre? Fünf? Er wusste es nicht. Er war sich nicht mal sicher, ob sie ihn überhaupt erkennen würde.

33

Zwei Autos parkten am Ende der Straße. Ein roter Fiesta und Webers Dienstwagen. Kant stieß die Tür auf und sprang in den Schnee, noch bevor Rademacher richtig anhielt. Er ging drei Schritte und spähte durch die beschlagene Seitenscheibe von Webers Auto. Hinter ihm schaltete Rademacher den Motor aus. Im Schatten der Fichten wurde es still. Der Wagen war leer.

»Ruf ihn noch mal an«, sagte Kant, obwohl er selbst es vor drei Minuten erst versucht hatte.

Rademacher stieg aus, stützte sich auf die halb offene Fahrertür und drückte sich mit seiner fleischigen Hand das Telefon ans Ohr. Aus seinem Mund dampfte der Atem. Hinter ihm schwang sich Katja aus dem Fond.

Kant sah sich um. Über den Bäumen glühten die Berggipfel im letzten Licht. Wolkenfetzen trieben über den unruhigen Himmel. Am Ende der Lichtung versperrte eine Schranke die Zufahrt zu einem Forstweg. Ein schmaler Pfad quetschte sich daran vorbei.

»Nichts«, sagte Rademacher. Kant zuckte zusammen, als die Autotür zugeknallt wurde. Er spürte, wie sich trotz der Kälte unter seinen Achseln Feuchtigkeit ausbreitete. Eine Krähe flog von der rostigen Schranke auf, flatterte ein paar Flügelschläge talwärts, überlegte es sich dann anders und steuerte auf die Gipfel zu.

»Da sind Fußspuren«, sagte Katja, die plötzlich dicht neben ihm stand.

Kant nickte. Die Abdrücke im Schnee führten an der Schranke vorbei den Forstweg hinauf.

»Sie bleiben hier und warten auf Verstärkung«, sagte Kant zu ihr. »Vielleicht kommt Weber ja auch zurück zum Auto.«

Sie warf ihm einen enttäuschten Blick zu, bevor sie sich abwandte.

Kant und Rademacher folgten dem Forstweg. Hin und wieder entdeckten sie frische Schuhabdrücke im Schnee. Kant sah auf die Uhr. Seit Webers Anruf waren zweiunddreißig Minuten vergangen. Vielleicht war er zur Vernunft gekommen und beobachtete die Hütte aus sicherer Entfernung, während er auf sie wartete, aber Kant bezweifelte es. Sein Tonfall hatte ihm überhaupt nicht gefallen.

Kant ging schneller. Rademacher konnte nicht Schritt halten. Mit jeder Serpentine wurde das Schnaufen seines Atems hinter Kant leiser. Ein Windstoß trug den Geruch von Rauch den Berg hinab. Hundert Meter vor sich sah Kant einen Stapel gefällter Bäume am Wegesrand. Er stellte sich vor, wie Weber auf der anderen Seite mit dem Rücken an den Stämmen lehnte und einen Schluck aus seinem Flachmann nahm. Wie er sich mit dem Ärmel seiner abgewetzten Lederjacke über den Mund wischte und grinste, als er Kant sah. Das alte Grinsen, das Kant jetzt schon so lange vermisste.

Der Schuss klang so nah, als wäre er in seinem Kopf. Kant warf sich instinktiv in den Schnee. Erst eine Sekunde später, als das Echo von den Bergen zurückprallte, begriff Kant, dass nicht er das Ziel gewesen war. Beschämt sprang er auf und zog seine Waffe. Wieder knallte es, dieses Mal schärfer und höher. Ein Schrei. Dann ein weiterer Schuss, genauso dumpf wie der erste.

Kant rannte. Die eisige Luft brannte in seiner Lunge. Irgendwo hinter sich hörte er Rademacher fluchen. Noch fünfzig Meter bis zu dem Holzstapel. Er wusste nicht, was ihn auf der anderen Seite erwartete. Eine letzte Steigung, dann wurde das Gelände ebener. Es fühlte sich an wie in einem Traum, in dem man rannte und rannte und keinen Meter vorankam, aber schließlich hatte er es geschafft. Mit der Schulter streifte er die Stämme, als er daran vorbeistürmte, und seltsamerweise wurde die Welt um ihn herum einen Moment lang auf den harzigen Geruch reduziert, den er auf ewig mit diesem Augenblick verbinden würde.

Keuchend blieb er stehen. Vor ihm, auf einer Lichtung, stand die Hütte. Ein Mann lag im Schnee. Eine Frau kniete neben ihm.

34

Kant spürte, wie seine Knie nass wurden, nass von Webers Blut, das die Wolldecke gesättigt hatte und eine dunkle Pfütze auf dem Holzboden bildete.

»Es tut mir leid«, sagte Melanie zum zehnten Mal. Kant sah zu ihr auf. Sie saß jetzt mit angezogenen Beinen auf der Eckbank und umklammerte ihre Unterschenkel. Ihr Gesicht, das sie zwischen den Knien zu verstecken versuchte, flackerte im Feuerschein. Immer wieder wischte sie mit den Handflächen über ihre Hosenbeine. Auch sie war voller Blut, weil sie ihm geholfen hatte, Weber in die Hütte zu tragen und die Blutung aus dem Loch in seinem Brustkorb mit einem Handtuch zu stillen.

Webers Gesicht war blass, die Haut über seinen Wangenknochen fast durchsichtig. Kant fühlte seinen Puls, ein unregelmäßiges Pochen an dem sehnigen Hals.

Rademacher kam durch die Tür. »Er ist weg«, sagte er zu Kant. Er schaltete seine Taschenlampe aus, bevor er sich über Weber beugte und seine Hand nahm. »Ich schwör dir, dass wir das Schwein erwischen.«

Weber reagierte nicht. Seine Augen waren starr an die Decke gerichtet.

»Wo bleibt denn bloß der Scheiß-Notarzt?«, fragte Rademacher.

»Es tut mir so leid«, sagte Melanie.

Kant spürte, wie sich Webers Finger in den Stoff seiner Hose krallten. Langsam drehte er den Kopf zu ihm. Sein Blick kehrte aus der Unendlichkeit zurück und legte sich auf Kants Gesicht.

»Ich mach das Bürschchen fertig«, presste Rademacher hervor.

»Sei still«, sagte Kant. »Ihr geht jetzt beide raus. Lasst mich mit ihm allein.«

Rademacher griff nach Melanies Handgelenk und zog sie von der Bank hoch. Mit dem starren Gesichtsausdruck einer Puppe ließ sie sich vor die Tür führen.

Weber hustete, und ein dünner Faden Blut lief ihm aus dem Mundwinkel. »Das war's dann wohl«, sagte er leise.

Kant wusste, dass er recht hatte. Und dass es keinen Sinn hatte, ihm zu widersprechen. Er strich mit der Hand über Webers Lederjacke, bis er die Ausbeulung fand, und zog den Flachmann aus der Innentasche. »Willst du was trinken?«

Ein schwaches Lächeln huschte über Webers Gesicht. »Ich habe aufgehört.«

»Sehr gut«, sagte Kant.

»Ich wollte bloß das Mädchen retten.«

»Dem Mädchen geht es gut.«

»Das war ein Fehler ... der Junge ... der hatte bloß Angst. Der war es nicht, oder?«

»Das spielt jetzt keine Rolle. Du hast alles richtig gemacht.«

»Danke, dass du an mich geglaubt hast«, brachte Weber mühsam hervor. Er begann, am ganzen Körper zu zittern.

»Du musst nicht sprechen, wenn es dich zu sehr anstrengt. Ruh dich ein bisschen aus.«

Weber atmete tief ein.

Und wieder aus.

Dann starb er.

Nachdem Webers Leiche in die Gerichtsmedizin abtransportiert worden war und die Einsatzkräfte das Gebiet um die Hütte und den Parkplatz abgeriegelt hatten, wurde Melanie zurück zum Parkplatz gebracht. Kant sprach mit ihr, während sie neben einer uniformierten Polizistin auf dem Rücksitz eines Einsatzbusses saß und von einem Sanitäter durchgecheckt wurde. Sie sagte aus, Christian habe sie nur beschützen wollen, und Kant neigte dazu, ihr zu glauben.

Sie hatte nicht gesehen, was vorgefallen war, aber genau wie Kant hatte sie drei Schüsse gehört. Das passte zu den vorläufigen Ergebnissen der Spurensicherung. Aus dem Jagdgewehr waren zwei Schüsse abgegeben worden, einer davon hatte Weber in die Brust getroffen. Auch in Webers Dienstwaffe fehlte eine Patrone. Und auf einem Pfad, der auf der anderen Seite der Hütte ins Tal hinabführte, waren Blutspuren gefunden worden.

Christian war verletzt. Er war in Panik zu Fuß geflohen und hatte weder Unterstützer noch Geld. Kant war sicher, dass er nicht weit kommen würde.

Er übergab die Einsatzleitung an Rademacher und ging zu seinem Wagen, der noch genauso dastand wie zuvor, während sich alles andere verändert hatte. Es gab nichts, was er heute noch tun konnte. Er setzte sich ans Steuer und legte die Stirn auf den kalten Kunststoff in der Mitte des Lenkrads. Nur für einen Moment. Nur bis seine Hände aufhörten zu zittern.

Als es am Fenster klopfte, war er sich nicht sicher, wie viel Zeit vergangen war. Fünf Minuten? Eine halbe Stunde? Er ließ die Scheibe runter, und Katja beugte sich zu ihm herab.

»Können Sie mich mitnehmen? Zurück ins Dorf? Oder wollen Sie lieber alleine sein?«

»Steigen Sie ein.«

Sie fuhren schweigend durch die Nacht. Kant schaltete das Radio ein und sofort wieder aus. Die Musik erschien ihm in diesem Augenblick unglaublich profan. Er beobachtete das Spiel der Schatten auf Katjas Gesicht. Sie hatte die Augen geschlossen und den Kopf gegen die Kopfstütze gelehnt. Anspannung und Trauer spiegelten sich in ihrer Miene. Die Ereignisse dieses Tages hatten schmerzhafte Erinnerungen wachgerufen. In jener Sommernacht vor sechs Jahren war ein Mädchen in ihren Armen gestorben. Kant hatte gerade den letzten Atemzug seines Kollegen miterlebt. Das war etwas, was sie verband.

Als er vor ihrer Haustür hielt, öffnete sie die Augen, machte aber keine Anstalten auszusteigen. Kant überlegte, ob er den Motor ausschalten sollte. Nein, das wäre eine aufdringliche Geste.

»Willst du darüber reden?«, fragte sie. »Entschuldigung, ›Sie‹ meinte ich natürlich.«

»Schon okay«, sagte Kant. »Wir sind doch Kollegen.«

Katja legte die Hand auf den Türgriff und sah ihn an. »Du hast meine Frage nicht beantwortet.«

»Ich weiß es selbst nicht.«

»Gibt es jemanden, der auf dich wartet?«, fragte Katja.

»Ja«, sagte Kant. »Meine Tochter.«

»Wie alt?«

»Schon fast erwachsen.«

»Meinst du, die kommt eine Nacht alleine klar?«

»Besser als ich, nehme ich an.«

Katja lachte leise. »Wir müssen ja nicht gleich miteinander ins Bett springen. Einfach nur ein paar Gläser Wein trinken. Musik hören. Was man halt so macht unter Kollegen.«

Ihre Augen leuchteten in der Dunkelheit, als Kant den Schlüssel aus der Zündung zog und die Armaturenbeleuchtung ausging. Es lag schon über ein Jahr zurück, dass er zuletzt eine Nacht mit einer Frau verbracht hatte. Der kurze Moment der Ekstase war die Peinlichkeit danach nicht wert gewesen. Andererseits weckte die Nähe des Todes bei ihm das Bedürfnis, das Leben zu feiern.

»Ein Schluck Wein kann ja nicht schaden«, sagte er schließlich.

Sie führte ihn in ihre kleine Wohnung im Souterrain eines Einfamilienhauses. Im Wohnzimmer lag ein Wäschehaufen auf dem Sofa, nur der einzige Sessel war frei.

»Entschuldige«, sagte sie. »Ich kriege nicht viel Besuch. Schieb den Kram einfach zur Seite. Ich bin gleich wieder da.«

Kant rief seine Tochter an. Überraschenderweise meldete sich nicht ihre Mailbox, sondern sie selbst. Ausgerechnet jetzt, da er ihr zum ersten Mal im Leben lieber eine Nachricht hinterlassen hätte.

»Sag nicht, du kannst nicht kommen«, sagte sie. Ihm war schon öfter aufgefallen, dass Kinder eine sadistische Freude dabei empfanden, den tadelnden Tonfall ihrer Eltern zu imitieren.

»Ein Kollege von mir ist gestorben.« Keine Lüge, aber eine Ausrede.

»Das tut mir leid«, sagte Frida. »Wo bist du denn?«

»Bei einer Kollegin.«

»Okay...«

»Wir sehen uns morgen, ja?«

»Morgen ist Silvester. Du hast gesagt, dass ich zu Nicos Party gehen kann.«

»Ach ja. Klar. Aber nur bis eins, spätestens. Und nimm ein Taxi.«

»Du bist der Beste, Papa.«

Nachdem er aufgelegt hatte, sah Kant sich im Wohnzimmer um. Die Unordnung hatte etwas Tröstliches; sie lenkte von der Einsamkeit ab, die in allen Ecken lauerte. Das Leben ist Chaos, dachte Kant, erst mit dem Tod kehrt Ordnung ein. Er fragte sich, ob andere ähnlich empfanden, wenn sie in seine Wohnung kamen. Jetzt wahrscheinlich nicht mehr. Nachdem Frida sich überall ausgebreitet hatte, war dort kein Platz mehr für Einsamkeit.

Er zog die Schuhe aus und lehnte sich auf dem Sofa zurück. Als Katja wieder auftauchte, hatte sie die Uniform gegen ein schlichtes schwarzes Kleid getauscht. Wieder einmal wunderte er sich, wie sehr sich Polizisten veränderten, wenn sie Zivilkleidung trugen. Katja wirkte mit einem Mal sehr verletzlich.

Sie goss ihm aus einer Flasche mit Schraubverschluss Wein ein. Der bittere Nachgeschmack und die unverhüllte Schärfe des Alkohols störten Kant nicht, im Gegenteil, sie erschienen ihm angemessen. Das war kein Abend, an dem man einen edlen Tropfen aus dem Keller holte.

»Der Polizist, der heute gestorben ist, das war wohl mehr als ein Kollege?«, sagte Katja, während sie sich neben ihn setzte.

Kant leerte sein Glas in einem Zug und schenkte sich nach. Er erzählte ihr, wie er als junger Kommissaranwärter Weber kennengelernt hatte, wie sie sich angefreundet hatten, wie Weber nach dem Tod seiner Frau in ein Loch gefallen war, aus dem er bis zum Schluss nicht mehr rauskam, und wie mies er selbst sich fühlte, weil er seinem Kollegen nicht hatte helfen können. Und weil er gerade so in Schwung war, erzählte er ihr auch von seinen Problemen mit Frida. Katja war klug genug, ihm keine Ratschläge zu geben.

»Jetzt habe ich aber genug Müll bei dir abgeladen«, sagte er, als sie bei der zweiten Flasche angelangt waren. »Wahrscheinlich hältst du mich jetzt für einen selbstmitleidigen alten Sack.«

»Warte mal ab, bis ich dir meine Geschichte erzählt habe«, sagte sie.

»Leg los.«

»Nein. Nicht heute. Ein anderes Mal, falls es dazu kommt.« Sie lächelte.

»Das würde ich nicht ausschließen«, sagte Kant.

»Bist du immer so überschwänglich?«

»Nur wenn ich daran erinnert werde, wie beschissen kurz das Leben ist.«

»Würde es dir was ausmachen, mich ein bisschen im Arm zu halten?«

»Ganz im Gegenteil«, sagte Kant so überschwänglich, wie er eben konnte.

Schließlich schliefen sie doch miteinander.

Als sie später nebeneinander im Bett lagen und Katja das Licht ausgeschaltet hatte, sah er zur Decke und lauschte ihrem Atem. Es dauerte nicht lange, bis sie einschlief. Seine Gedanken kehrten zurück zu Weber. Plötzlich erlebte er einen Moment übernatürlicher Klarheit. Dieser alte Schweinehund hatte es darauf angelegt. Es war ihm nicht nur darum gegangen, Melanie zu retten, sondern so schnell wie möglich seiner Frau zu folgen. Immerhin ein kleiner Trost, dachte er, bevor auch ihm die Augen zufielen.

35

Draußen wurde geschossen. Kant schreckte im Bett hoch. Er brauchte einen Augenblick, um festzustellen, wo er sich befand und wer die Frau neben ihm war. Wieder knallte es, eine ganze Salve hallte durch die Straße. Da fiel ihm ein, dass heute Silvester war.

Vorsichtig stieg er aus dem Bett und sah durch die Jalousien in die blendende Helligkeit. Die Straße war von einer feinen Schicht Pulverschnee bedeckt. Dick eingemummte Kinder, die den Abend nicht abwarten konnten, rannten am Haus vorbei und warfen Knaller über die Hecke. Der Himmel strahlte unverschämt blau.

Katja rührte sich nicht. Kant zog sich leise an, kochte in der Küche eine Kanne Kaffee und rief im Präsidium an. Rademacher meldete sich mit rauer Stimme, als wäre er die ganze Nacht wach gewesen. »Wo bist du? Ich habe schon versucht, dich zu erreichen.«

»Ich musste mal abschalten. Deshalb hatte ich das Handy aus. Ich gehe jetzt zu dem Vater des Mädchens, das damals überfahren wurde.«

»Aha«, sagte Rademacher. »Zu Fuß? Du hast also in Schelfing übernachtet? Wie praktisch.«

Kant ignorierte seinen spöttischen Unterton. »Wenn jemand Rache für Sabines Tod genommen hat, dann ist der Vater des Opfers wohl die erste Adresse.«

Rademacher grunzte zustimmend. Im Hintergrund läutete ein Telefon, und Kant meinte, Dörfners Stimme zu erkennen.

»Was wolltest du eigentlich von mir?«

»Wir haben Christian. Er hat sich ins nächste Dorf geschleppt und ist da zum Arzt gegangen. Nicht besonders clever. Der brave Doktor hat sofort die nächste Dienststelle informiert, und Christian wurde noch in der Praxis festgenommen. Er ist jetzt im Krankenhaus. Unter Bewachung natürlich.«

»Sehr gut«, sagte Kant. »Lammers soll mit ihm reden.«

»Sie ist schon auf dem Weg.«

»Und ich will, dass ihr euch noch mal Melanie vornehmt und alles über den Unfall rausfindet. Lasst sie bloß nicht aus den Augen. Wo ist sie überhaupt?«

»Zu Hause. Zwei Kollegen von der Schupo sind bei ihr.«

»Bleibt an ihr dran. Solange wir den Mörder von Spicher und Kofler nicht haben, ist sie in höchster Gefahr. Schick Ben hin. Die beiden kennen sich ja schon.«

»Das hatte ich gerade vor.«

»Wozu rufe ich überhaupt an?«

»Weiß ich auch nicht. Vielleicht wolltest du nur mal meine Stimme hören.«

»So weit kommt's noch.«

Katja erschien im Bademantel an der Küchentür, und Kant beendete das Telefonat. »Habe ich dich geweckt?«

Sie schüttelte den Kopf. »Wolltest du dich rausschleichen?«

»Nein.«

»Fühlst du dich schlecht?«

»Überhaupt nicht. Ich muss aber trotzdem los.« Kant zog seinen Mantel an und blieb einen Moment lang unschlüssig mitten in der Küche stehen.

»Keine Sorge«, sagte Katja. »Es ist viel zu früh für komplizierte Gespräche. Geh einfach. Du weißt ja, wie du mich erreichen kannst.«

»Ich muss mit Erwin Horn reden. Wir können nicht ausschließen, dass er in die Sache verwickelt ist.«

»Wenn du unbedingt willst, komme ich mit.«

»Nein«, sagte Kant, »das mach ich lieber alleine.« Er sah ihr an, dass sie enttäuscht war, auch wenn sie es zu verbergen versuchte.

An der Tür gab er ihr einen Kuss. »Du bist mir noch eine Geschichte schuldig«, sagte er an ihrem Ohr.

Sie drückte ihn kurz an sich. »Geh, sonst werde ich noch sentimental.«

Die Wärme ihres Körpers begleitete ihn noch ein paar Schritte, als er hinaus in den frostigen Morgen trat, und er fragte sich, ob er sie wiedersehen würde. Er wäre am liebsten zurückgerannt und hätte sich mit ihr im Schlafzimmer verkrochen, aber er beschloss, sowohl ihr als auch sich ein paar Tage Bedenkzeit zu verordnen.

Der kurze Spaziergang zu Erwin Horns Werkstatt half ihm, einen klaren Kopf zu bekommen. Lammers hatte ihm berichtet, dass Horn sich aggressiv und unkooperativ verhalten hatte, und er bereitete sich innerlich auf eine schwierige Begegnung vor.

Kant war froh, als er Horn in seinem Vorgarten sah, wo er mit einer Tischkreissäge Holzscheite zerteilte. So musste er diesen strahlenden Morgen wenigstens nicht in der dunklen Werkstatt verbringen. Er blieb vor dem Gartentor stehen.

»Hallo!«, rief er durch den Lärm.

Horn schaltete die Säge aus und strich sich die Späne von den muskulösen Unterarmen. Kant hatte erwartet, dass der Mann sich in einem schlechteren Zustand befinden würde.

»Kripo, die Zweite«, sagte Horn.

»Kann ich reinkommen?«

»Haben Sie Zigaretten?«

Kant zog seinen Tabak aus der Manteltasche und hielt ihn in die Luft. Horn winkte ihn herein.

»Wenigstens einer, der weiß, was sich gehört. Machen Sie es sich bequem.« Er zeigte auf einen Stapel Paletten neben der Hauswand. Kant lehnte sich an das Holz und wartete, bis Horn sich unbeholfen eine Zigarette gedreht hatte.

»Ich komme wegen Ihrer Tochter.«

»Das muss ein Irrtum sein. Ich habe keine Tochter.«

»Es tut mir wirklich leid, was damals passiert ist. Was Schlimmeres kann man sich nicht vorstellen.«

»Woher wollen Sie das wissen?«, fragte Horn brüsk.

»Ich habe selbst eine Tochter.«

»Dann sollten Sie genug Feingefühl haben, um nicht in der Wunde rumzustochern.«

»Georg Kofler ist tot. Benedikt Spicher auch. Gestern wurde ein Polizist erschossen, der zufällig mein Freund war. Ich hab langsam die Schnauze voll.«

»Möchten Sie was trinken? Das hilft zwar nicht, aber wenigstens hat man was zu tun.«

»Nein. Wir reden jetzt über den Unfall, ob es Ihnen passt oder nicht.«

Horn begann, das geschnittene Holz in eine Schubkarre zu werfen. »Ich bin beschäftigt.«

»Vor sechs Jahren wurde Ihre Tochter nachts auf der Landstraße von einem Fahrzeug gerammt und über ein Brückengeländer in den Graben geschleudert. Wissen Sie, wer in dem Auto saß?«

»Das bringt Sabine nicht zurück.«

»Ich helfe Ihnen mal auf die Sprünge. Das Auto wurde als Fluchtfahrzeug nach dem Überfall auf die Tankstelle benutzt. Georg Kofler war einer der Beteiligten, aber seine Mittäter hatten ihn in Panik zurückgelassen. Eine der beiden Personen im Auto war vermutlich Benedikt Spicher.«
Horn hielt in der Bewegung inne. »Das glaub ich nicht. Der war der Einzige, der auf meiner Seite war.«
»Vielleicht gerade deshalb. Weil er Schuldgefühle hatte. Und Wiedergutmachung leisten wollte.«
Ein weiteres Holzscheit landete krachend in der Schubkarre. »Schwachsinn.«
»Wollen Sie mir erzählen, Sie hätten sich nie gefragt, wer an Sabines Tod schuld war?«
»Ich war schuld, weil ich nicht verhindert habe, dass sie sich nachts draußen rumtreibt.«
»Wussten Sie, dass Georg Kofler an dem Überfall beteiligt war?«
»Das stand ja in der Zeitung.«
»Wo waren Sie am 26. Dezember abends?«
»Erst in der Dorfkneipe und dann hier, so wie jeden Abend. Außer montags, da hat der Brunnenwirt Ruhetag.«
»Wir werden das überprüfen.«
»Das ist mir scheißegal.«
»Jemand hat sechs Jahre nach Sabines Tod Georg Kofler in einen Schuppen gesperrt, ihm ein paar Rippen gebrochen und ihn da erfrieren lassen. Vermutlich, um aus ihm rauszukriegen, wer in dem Auto saß. Danach hat derjenige Spicher getötet. Und jetzt ist er wahrscheinlich hinter dem dritten Beteiligten her. Ich frage mich, wer nach all der Zeit noch einen solchen Hass mit sich rumträgt.«
»Wer ist denn der Dritte?«, fragte Horn.

»Das kann ich Ihnen aus naheliegenden Gründen nicht sagen.«

Horn ging zur Kreissäge und hievte einen Stamm auf den Tisch. »Ich kann nicht behaupten, dass ich traurig wäre, wenn jemand für Gerechtigkeit sorgen würde.«

»Was ist eigentlich aus Sabines Mutter geworden?«, fragte Kant.

»Meine Frau ist in der Klapse.« Horn schaltete die Säge an. Der Lärm machte eine weitere Unterhaltung unmöglich, und Kant wurde in eine Wolke aus Spänen gehüllt. Er wartete, bis Horn den Stamm in exakt gleich große Stücke zerteilt hatte und das Sägeblatt auslief.

»Sie sind ja immer noch da.«

»Erzählen Sie mir von Ihrer Frau.«

»Und ich dachte, Ihre Kollegin wäre eine Nervensäge.« Er verschwand im Haus. Kant befürchtete schon, Horn würde sich einer weiteren Befragung entziehen, aber nach einem kurzen Moment kehrte er mit einer offenen Bierflasche in der Hand zurück.

»Manchmal frage ich mich, ob sie nicht das bessere Los gezogen hat. Birgitt, meine ich. Man sagt ja, bei jemandem ist eine Sicherung durchgebrannt. Vielleicht ist das wirklich wie eine Sicherung. Wenn man das sonst einfach nicht mehr aushalten würde, dann macht es *klack*, und alles wird dunkel. Prost.« Er trank in einem Zug die halbe Flasche leer. »Ich will nicht so tun, als ob vorher alles in Ordnung gewesen wäre. Meine Frau hat schon früher Schlaftabletten und so Zeug in sich reingestopft wie andere Leute Chips. Und ich war daran nicht ganz unschuldig. Auch wenn Sie sich das wahrscheinlich nicht vorstellen können, damals habe ich gut ausgesehen, und Geld habe ich auch gehabt. Die Frauen sind mir hinterhergelaufen.

Vergessen wir das. Als das mit Sabine passierte, ist sie total zusammengebrochen. Drei Monate hat sie nur im Bett gelegen und kein Wort mit mir gesprochen. Irgendwann ging es einfach nicht mehr, da habe ich sie dann abholen lassen. Am Anfang habe ich sie noch jeden zweiten Tag besucht. Meistens war ich besoffen, aber immerhin. Sie wollte mich aber nicht sehen. Sie will mich immer noch nicht sehen. Ich war seit Jahren nicht mehr da ...«

Er brach ab und sah auf seine rissigen Nägel.

»Kann sie dort raus? Ich meine, ist das eine geschlossene Einrichtung?«

»Sie kann raus. Sie will aber nicht. Sie will gar nichts mehr. Sie wartet nur noch darauf, dass es vorbei ist. So wie ich.«

»Danke«, sagte Kant, »dass Sie mir das erzählt haben.«

»Der Benedikt hat das nicht verdient, der kann ja nichts für seine Eltern. Ich will, dass Sie seinen Mörder schnappen.«

»Apropos«, sagte Kant. »Der Herr Spicher hat erzählt, Sie hätten Ihren Hund auf ihn gehetzt.«

»Sehen Sie hier einen Hund?«

»Nein.«

»Eben. Der ist nämlich vor einem Jahr gestorben. Und ich habe ihn nicht auf Spicher gehetzt, auch wenn er es natürlich verdient hätte. Der Spicher ist darüber gestolpert. Der will mir das immer noch anhängen, um die Versicherung abzuzocken. Macht einen auf Dauerschaden. Außerdem ...«

Kant hob die Hand. Die Angelegenheit schien keine tiefere Bedeutung zu haben, nur der ganz normale Hass unter Nachbarn. »Ich will Sie nicht länger aufhalten. Nur noch eine Frage: Kennen Sie jemanden, der einen blauen Kadett fährt?«

»Nein«, sagte Horn, »aber das hat nicht viel zu bedeuten. Ich kenn sowieso kaum noch jemanden.«

36

Lammers mochte Krankenhäuser, besonders das Uni-Klinikum. Ihr gefielen die Symmetrie der Betongebäude, die Sterilität und der hohe Organisationsgrad. Das Ganze hatte etwas Demokratisches. Hier war jeder eine Nummer, nicht mehr und nicht weniger. Es spielte keine Rolle, ob man aus einer Anwaltsfamilie in Bogenhausen oder einer Einwandererfamilie im Westend kam. Leberzirrhose dritter Stock links, kaputter Rücken achte Etage rechts, aber erst unten anmelden.

Was sie nicht mochte, waren die Patienten, die missmutig in schmuddeligen Jogginghosen durch die Gänge schlichen und mit ihren Infusionen im Innenhof rauchten. Wie konnte man sich nur so hängen lassen? Statt froh zu sein, dass man die bestmögliche Behandlung bekam, regte man sich auf, weil das Essen zu fade schmeckte und die Schwestern nicht akzentfrei Deutsch sprachen.

Sie fuhr mit dem Fahrstuhl in den fünften Stock und sah schon beim Aussteigen die Uniformierten im Gang sitzen. Einen der beiden kannte sie; es war Polizeiobermeister Mühlbauer, der die Fähigkeit zu haben schien, mit offenen Augen zu schlafen. Daneben wippte ein jüngerer Kollege unruhig mit seinem Stuhl.

Das Quietschen ihrer Schuhe auf dem Linoleum riss Mühlbauer aus seinem Traum. »Wie geht's ihm?«, fragte sie.

Mühlbauer gähnte. »Keine Ahnung. Uns erzählt ja keiner was. Vorhin war eine Ärztin drin und hat mit ihm geredet. Scheint also ansprechbar zu sein.«

»Leider«, sagte sein Kollege.

»Bitte?«

Der junge Uniformierte hielt es auf seinem Stuhl nicht mehr aus. »Er hat einen von uns abgeknallt.«

»Er ist ein Tatverdächtiger«, sagte Lammers ruhig. Sie griff nach der Türklinke.

»So einen sollte man gar nicht behandeln. Den sollte man in eine Zelle sperren und krepieren lassen.«

Lammers drehte sich zu ihm um. »Sind Sie persönlich mit Herrn Weber bekannt?«

»Nein.«

»Also setzen Sie sich hin, und halten Sie das Maul, dann sehe ich vielleicht noch mal von einer Beschwerde ab.«

Er lief rot an und machte einen Schritt auf sie zu, aber Mühlbauer sprang auf und schob seinen massigen Körper zwischen sie. Lammers hätte nicht gedacht, dass er sich so schnell bewegen konnte.

»Hast du nicht gehört, was sie gesagt hat?« Mühlbauer legte seinem Kollegen eine Hand auf die Schulter und drückte ihn zurück auf seinen Stuhl. Lammers wartete einen Moment, ob er die Frechheit besitzen würde, noch mal den Mund aufzumachen, bevor sie ins Krankenzimmer ging.

Wenn jemand das Recht hatte, wütend zu sein, dann war sie es. Seit sie bei der Mordkommission angefangen hatte, arbeitete sie mit Klaus Weber zusammen. Und auch wenn sie nicht behaupten konnte, ihn gut gekannt zu haben – das hatte vermutlich keiner außer Kant –, fehlte er ihr jetzt schon. Sie vermisste sogar seine schlechte Laune, seine Alkoholfahne und seine grauen Bartstoppeln. Dieser milchgesichtige Hampelmann hingegen hatte ihn nicht mal gekannt. Er sollte seine reaktionären Sprüche für sich behalten.

Blendende Helligkeit aus der Fensterfront empfing sie, und sie musste ein paar Mal blinzeln, ehe sie Christian erkennen konnte. Er lag zusammengekrümmt auf der Seite im mittleren Bett. Die anderen beiden Betten waren leer. Ein Stillleben mit Äpfeln und Orangen hing an der Wand. In der Ecke stand ein weißer Tisch mit zwei Holzstühlen.

Als Christian sich zu ihr umwandte, war sein spitzes Gesicht leichenblass. Ein Verband bedeckte seine Schulter. Lammers schob den Tropf zur Seite, zog einen Stuhl heran und setzte sich dicht neben das Bett.

»Tut die Schulter sehr weh?«, fragte sie.

Christian antwortete nicht, nur seine Hände flatterten wie flugunfähige Vögel ein paar Zentimeter in die Höhe.

»Weißt du, weshalb ich hier bin?«

Ein leichtes Nicken.

»Ich weiß nicht, ob die Kollegen es dir schon gesagt haben, aber du musst nicht mit der Polizei reden. Und du solltest dir einen Anwalt besorgen. Hast du das verstanden?«

Wieder nickte er kaum merklich. Es ist sowieso egal, was du erzählst, dachte Lammers, aus der Nummer kommst du nicht raus.

»Möchtest du, dass dein Vater oder ein anderer Angehöriger dabei ist, wenn wir uns unterhalten?«

Jetzt schüttelte er den Kopf. »Der Mann ... das war ein Polizist, oder?«, fragte er leise.

»Was hast du denn gedacht?«

»Nichts. Ich wollte nur Melanie beschützen.«

»Indem du in der Gegend rumballerst?«

»Ich dachte, das wäre der Mann, der die beiden anderen umgebracht hat.«

Er stritt also gar nicht ab, Weber getötet zu haben.

»Warum?«

»Melanie hat mir alles erzählt. Sie hatte solche Angst. Deshalb haben wir uns doch da versteckt.«

»Hat sie dir auch gesagt, vor wem sie sich verstecken muss?«

Christian schüttelte den Kopf. »Das wusste sie doch selber nicht.«

»Glaubst du, das hat was mit dem Unfall von damals zu tun?«

Jetzt sah Christian sie zum ersten Mal an. Es schien ihn Überwindung zu kosten. »Sabine war meine Freundin«, sagte er.

»Ich weiß. Das tut mir leid.« Rademacher hatte sie über die neuesten Entwicklungen unterrichtet.

Christian versuchte, sich im Bett aufzurichten, sank aber wieder auf den Rücken. »Am Tag nach dem Überfall auf die Tankstelle, da hab ich das kaputte Auto in der Garage gesehen. Bei Melanies Eltern.«

»Und du wusstest auch, wer mit dem Auto gefahren ist?«

»Die Melanie. Der Georg. Und der Benedikt. Die drei waren doch ständig zusammen. Ich war mir nicht sicher, aber ich habe es vermutet. Gestern hat mir Melanie alles erzählt.«

Nicht nur gestand er den tödlichen Schuss auf Weber, er lieferte auch gleich noch ein Motiv für die Morde an Spicher und Kofler. Wenn sie gewollt hätte, hätte sie ihn wahrscheinlich sogar dazu bringen können, den Mord an Kennedy zu gestehen.

»Warst du nicht sehr wütend auf die drei?«, fragte sie.

»Doch. Ich weiß nicht. Am Anfang schon.«

»Warum bist du nicht zur Polizei gegangen?«

»Ich wollte nicht, dass Melanie was passiert. Und ihrem Vater. Ich hatte doch sonst niemanden mehr.«

Lammers hatte ein paar Erkundigungen eingezogen, wie sie es vor jeder Vernehmung tat, wenn Zeit dazu blieb. Christians Mutter hatte sich schon früh aus dem Staub gemacht. Sein Vater hatte ihn auf die Sonderschule geschickt. Sie konnte sich ungefähr vorstellen, was das in einem Ort wie Schelfing bedeutete. Kaum hatte er einen kurzen Moment des Glücks erlebt, weil sich ein Mädchen aus dem Dorf gegen alle Wahrscheinlichkeit für ihn interessierte, war es ihm auf brutalste Art wieder entrissen worden. Und die Verantwortlichen waren die einzigen Menschen, die ihn anständig behandelt hatten. Was für eine beschissene Kindheit.

Sie wäre eine schlechte Polizistin gewesen, wenn sie nicht nachgehakt hätte. Auch wenn sie es nicht gerne tat.

»Hast du zufällig eine Sturmhaube, Christian? Vielleicht zum Skifahren?«

»Wieso? Nein.«

»Besitzt du ein Auto?«

»Nur ein Mofa. Mit Anhänger. Für den Rasenmäher und das Werkzeug und so. Ich hab gar keinen Führerschein fürs Auto.«

Das zumindest entsprach der Wahrheit. Sie hatte es schon überprüft. Und je länger sie mit ihm redete, desto mehr bezweifelte sie, dass er überhaupt zu einer vernünftigen Lüge fähig wäre.

»Ich weiß nicht, ob dir klar ist, in was für einer Lage du steckst. Du hast einen Polizisten getötet. Die meisten meiner Kollegen wünschen sich nichts lieber, als dass du für immer ins Gefängnis kommst. Wenn ich dir helfen soll, musst du mir jetzt die Wahrheit sagen. Hast du irgendwas mit dem Tod von Georg Kofler oder Benedikt Spicher zu tun?«

»Ich habe die beiden schon seit Jahren nicht mehr gesehen.«

»Danach habe ich nicht gefragt.«

»Nein.«

»Gut. Willst du was trinken?«

Christian nickte. Sie goss ihm ein Glas Wasser ein und drückte es ihm in die Hand. Er trank es in einem Zug aus.

»Das heißt also, dass der Mörder noch irgendwo da draußen rumläuft. Wahrscheinlich wartet er nur darauf, sich Melanie zu schnappen«, sagte Lammers. »Hast du irgendeine Idee, wer es sein könnte?«

»Nein.« Christian sah aus dem Fenster auf die schneebedeckten Bäume. Sie ließ ihn eine Weile nachdenken.

»Ich hab's dem Bürgermeister erzählt«, sagte er schließlich.

»Was?«

»Dem Bürgermeister. Das mit dem Auto.«

»Warum?«

»Irgendjemandem musste ich es einfach sagen. Ich wollte ja nicht zur Polizei. Damals habe ich bei ihm immer den Rasen gemäht. Da bin ich einfach zu ihm gegangen und habe es ihm gesagt.«

»Und wie hat er reagiert?«

»Er wurde sauer und hat gesagt, dass ich mir das nur einbilde. Dass ich das nicht rumerzählen soll, sonst würde ich Ärger kriegen.«

Plötzlich fing er an zu weinen. Seine Miene veränderte sich nicht, aber die Tränen flossen über seine Wangen und hinterließen dunkle Flecke auf dem Kissen. Lammers wusste nicht, was sie tun sollte. Christian hatte Weber erschossen, und sie hatte das Bedürfnis, ihn in den Arm zu nehmen. Allmählich fragte sie sich, ob mit ihr etwas nicht stimmte.

»Hast du sonst noch jemandem davon erzählt?«

»Nein.«

Lammers stand auf. Wenn die Geschichte mit dem Unfall damals aufgeklärt worden wäre, dachte sie, wäre das alles nicht passiert. Spicher und Kofler würden noch leben, Weber wäre noch da, und der Junge müsste nicht in den Knast. Es war zum Kotzen. Sie musste Kant anrufen, um ihm die Neuigkeiten mitzuteilen.

Christian wischte sich die Tränen aus dem Gesicht. »Warten Sie. Sie müssen mir glauben. Ich wusste wirklich nicht, dass das ein Polizist war. Der kam auf die Hütte zu. Es war schon fast dunkel, aber ich habe gesehen, dass er eine Pistole in der Hand hielt. Ich habe gesagt, er soll stehen bleiben, aber er hat nicht auf mich gehört. Da habe ich in die Luft geschossen. Der hatte überhaupt keine Angst. Er hat mir in den Arm geschossen. Da habe ich noch mal abgedrückt. Es tut mir so leid.«

Lammers blieb neben dem Bett stehen. »Willst du damit sagen, er hat sich nicht als Polizist zu erkennen gegeben? Obwohl ihr euch gegenüberstandet?«

Christian schüttelte den Kopf. »Er hat überhaupt kein Wort gesagt.«

Sie beugte sich über ihn und drückte seine Hand, die überraschend klein und zart war. Er versuchte, sie festzuhalten, aber sie befreite sich und ging zur Tür. Jemand anders würde ihn retten müssen. Jemand, der besser als Mutter geeignet war als sie.

»Ich besorg dir einen Anwalt«, sagte sie. »Den wirst du brauchen.«

Wenigstens das konnte sie für ihn tun.

37

Eine Frau in naturfarbenem Leinenkleid stand hinter dem Empfangstisch des weitläufigen Foyers. Sie hatte die Augen geschlossen und schien im Sonnenlicht zu baden, das durch die Glaskuppel fiel. Als sie Kants Schritte auf den Fliesen hörte, öffnete sie die Augen und lächelte ihn an.

»Möchten Sie jemanden besuchen?«

»Ich bin mit Dr. Dahlia verabredet.«

Sie griff zum Telefonhörer und säuselte etwas hinein. Kaum hatte sie wieder aufgelegt, erschien der Arzt an der Glastür am anderen Ende des Foyers und winkte Kant zu. Er war ein kleiner schmaler Mann, der seinen Anzug eine Nummer zu groß trug. Sein blasses Gesicht wirkte müde, als wäre er seit Tagen im Dienst.

»Haben Sie was dagegen, wenn wir uns draußen unterhalten? Bei dem herrlichen Wetter?«, fragte er mit leiser Stimme.

Kant folgte ihm durch einen breiten Gang in den Innenhof. Zwischen den gusseisernen Bänken stand ein Springbrunnen, der für den Winter mit einer Plane abgedeckt worden war. Junge Bäume waren ohne erkennbares Muster im Hof verteilt.

»Die haben die Patienten selbst angepflanzt«, sagte Dahlia. »Wir haben hier viele schwer Depressive, und Kreativität ist einer der Schlüssel zur Seele.«

Kant hatte ein nüchternes medizinisches Umfeld erwartet, aber hier kam es ihm eher vor wie in einem esoterisch angehauchten Wellnesshotel. Der Fortschritt machte anscheinend selbst vor der Psychiatrie nicht halt.

»Wie lange ist Frau Horn schon bei Ihnen?«

Dahlia schlenderte den Kiesweg an der Mauer entlang, und Kant drehte sich eine Zigarette, während er ihm folgte.

»Seit knapp sechs Jahren. Sie war vorher schon ein paarmal für einige Tage hier, aber erst als ihre Tochter starb, ist die Krankheit mit aller Macht ausgebrochen. Es gibt meist mehrere Faktoren. Bei Frau Horn kommt alles zusammen. Sie hatte eine schwere Kindheit, eine unglückliche Ehe, und dann kam das traumatische Ereignis. Wir sind froh, dass wir sie so weit stabilisieren konnten, dass keine akute Suizidgefahr mehr besteht.«

»Kann sie die Einrichtung verlassen?«

»Natürlich«, sagte Dahlia lächelnd. »Sie ist in einer Wohngruppe und kann kommen und gehen, wann es ihr gefällt. Sie ist schließlich nicht gewalttätig, zumindest nicht gegen andere. Allerdings geht sie kaum raus. Hin und wieder unternimmt sie kurze Spaziergänge.«

»Wird darüber Buch geführt?«

»Ja, die Patienten sollen sich beim Verlassen der Station abmelden, aber das wird nicht sehr streng kontrolliert.«

Kant zündete sich die Zigarette an und dachte nach.

»Glauben Sie, dass Frau Horn Rachegedanken wegen des Todes ihrer Tochter hegt?«

»Das weiß ich nicht. Ich bin zwar Psychiater, aber ich kann nicht in ihren Kopf sehen.«

»Könnte ich mit ihr sprechen?«

»Von mir aus schon. Allerdings sollten Sie nicht zu viel erwarten. Frau Horn redet normalerweise nicht.«

»Ich würde sie trotzdem gerne sehen.«

Er drückte die Zigarette in dem unberührten Sand eines tulpenförmigen Betonaschenbechers aus, während Dahlia ihm die Tür zu einem Gang am hinteren Ende des Innenhofs aufhielt. Sie gingen durch den menschenleeren Flur, vorbei an gerahmten Naturfotografien und Aquarellen der Bewohner. Durch eine weitere Glastür erreichten sie einen Aufenthaltsraum mit schmalen hohen Fenstern, hinter denen eine verschneite Wiese das Licht reflektierte. Die Vorhänge an den aprikosenfarbenen Wänden hingen bis auf den Parkettboden herab. Einzelne und zu kleinen Gruppen angeordnete Sessel standen im Raum verteilt. Neben der Tür befand sich ein Schwesternzimmer, in dem eine Pflegerin vor dem Computer saß.

»Ist Frau Horn in ihrem Zimmer?«, fragte Dahlia. Sie nickte und warf Kant einen neugierigen Blick zu, ehe sie sich wieder ihrer Tastatur widmete.

»Warten Sie hier, ich gehe sie holen.«

Der Arzt ließ Kant mit der Pflegerin allein. Es war so still, als wäre die Station schon vor langer Zeit geschlossen worden und man hätte nur vergessen, der Schwester Bescheid zu sagen.

Kant entdeckte ein dunkelblaues Buch auf der Ablage vor der Durchreiche. Ein Kugelschreiber hing an einer Kordel im Fensterrahmen. Kant schlug das Buch auf und sah Seiten voller handgeschriebener Namen, Daten und Uhrzeiten. Er blätterte zurück zum fünfundzwanzigsten Dezember.

»Was machen Sie da?«, fragte die Pflegerin.

Kant ignorierte sie. Zwei Namen waren unter dem fraglichen Datum eingetragen, Horn war nicht dabei.

»Sie können nicht einfach ...«

»Schon gut«, sagte Kant. »Kriminalpolizei.« Er hielt seinen Ausweis vor das Fenster. Die Pflegerin öffnete den Mund, aber Kant kam ihr zuvor.

»Wie viele Patientinnen sind denn hier auf der Station?«

»Eigentlich acht. Aber zwischen den Feiertagen sind einige bei ihren Familien. Im Moment sind wir nur zu viert.«

»Und am zweiten Weihnachtstag? Sehe ich das richtig, dass nur Frau Horn und eine weitere Dame hier waren?«

Sie schob den Vorhang aus fransigem Haar zur Seite, um ihn besser sehen zu können. »Was ist denn überhaupt passiert?«

»Das kann ich Ihnen leider nicht sagen.«

»Dann weiß ich nicht, ob ich Ihnen Auskunft geben darf.«

»Also gut«, sagte Kant. »Es gab bis jetzt drei Tote. Ein brutaler Mörder läuft frei rum. Es besteht die Gefahr, dass er noch mal zuschlägt. Befriedigt das Ihre Neugier?«

Die Pflegerin schluckte. »Am zweiten Weihnachtstag? Da hatte ich Frühschicht. Als ich um halb drei gegangen bin, waren nur noch Frau Siebers und Frau Horn hier.«

»Wer hatte die Spätschicht?«

Sie ging zum Dienstplan, der über der Kaffeemaschine an der Wand hing.

»Alina. Alina Zöllner.«

In diesem Moment kam Dahlia zurück, gefolgt von einer dünnen Frau mit weißem Haar. Als Erstes fiel Kant ihr merkwürdiger Gang auf. Sie setzte die Füße vorsichtig auf, als hätte sie Angst, irgendwelche unsichtbaren Tierchen zu zertreten. Dahlia führte Frau Horn zu einer der Sitzgruppen.

»Ist Frau Zöllner zufällig im Haus?«, fragte Kant die Schwester. Wieder sah sie auf den Dienstplan.

»Sie müsste bald kommen. In einer Stunde fängt ihre Schicht an.«

»Danke für Ihre Hilfe«, sagte Kant.

»Hat denn einer unserer Bewohner was damit zu tun?«

Kant lehnte sich durch das Fenster und winkte sie näher zu sich. »Ich weiß es noch nicht«, flüsterte er, als sie sich zu ihm beugte. »Aber verraten Sie es niemandem.«

Er ließ sie stehen und ging zu Dahlia. Frau Horn hatte sich auf die Kante eines Sessels gesetzt und wippte vor sich hin. Ihr Blick huschte durch den Raum, ohne dass sie etwas Bestimmtes wahrzunehmen schien. In ihrer Miene lag eine unerschütterliche Heiterkeit. Sie schenkte weder dem Arzt noch Kant die geringste Aufmerksamkeit.

Kant setzte sich ihr gegenüber und versuchte, ihren Blick einzufangen. Es gelang ihm nicht.

»Frau Horn, ich bin von der Polizei und muss Ihnen ein paar Fragen stellen«, sagte er laut und deutlich. Sie legte den Kopf schief, als hätte sie ein seltsames Geräusch gehört, dann inspizierte sie weiter ihre Umgebung. Kant wandte sich an Dahlia.

»Kann ich offen mit ihr reden?«

»Von mir aus. Solange Sie ihr keine Angst machen«, sagte der Psychiater wenig begeistert.

»Erinnern Sie sich an den Unfall Ihrer Tochter?«

Sie reagierte nicht.

»Ich war heute bei Ihrem Mann. Er hat mir schon einiges erzählt, aber ich möchte auch wissen, was Sie darüber denken. Es geht um Sabine und um diejenigen, die schuld an ihrem Tod sind.«

Sie beobachtete die Finger ihrer linken Hand, die auf der Sofalehne spazieren gingen.

»Sie können mir helfen zu verhindern, dass noch jemand stirbt.«

Immer drei Schritte vor, zwei zurück. Als sie das Ende der Lehne erreicht hatte und ihre Hand abrutschte, lachte sie kurz auf und begann wieder von vorn.

»Frau Horn? Es ist wirklich wichtig.«

Dahlia stand auf und legte Frau Horn sanft die Hand auf die Schulter. »Sie sehen ja, dass es keinen Sinn hat«, sagte er zu Kant. »Ich bringe Frau Horn jetzt auf ihr Zimmer. Sie können in der Kantine auf mich warten, dann lade ich Sie zum Mittagessen ein, und wir können uns weiter unterhalten.«

Kant hatte das Gefühl, seine Zeit zu verschwenden, als er sich in dem fensterlosen Raum im Untergeschoss mit einer Tasse Kaffee an einen Plastiktisch setzte. Frau Horn kam als Täterin nicht infrage, so viel war klar. Sie war wohl auch kaum in der Verfassung, jemanden anzuheuern, der die Morde für sie ausführte, es sei denn, sie täuschte Dr. Dahlia und die anderen Ärzte über ihren Geisteszustand. Doch das kam ihm äußerst unwahrscheinlich vor.

Gerade als er überlegte, sich einfach aus dem Staub zu machen, trat eine hochgewachsene Frau in die Kantine und sah sich forschend um. Sie war auffallend dünn und hatte ihr schwarzes Haar zu einem strengen Zopf zurückgebunden. Der Schwesternkittel hing lässig über ihrem Unterarm, als sie mit dem federnden Gang einer Hochspringerin auf Kant zusteuerte.

»Sind Sie der Polizist?«

»Sieht man mir das an?«, fragte Kant.

»Wie ein Arzt sehen Sie nicht aus. Ich habe auch noch keinen Pfleger im Anzug gesehen. Und Patienten haben hier keinen Zutritt.« Ohne große Umstände setzte sie sich zu ihm an den Tisch.

»Ich bin Schwester Alina«, fuhr sie mit fester Stimme fort. »Schwester Helene hat mir erzählt, dass Sie auf der Suche nach einem brutalen Serienmörder sind.«

»Das sollte doch unter uns bleiben«, sagte Kant.

»Zu spät. Wahrscheinlich hat sie schon eine Facebook-Gruppe zu dem Thema gegründet. Jedenfalls wollte ich Ihnen was erzählen, auch wenn ich nicht weiß, ob es wichtig ist.«

»Sie hatten am zweiten Weihnachtstag Dienst?«

»Ja. Meine Eltern sind schon tot, und ich lebe allein, da kann ich genauso gut arbeiten gehen.« Sie sah Kant ernsthaft an.

»Das kommt mir bekannt vor«, sagte er. »Auch wenn meine Tochter seit Kurzem bei mir wohnt. Aber lassen Sie sich nicht unterbrechen.«

»An dem Abend waren nur Frau Horn und Frau Siebers auf der Station, keine von beiden hat das Haus verlassen. Es ist absolut nichts Bemerkenswertes passiert.«

»Und das wollten Sie mir unbedingt erzählen?«

Alina ließ sich nicht zu einem Lächeln verleiten. »Nein, eigentlich geht es um was anderes. Gestern Abend habe ich nämlich auch gearbeitet. Wir saßen im Gruppenraum, Frau Siebers, Frau Reimann und ich. Wir haben gebastelt. Frau Horn war aber nicht dabei, sie bleibt meistens für sich. Aber dann ist was passiert, das ich in meinen vier Jahren auf der Station noch nicht erlebt habe: Sie hat Besuch bekommen. Von einem jungen Mann.«

»Wissen Sie, wie er hieß?«

»Nein, Besucher müssen sich bei uns nicht namentlich anmelden. Aber da es schon nach acht war und mir das alles komisch vorkam, habe ich ihn gefragt, in welcher Beziehung er zu Frau Horn steht. Er hat gesagt, er wäre ihr Sohn.«

Kant trank einen Schluck Kaffee. Er hinterließ einen metallischen Geschmack auf seiner Zunge. Sein Magen zuckte nervös. »Frau Horn hat einen Sohn? Sind Sie sicher?«

»Keine Ahnung. Sie spricht ja nicht mit mir. Er hat jedenfalls behauptet, er wäre ihr Sohn.«

»Was ist dann passiert?«

»Ich habe ihn in ihr Zimmer gebracht, und er hat mit ihr geredet.«

»Worüber?«

»Weiß ich nicht. Wir versuchen, unseren Patienten so viel Privatsphäre wie möglich zu lassen. Ich habe die beiden allein gelassen, und nach einer halben Stunde ist er gegangen, ohne sich zu verabschieden.«

»Hat Frau Horn in irgendeiner Form auf ihn reagiert?«

Alina zog ihre dunklen Brauen zusammen, als sie sich zu erinnern versuchte. »Erst dachte ich, dass sie ihn gar nicht erkannt hätte. Aber als ich hinterher noch mal nach dem Rechten gesehen habe, war sie sehr aufgeregt. Sie ist durch ihr Zimmer getigert und hat unverständliches Zeug geredet. Später habe ich ihr ein Schlafmittel gegeben.«

Kant fragte sich, warum ihr Sohn – wenn er es denn wirklich war – nach all den Jahren ausgerechnet gestern Abend aufgetaucht war. Das konnte ja wohl kein Zufall sein. Vielleicht wollte er ihr von Spichers Tod erzählen. Aber dann musste er gewusst haben, dass Spicher an dem Unfall beteiligt gewesen war, sonst wäre die Information nicht besonders interessant für seine Mutter. Und lag es in dem Fall nicht nahe, dass er etwas mit den Morden zu tun hatte? Ein Motiv hatte er jedenfalls. Außerdem stellte sich natürlich die Frage, warum Herr Horn mit keinem Wort erwähnt hatte, dass er einen Sohn hatte.

»Können Sie den Mann beschreiben?«, fragte er Schwester Alina, die auf seine Stirn starrte, als wollte sie seine Gedanken erraten.

»Schwierig. Er war vielleicht Anfang zwanzig, drahtige Figur, aber nicht gerade attraktiv. Ein Gesicht, das man gleich wieder vergisst.«

»Wie groß? Welche Haarfarbe? Versuchen Sie bitte, sich an Details zu erinnern, das könnte sehr wichtig sein.«

»Ich will Ihnen nichts Falsches sagen. Er war normal groß, glaube ich. Die Haarfarbe weiß ich nicht. Dunkelblond oder hellbraun wahrscheinlich.«

»Was hatte er an?«

»Eine Fleece-Jacke, wenn ich mich nicht irre, und Wanderstiefel.«

Kants Handy klingelte. Es war Lammers. »Ja«, sagte Kant. »Aha. Ja. Da wollte ich sowieso gerade hin.«

Er legte auf. »Ohne Menschen wie Sie wären wir aufgeschmissen«, sagte er zu Schwester Alina.

»Sagen Sie das als Polizist oder potenzieller Patient?« Zum ersten Mal zeigte sie den Anflug eines Lächelns.

»Beides.« Kant reichte ihr die Hand. »Wenn Sie Dr. Dahlia sehen, sagen Sie ihm bitte, dass ich dringend wegmusste.«

38

Seit sie sich erinnern konnte, hatte Melanie immer auf der Bühne stehen wollen. Sie verkleidete sich gern, sie sang und tanzte gern, und es gefiel ihr, Blicke auf sich zu ziehen. Jetzt, während die Eisschicht auf dem See im letzten Sonnenlicht glitzerte, hatte sie das Gefühl, im Zuschauerraum zu sitzen.

Vorhang auf, Auftritt Susanne Klever in der Rolle der Löwenmutter. Eine miserable Besetzung, aber immerhin konnte man erkennen, von wem Melanie ihre Neigung geerbt hatte. Ihre Mutter stürmte durch die Glastür ins Wohnzimmer, warf ihren Nerzmantel achtlos über eine Sessellehne, von der er zu Boden rutschte, und zog Melanie in ihre Arme.

»Mein Gott! Was haben sie mit dir gemacht? Du bist so blass.« Nicht mal diesen einfachen Text konnte sie überzeugend vortragen. »Mach dir keine Sorgen, wir bringen alles wieder in Ordnung. Nur wir beide. Wie früher.« Melanie musste sich beherrschen, die Hand ihrer Mutter nicht wegzuschlagen, als sie ihr die Wange tätschelte.

Durch die Tür kam ihr Vater. »Ah, seltener Besuch.«

Ihre Mutter ignorierte ihn wie einen Komparsen, der sich anmaßte, den Mund aufzumachen. »Mela, wir müssen reden. Du kannst mir alles erzählen, das weißt du doch. Ich mach mich kurz frisch, dann setzen wir uns mit einer Tasse Tee in die Küche. Oder nein, lieber mit einem Fläschchen Prosecco.« Jetzt doch ein Seitenblick zu ihrem Vater. »Zu zweit.«

Die Löwenmutter stürmte die Treppe hoch. Ihr Vater schüttelte den Kopf. Er tat ihr leid. Seit die Polizei sie gestern Nacht nach Hause gebracht hatte, hatte er sich wirklich um sie bemüht, so gut er eben konnte. Er hatte sogar eine Besprechung abgesagt, um bei der Befragung durch den Polizisten heute Vormittag dabei zu sein.

Der gleiche Polizist, der sie ins Hotel gelockt hatte, war aufgetaucht. Nur in einer anderen Rolle. Vom Freier zum Kumpel. Sie war ein zweites Mal auf ihn reingefallen. Dieser Polizist hatte offenbar das Glück, zu den Menschen zu gehören, die von fast allen spontan gemocht wurden, und er war gerade schlau genug, um das auszunutzen.

Es war ihr sowieso nichts anderes übrig geblieben, als ihm alles zu erzählen. Sie wusste, dass ihr Vater schon mit einem anderen Polizisten über den Unfall geredet hatte, und sie selbst hatte sich ja Christian anvertraut. Dem armen Christian. Dafür konnte sie sich eine weitere Kerbe in den Gewehrkolben schnitzen.

Ben Dörfner hatte nur genickt und freundlich gelächelt und sich Notizen gemacht. Nachdem sie ihm von dem Unfall erzählt hatte, hatte er sie eine Weile angesehen, und sie hatte beobachten können, wie die Wärme aus seinen Augen verschwand. »Wenn du uns das alles gleich erzählt hättest, würde unser Kollege vielleicht noch leben, und Christian müsste nicht ins Gefängnis.«

»Hey«, sagte ihr Vater. »Sie hat eine Menge durchgemacht. Da müssen Sie ihr nicht auch noch den Tod Ihres Kollegen aufladen.«

»Er hat recht, Papa. Das ist alles meine Schuld. Ich hätte damals schon zur Polizei gehen sollen.« Sie dachte, sie könnte ihn auf diese Art besänftigen. Ein Irrtum.

»Vielleicht solltest du wenigstens jetzt die Wahrheit sagen. Wer hat Georg Kofler und Benedikt Spicher getötet?«, fragte Dörfner.

»Das würde ich auch gern wissen. Ich hab nämlich das Gefühl, dass ich als Nächstes an der Reihe bin.«

»Ach ja? Vielleicht gibt es ja gar keinen geheimnisvollen Vierten. Vielleicht hast du Kofler ja in den Heuschober gesperrt, weil du Angst hattest, dass er sich verplappert. Vielleicht bist du Spicher ja hinterhergefahren und hast ihn vor seinem Haus getötet.«

»Jetzt reicht's aber wirklich«, sagte ihr Vater. »Wenn Sie sie verdächtigen, möchte ich, dass ein Anwalt dabei ist.«

Plötzlich fiel ihr etwas ein. Sie sprang auf und holte ihre Handtasche von der Kommode in der Diele. »Das hat mir Benedikt gegeben.«

Sie warf Dörfner das silberne Feuerzeug zu. Er fing es geschickt auf und hielt es zwischen den Fingerspitzen.

»Es hat Georg gehört. Wir haben es ihm zum sechzehnten Geburtstag geschenkt, Benedikt und ich. Kurz vor Weihnachten hat es jemand bei Benedikt in den Briefkasten geworfen. Eine Warnung. Deswegen wollte er sich unbedingt mit mir treffen.«

Dörfner betrachtete die Initialen. »Du meinst, der Mörder wollte Spicher aufscheuchen, damit er zu dir fährt? Und ist so auf deine Spur gekommen?«

»Davor hatte ich jedenfalls Angst.«

»Hast du bemerkt, dass dir jemand gefolgt ist?«

»Nein.«

»Und du hast keine Ahnung, wer Spicher das Feuerzeug geschickt hat?«

»Nein.«

Dörfner packte das Feuerzeug in eine Plastiktüte. Er wirkte jetzt ziemlich zufrieden mit sich, fand Melanie. Andererseits schien er generell nicht der Typ zu sein, der von Selbstzweifeln zerfressen wurde.

»Eine Frage noch. Du hast uns erzählt, du wärst bei deinem Freund Paul Krumbach gewesen, nachdem du dich mit Spicher getroffen hast. Krumbach ist also der Einzige, der dein Alibi bestätigen kann. Laut deiner Aussage hast du ihn an dem Abend verlassen. Er hat uns aber gesagt, er hätte dich rausgeworfen.«

Sie hatte Pauls Eitelkeit unterschätzt. Er belog sogar die Polizei, um seine Demütigung nicht eingestehen zu müssen. »Wahrscheinlich kann er es nicht verkraften, dass eine Frau sich von ihm trennt. Er hält sich nämlich für unwiderstehlich. Er wollte mich nicht gehen lassen, da hab ich ihm in die Eier getreten.«

Dörfner begann zu lachen.

»Was ist daran so witzig?«

»Ich hatte schon Lust, ihm in die Eier zu treten, als er die Tür aufgemacht hat.«

Und schon mochte sie ihn wieder.

Dörfner war gegangen, aber Melanie wusste, dass in dem dunklen Passat auf der anderen Straßenseite zwei Polizisten saßen und das Haus im Blick behielten. Sie fragte sich, ob das ihrem Schutz diente oder ob die Aufpasser dafür sorgen sollten, dass sie nicht doch noch untertauchte. Wahrscheinlich beides.

Jetzt hörte sie, wie ihre Mutter die Treppe wieder herunterkam. Ihr Vater fing sie in der Diele ab. Die beiden begannen zu streiten, erst leise, dann immer lauter. Wie früher. Es konnte ihr egal sein, schließlich war sie erwachsen und lebte ihr eigenes Leben, aber es löste die gleiche Verzweiflung in ihr aus, die sie schon als Kind empfunden hatte.

Die schrille Stimme ihrer Mutter drang durch die Glastür wie ein Diamantbohrer. »Du weißt ja, dass das alles deine Schuld ist.«

»Stimmt«, sagte ihr Vater betont ruhig. »Wenn ich mich mehr um sie gekümmert hätte, wäre sie vielleicht nicht so geworden wie du.«

Melanies Handy summte auf dem Wohnzimmertisch. Das blaue Leuchten kam ihr vor wie ein Signal aus einer anderen Welt. Sie nahm den Anruf an.

»Hallo, hier ist Paul.«

Aus irgendeinem Grund freute sie sich, seine Stimme zu hören, aber sofort erinnerte sie sich an die Millionen Gründe, aus denen sie nicht mehr mit ihm zusammen sein wollte.

»Wie geht's?«, fragte er.

»Was willst du?« Sie gab sich Mühe, kalt und unbeteiligt zu klingen.

»Ich wollte mich entschuldigen, weil ich so ein Arsch war.«

Sie hörte, wie in der Diele eine Tür geknallt wurde. Kurz darauf startete draußen ein Motor. Die Frau, die ihre Mutter spielte, hatte keine Lust mehr auf ihre Rolle. Wahrscheinlich mangels Zuschauerinteresse.

»Seit du weg bist, habe ich nachgedacht«, sagte Paul. »Ich weiß, dass ich mich ändern muss. Dass ich auch mal an andere denken muss. An dich, meine ich.«

Er klang tatsächlich verändert. Oder vielmehr so, wie er an dem Abend geklungen hatte, als sie sich kennengelernt hatten. Sensibel. Einfühlsam. Oder war er nur darauf aus, sie ein letztes Mal ins Bett zu kriegen? Und wenn schon, dachte sie, ich könnte auch ein bisschen Ablenkung brauchen.

»Tut's noch weh?«, fragte sie.
»Was? Ach so, nee, das war halb so schlimm.«
»Das hätte ich nicht machen sollen. Entschuldigung.«
»Schon gut. Ich hab's verdient.« Sie hörte, wie er schluckte. »Hast du heute Abend schon was vor?«

Sie tat, als dächte sie nach. »Ich bin mit meinem Vater zum Bleigießen verabredet.«

»Ach so, schade.«

»Das war ein Witz.«

Paul lachte gezwungen. »Ich bin jedenfalls zu Hause. Eigentlich sollte ich heute auf einer Party auflegen, aber ich habe abgesagt. Ich bin einfach nicht in Stimmung. Komm doch vorbei, dann können wir über alles reden.«

Sie konnte sich nicht erinnern, ihn jemals so ernst erlebt zu haben. »Mal sehen.«

»Bitte.«

»Ich überleg's mir.«

Er konnte ruhig noch ein bisschen zappeln, das würde ihm ganz sicher nicht schaden. Sie legte auf.

Beim Abendessen entschuldigte sich ihr Vater ungefähr zehnmal bei ihr, weil er zur Silvesterfeier ins Studio fahren musste. Heute war anscheinend der internationale Tag des schlechten Gewissens. Sie sagte, er solle sich keine Gedanken machen, sie könne ein bisschen Ruhe gebrauchen.

Sobald er aus dem Haus war, ging sie in den Garten, zog Schuhe und Strümpfe aus und watete in den See. Die dünne Eisschicht zersplitterte unter ihren Füßen, und das Wasser darunter fühlte sich dickflüssig an. Sie umrundete das Gitter, folgte ihm zum Ufer und lief trotz der Kälte barfuß durch das Wäldchen zum S-Bahnhof. Die Polizisten, die sinnloserweise den Silvesterabend im Auto verbringen mussten, taten ihr leid.

Als sie auf der Treppe zum Bahnsteig die Schuhe wieder anzog, dachte sie nicht mehr an Georg und Benedikt und Christian. Sie mischte sich unter die Leute, die, mit Sektflaschen und Feuerwerk beladen, in die Stadt zogen. Das Leben war zu kurz für schlechte Laune. Und es wurde Zeit, die bösen Geister der Vergangenheit zu vertreiben.

39

Er nahm ihm das Telefon vom Ohr und warf es gegen die Wand. Plastiksplitter prasselten auf den teuren Plattenspieler. Der Schnösel verzog keine Miene. Offenbar war ihm klar geworden, dass die ganzen schönen Dinge, die er angehäuft hatte, keine Bedeutung mehr hatten. Jetzt, da seine Zeit ablief, begriff er, was wirklich wichtig war.

Immerhin hatte er schauspielerisches Talent bewiesen. Erstaunlich, wie sehr sich das Potenzial eines Menschen zeigte, wenn es ums Überleben ging. Er hatte das in Afghanistan oft genug gesehen. Aus Feiglingen wurden Helden und aus Großmäulern Jammerlappen.

Er band seine Hände wieder mit Kabelbindern hinter dem Rücken zusammen. Sein Gefangener wehrte sich nicht. Auch nicht, als er ihm die Socke in den Mund schob und mit einem Streifen Gaffer-Tape festklebte. Er drückte ihn von der Bettkante zurück auf die Matratze und wischte sich die Hände, die nass vom Schweiß des Schnösels waren, an der Decke ab. Dann zog er sich einen der Designerstühle heran und setzte sich neben ihn.

Der Mann wich seinem Blick aus. Er würde keine Schwierigkeiten machen, selbst wenn er könnte, dafür hing er zu sehr an seinem Leben. Was ein bisschen langweilig war, denn jetzt hieß es warten. Sie würden notgedrungen ein paar Stunden miteinander verbringen müssen.

Bisher war alles erstaunlich reibungslos verlaufen. Er hatte bei einem Nachbarn geklingelt und »Zeitung« in den Hausflur gerufen. Im Treppenhaus war ihm niemand begegnet. Es war eine dieser Wohnanlagen, in die man zog, wenn man Geld hatte und Wert auf Anonymität legte. Das luxuriöse Gegenstück zu seiner eigenen gegenwärtigen Unterkunft.

Der Schnösel öffnete nach dem dritten Klopfen. Obwohl es schon früher Nachmittag war, sah er aus, als wäre er gerade aus dem Bett gekrochen. Und dann dieser Blick. Als würde er durch ihn hindurchsehen und mit der Wand hinter ihm reden.

»Ich hab nichts bestellt.«

»Ist Melanie da?«

»Wer will das wissen?«

»Ich bin ein alter Freund von ihr.«

Jetzt schien er ihn zum ersten Mal wahrzunehmen. In seinen ausdruckslosen Augen leuchtete ein Funken von Interesse auf. Was war das für eine Spezies, die in seinen Lebensraum eingedrungen war? Der Blick des Schnösels schweifte über sein Gesicht und blieb an der Schläfe hängen.

»Woher hast du meine Adresse?« Normalerweise wendeten die Leute den Blick ab, wenn sie zufällig den dünnen Streifen aufgeworfener Haut bemerkten, aber der Schnösel starrte völlig ungeniert auf die Narbe.

Erinnerungen stiegen in ihm auf. An ihr Zimmer, das immer verschlossen gewesen war. Niemand durfte es betreten. Er schlich sich hinein, um ihre Sachen anzufassen. Um den Geruch in sich aufzunehmen. Um ihr noch einmal nahe zu sein. Dann stand sein Vater plötzlich hinter ihm. Mit dem Schüreisen in der Hand. Er schlug nur ein einziges Mal zu, aber das genügte, um sein Leben erneut aus der Spur zu werfen.

Als die Wut seines Vaters verflogen war und er gesehen hatte, wie schlimm die Verletzung war, rief er einen Krankenwagen. Ein junger Arzt aus der Notaufnahme hatte den Vorfall beim Jugendamt oder wo auch immer gemeldet. Danach waren ihm nur noch wenige Wochen zu Hause geblieben.

»Hey«, sagte der Schnösel. »Bist du eingeschlafen? Ich hab dich was gefragt.«

Der Kerl streckte seine trainierte Brust raus, als könnte er ihn damit einschüchtern. Muskeln wurden generell überschätzt, das hatte er schon dem einen oder anderen Fitnessstudio-Affen beibringen müssen. Auf Schnelligkeit und Brutalität kam es an.

»Können wir das nicht drinnen besprechen?« Er trat einen Schritt auf ihn zu.

»Verpiss dich.« Der Idiot versuchte tatsächlich, ihm die Tür vor der Nase zuzuknallen. Er bohrte ihm die beiden Metallspitzen in den Bauch und jagte eine Million Volt durch seine Körperflüssigkeiten, bis er auf den Fliesenboden fiel und zuckte wie ein Epileptiker. Von der Arroganz des Schnösels war nicht mehr viel übrig. Er drückte ihm den Elektroschocker an den Oberschenkel, bis seine Augäpfel sich nach oben drehten und er sich nicht mehr rührte.

Nachdem er ihn gefesselt hatte, schleppte er den Bewusstlosen zum Bett und warf ihn auf die Matratze. Er knebelte ihn und wartete in aller Ruhe, bis er wieder zu sich kam. Es war nicht viel Überzeugungsarbeit nötig, um ihn dazu zu bringen, Melanie anzurufen. Ein Wink mit dem Elektroschocker reichte. Offenbar war seine Loyalität seiner Freundin gegenüber nicht besonders ausgeprägt.

Jetzt lag er da und schwitzte und keuchte. Vermutlich überlegte er, wie er sein eigenes erbärmliches Leben retten konnte.

Natürlich war das nicht möglich. Der Schnösel hatte sein Gesicht gesehen.

Er wusste noch nicht, was er mit ihm machen würde. Er empfand nichts für ihn, weder Hass noch Mitleid; der Mann hatte seine Funktion erfüllt und musste auf irgendeine Weise entsorgt werden. Später. Im Moment dachte er nur an die Frau, die Sabine getötet hatte, alles andere war unwichtig.

40

Die Sonne war schon hinter den Hügeln verschwunden, und Dunkelheit kroch vom Waldrand ins Dorf, als Kant vor Horns Werkstatt parkte. Drei Kinder standen in Mützen und Handschuhen auf dem Bürgersteig und warfen ohne große Begeisterung Knaller. Kant stieg aus. Er spürte ihre neugierigen Blicke, während er sich umsah.

Horns Lieferwagen stand in der Einfahrt, aber die Rollläden waren runtergelassen, und nirgendwo schimmerte Licht durch. Kant drückte auf die Klingel neben dem Tor, aber niemand öffnete. Er ging in den Garten und klopfte an ein Fenster. Keine Reaktion. Er umrundete das Haus. Das Tor auf der Rückseite war verschlossen. Vor dem Haus knallte es ein paarmal dumpf.

Kant ging zu den Kindern und fragte sie, ob sie Horn gesehen hätten.

»Sind Sie von der Polizei?«, erkundigte sich der Älteste, der sich seine Mütze tief ins Gesicht gezogen hatte.

»Wie kommst du darauf?«, fragte Kant.

»Ach, die sind öfter hier.« Er zündete einen Knaller an und warf ihn über die Schulter, als wäre es eine lästige Pflicht.

»Warum?«

»Weil der immer besoffen ist«, sagte das jüngere Mädchen. Es kicherte. »Dann brüllt er rum. Oder schmeißt seinen Fernseher aus dem Fenster.«

Ihre Freundin taumelte ein paar Schritte und ließ sich auf den Bürgersteig fallen. Sie tat, als schliefe sie mit dem Kopf an der Hauswand ein. »Mein Vater sagt, das ist ein Penner.«

»Habt ihr ihn jetzt gesehen oder nicht?«, fragte Kant.

»Nein«, sagte der Junge. »Sind Sie jetzt von der Polizei oder nicht?«

Kant zückte seinen Ausweis und wartete, bis die drei ihn gründlich begutachtet hatten. »Kennt ihr vielleicht seinen Sohn?«

Alle drei schüttelten stumm den Kopf. »Haben Sie auch eine Pistole?«, fragte der Junge.

»Ja.«

»Kann ich die mal sehen?«

»Das ist kein Spielzeug. Was macht ihr überhaupt so spät noch hier? In eurem Alter musste ich nach Hause, wenn die Laternen angegangen sind.«

»Tja«, sagte der Junge. »Heutzutage gibt es Handys. Die zeigen sogar die Uhrzeit an.«

Kant lachte. »Gegen euch habe ich keine Chance. Könnt ihr mir wenigstens verraten, wo der Brunnenwirt ist?«

Der Junge zeigte den Hügel hinauf. »Da vorne.« Er schien plötzlich das Interesse an Kant verloren zu haben. »Los, wir gehen zum Tennisplatz«, sagte er und lief los. Das ältere Mädchen rannte hinterher, aber seine Freundin blieb stehen.

»Ich glaub, er ist im Haus«, sagte sie.

»Wieso?«

»Vorhin hat er da drin einen Knaller gezündet. Dabei darf man im Haus nicht knallen. Das ist gefährlich, hat meine Mutter gesagt.«

»Wie heißt du?«, fragte Kant.

»Marlene.«

»Okay, Marlene, du läufst jetzt zu deinen Freunden, und dann geht ihr alle nach Hause, ja?«

Sie sah ihn mit großen Augen an. »Ist was Schlimmes passiert?«

»Das weiß ich noch nicht. Lauf jetzt.«

Kant holte seine Taschenlampe aus dem Auto und umrundete erneut das Haus. Die Fenster in dem Eisentor auf der Rückseite waren blind. Er schlug eine Scheibe mit dem Griff der Lampe ein und leuchtete in die Werkstatt.

Horn lag auf der Seite neben einem Bretterstapel auf dem Boden. Sein Mund stand weit offen. Die Sägespäne um seinen Kopf hatten sich dunkel verfärbt. Blut verklebte seinen Bart und das wirre Haar. Kant konnte an seinem Hinterkopf ein Loch mit aufgeworfenen Rändern erkennen, vielleicht die Austrittswunde eines Projektils. Er schwenkte die Taschenlampe und entdeckte einen umgekippten Stuhl und, etwa einen halben Meter neben der Leiche, eine Pistole, die aussah, als stammte sie aus dem Zweiten Weltkrieg.

Kant schaltete die Lampe aus und blieb einen Moment lang still im Dunkeln stehen. Am Morgen hatte der Mann noch Holz für seinen Ofen gesägt. Er zweifelte nicht daran, dass er sich selbst getötet hatte. Die Tochter tot, die Frau in der Psychiatrie. Vielleicht hatte Kant ihn durch seine Fragen darauf gestoßen, dass sein Sohn ein Mörder war. War das der letzte Impuls, den er gebraucht hatte, um seinem Leben ein Ende zu setzen?

Er rief auf der Wache an und ließ sich mit Polizeihauptmeister Wegner verbinden. »Es gibt einen Todesfall. Kommen Sie zur Werkstatt von Herrn Horn. Sofort. Vermutlich handelt es sich um Suizid. Ich will, dass Sie den Tatort absperren, bis die Spurensicherung kommt. Und dieses Mal wird sauber gearbeitet, haben Sie das verstanden?«

»Ich bin schon unterwegs.«

Während er auf Wegner wartete, informierte er Rademacher über die neuen Entwicklungen.

»Versuch rauszufinden, was aus Horns Sohn geworden ist. Ich hör mich hier um. Irgendjemand muss den ja kennen.«

Es dauerte höchstens zehn Minuten, bis der Streifenwagen auftauchte. Kant war froh, dass Katja sich über den Jahreswechsel freigenommen hatte. Dies waren weder die richtigen Umstände noch der richtige Zeitpunkt für ein Wiedersehen.

Wegner schrieb jedes Wort mit, während Kant ihm Anweisungen erteilte. Immerhin schien er ein schlechtes Gewissen zu haben.

»Und ich würde vorschlagen, dass wir dieses Mal einen anderen Arzt hinzuziehen«, sagte Kant, bevor er sich verabschiedete.

Die Kastanien am Straßenrand flackerten im Blaulicht, als er den Hügel zum Brunnenwirt hinaufstieg, den Weg, den Erwin Horn fast jeden Abend gegangen war. Vielleicht wusste dort jemand etwas über dessen Sohn, wenn Kant ihn selbst schon nicht mehr fragen konnte. Außerdem kam es ihm angemessen vor, ein Bier auf den Mann zu trinken. Auch wenn er ihn kaum gekannt hatte, hatte er das Gefühl, dass er kein schlechter Mensch gewesen war. Jeder konnte eben nur ein gewisses Maß an Unglück ertragen, bevor er zerbrach.

Durch eine Holztür trat er in einen schmucklosen Raum mit niedriger Decke. Die messingbeschlagene Theke zur Linken war verwaist. Ein Radio dudelte vor sich hin. Es roch nach Bier und Schweiß und altem Fett. Nur zwei Tische waren besetzt. An einem saß eine Familie mit drei Kindern beim Essen, an dem anderen, neben dem Kachelofen in der Ecke, starrte Alois Kofler allein in sein Bierglas. Kant ging zu ihm.

»Was dagegen, wenn ich mich setze?«

Kofler sah ihn aus trüben Augen an. »Das ist der Stammtisch. Aber ich glaub, heute können wir mal eine Ausnahme machen. Der Andrang hält sich in Grenzen.« Er zeigte mit einer müden Geste auf die freien Stühle, die um den Tisch herumstanden.

»Erwin Horn ist tot«, sagte Kant.

»Können Sie nicht mal gute Nachrichten bringen?«

Kant antwortete nicht. Eine Kellnerin tauchte aus dem Nebenraum auf, und er bestellte ein Helles. Schweigend wartete er, bis sein Bier gebracht wurde.

»Wie ist es passiert?«, fragte der Bürgermeister schließlich. Er klang, als müsste er für diese einfache Frage all seine Kraft aufbringen.

»Anscheinend hat er sich erschossen. Hängen Sie es aber nicht an die große Glocke. Das ist noch nicht offiziell.«

»Warum kommen Sie damit überhaupt zu mir? Sie glauben doch nicht, dass das was mit dem Bebauungsplan zu tun hat? Ich will Ihnen mal was sagen: Egal, wie entschieden wird, es gibt immer irgendeinen Bauern oder Kleingärtner, der von Korruption faselt.«

»Nein«, sagte Kant. »Ihre Mauscheleien interessieren mich nicht mehr.« Kofler wollte irgendwelche Einwände erheben, aber Kant kam ihm zuvor. »Schon gut. Ich wollte über etwas anderes mit Ihnen reden. Christian hat Ihnen nach dem tödlichen Unfall erzählt, dass er das beschädigte Auto in Klevers Garage gesehen hat. Warum sind Sie damals nicht zur Polizei gegangen?«

Kofler beobachtete, wie die Schaumkrone auf seinem Bier zerfiel. »Ich wollte nur meinen Sohn schützen. Ich dachte, wenn die Polizei das Auto findet, kommt alles raus. An dem Abend, bevor die Tankstelle überfallen wurde, war der Georg bei uns. Zugedröhnt mit irgendwas, natürlich. Sonst hätte er mir wahrscheinlich auch nicht erzählt, dass er noch seine alten Freunde treffen wollte. Er war ja der Meinung, sein Leben ginge nur ihn selbst was an. Jedenfalls dachte ich natürlich, er wäre dabei gewesen. Bei dem Unfall, meine ich.«

Kant sah ihm in die Augen. »Georg könnte noch leben, wenn Sie damals das Richtige getan hätten.«

Kofler wich seinem Blick aus. »Georg ist gestorben, als er mit dem Heroin anfing«, sagte er leise.

»Ach, hören Sie doch auf. Sie wollten nur Ihren Ruf nicht aufs Spiel setzen, bloß weil ein Mädchen überfahren wurde.«

Kofler trank einen Schluck und knallte das Glas so fest auf den Tisch, dass es beinahe zersprang. Die Frau am Nebentisch sah zu ihnen, schüttelte den Kopf und sagte leise etwas zu ihrem Mann.

»Sie haben ja keine Ahnung.« Kant hörte die unterdrückte Wut in Koflers Stimme. »Hier geht alles den Bach runter. Es gibt keinen Zusammenhalt mehr. Meinen Sie, ich reiß mich darum, Bürgermeister zu sein? Es ist ja sonst keiner da, der die Verantwortung übernehmen will. Früher hat hier jeder seinen Platz gefunden. Zum Beispiel der Christian. Ein bisschen einfältig, aber was soll's? Und jetzt? Schauen Sie sich doch mal um hier.« Er zeigte auf den Schankraum hinter Kants Rücken. »Die Leute gehen noch nicht mal mehr in die Kneipe. Das Dorf bricht auseinander. Der ganze Dreck, der hier passiert ist, ist nur ein Symptom. Ein Symptom für das Scheitern unserer Gesellschaft. Die Städter ziehen aufs Land, weil sie ihre Ruhe haben wollen. Und die alten Bauern wollen nur noch abkassieren. Hier gibt es keinen Zusammenhalt mehr.«

»Und Sie als Bürgermeister stehen zwischen allen Fronten?«

Kofler lachte freudlos. »Hier gibt's auch keine Fronten mehr. Hier gibt's nur noch Partikularinteressen.«

Kant verstand, was er meinte, aber sie dachten in unterschiedlichen Kategorien. Kofler versuchte verzweifelt, die alte Welt zusammenzuhalten; er selbst kehrte nur die Scherben auf. Es hatte keinen Sinn, sich mit ihm zu streiten.

»Erzählen Sie mir, was Sie über die Familie Horn wissen.«

»Das ist auch so ein Fall, an dem man sieht, wie sich die Zeiten geändert haben. Die sind in den Siebzigern aus Rumänien gekommen. Sie glauben gar nicht, wie schnell die hier integriert wurden. Der Erwin war ein guter Handwerker. Seine Frau hat jedes Jahr Kuchen fürs Tennisfest gebacken. Aber als das mit ihrer Tochter passiert ist, da wehte hier schon ein anderer Wind. Alle haben sich abgewendet. Als wäre das Unglück ansteckend. Kein Wunder, dass er nur noch gesoffen hat.«

»Wussten Sie, dass er einen Sohn hat?«

»Max. Ja. Armer Junge. Ich weiß nicht, wo er gelandet ist, aber er kann froh sein, dass man ihn da rausgeholt hat.«

»Wann wurde Max aus der Familie genommen?«, fragte Kant.

»Ein oder zwei Jahre nach dem Unfall. Eines Nachts ist Erwin ausgerastet. Seine Frau war damals schon in der Psychiatrie. Eigentlich war er nicht als gewalttätig bekannt, aber sie mussten den Jungen mit dem Krankenwagen abholen. Angeblich hat Erwin ihn mit dem Schürhaken geschlagen. Er hatte jedenfalls eine schlimme Verletzung an der Schläfe.«

»Und dann?«

»Ich habe gehört, dass er in eine Pflegefamilie kam. Aber ich weiß nichts Genaues, der Erwin hat nie über ihn gesprochen. Ach so, irgendjemand hat mal erzählt, er wär zur Bundeswehr gegangen, wenn ich mich recht erinnere. Auslandseinsatz.«

»Haben Sie ihn später noch mal gesehen?«

Kofler dachte nach. »Ich weiß nicht genau. Der Junge war immer irgendwie unscheinbar. Vor ein paar Wochen bin ich mit meinem Hund spazieren gewesen. Wenn ich die große Runde gehe, komme ich immer an der Brücke vorbei, wo damals der Unfall passiert ist. Es gibt da einen kleinen Gedenkstein für Sabine. Das ist ziemlich abseits, normalerweise sieht man da keinen Menschen. Aber an dem Morgen stand ein Mann vor dem Stein. Als er mich bemerkt hat, ist er schnell weggegangen, zu seinem Auto, das oben an der Straße parkte. Später habe ich gedacht, dass er das vielleicht war.«

Das könnte um die Zeit gewesen sein, zu der Georg Kofler in den Heuschober gesperrt wurde, dachte Kant. »Was war das für ein Auto?«

»Weiß ich nicht mehr. Irgendein altes Modell.«

»Können Sie sich vorstellen, dass Max aus Rache für den Tod seiner Schwester Georg und Benedikt getötet hat?«

Koflers Augen waren hart, als er ihn ansah. »Falls er es getan hat, kann ich es ihm jedenfalls nicht übel nehmen.«

Kant winkte der Kellnerin, die an der Theke lehnte und ins Leere sah. In diesem Moment klingelte sein Handy. Es war Rademacher.

»Du wirst es nicht glauben«, sagte er.

»Was?«

»Sie ist schon wieder weg.«

Das darf doch nicht wahr sein, dachte Kant. Er warf einen Zehner auf den Tisch und lief zum Auto.

41

Ben Dörfner saß an seinem Computer und schrieb den Bericht über sein Gespräch mit Melanie, aber in Gedanken war er bei seinem Bruder. Weil Frank sich am Telefon verleugnen ließ, hatte er auf dem Rückweg aus Schelfing einen kleinen Umweg gemacht. Er wusste, dass sein Bruder an Silvester tagsüber in seinem Club sein würde, um die Vorbereitungen für den großen Abend zu kontrollieren.

Durch den Lieferanteneingang, wo zwei Männer gerade palettenweise Sekt und Champagner aus einem Lkw luden, schlich Ben sich in die Halle. Es gibt kaum etwas Trostloseres als eine Disco im Tageslicht, dachte er, als er die frisch gewischte Tanzfläche überquerte.

Frank lehnte mit einer Kippe in der Hand an der halbkreisförmigen Theke und sprach mit Ilona, seiner neuesten Assistentin. Er hatte ihn noch nicht bemerkt. Ben stellte sich so dicht hinter ihn, dass er ihn fast berührte.

»Noch nichts vom Rauchverbot gehört?«, fragte er.

Frank drehte sich um. Falls er ein schlechtes Gewissen hatte, sah man es ihm nicht an.

»Privatveranstaltung«, sagte er und grinste, als freute er sich tatsächlich, ihn zu sehen.

»Ah, der kleine Bruder«, sagte Ilona. »Ich geh dann mal nachsehen, ob unser Star aus New York schon da ist.« Sie schwankte auf ihren viel zu hohen Absätzen davon.

»Du glaubst nicht, wer heute Abend hier auflegt«, sagte Frank.

Seine Silvesterpartys genossen eine gewisse überregionale Berühmtheit. Schauspieler aus zweitklassigen Soaps, abgehalfterte Sportler und verglühte Popsternchen rissen sich darum, einen Platz auf der Gästeliste zu ergattern. Die Eintrittskarten wurden auf der Website zu absurden Preisen versteigert.

»Eigentlich wollte ich dir auf die Fresse hauen«, sagte Ben. »Warum hast du den Arschlöchern erzählt, dass ich Polizist bin?«

Frank klopfte mit den Knöcheln auf die Theke. »Mach uns mal zwei Gin Tonic«, rief er der Frau zu, die hinter ihm Flaschen ins Regal räumte.

»Nee«, sagte Ben. »Für mich nicht.«

»Ich dachte, die machen sich ins Hemd. Was ist denn überhaupt passiert?« Er schob ihm mit der Stiefelspitze einen Barhocker hin. »Setz dich doch.«

Ben blieb stehen. Es war immer dasselbe. Er konnte seinem Bruder einfach nicht böse sein. Schon als Kind hatte er seine Wut abreagiert, indem er leere Flaschen aus dem Fenster warf, statt sich mal anständig mit Frank zu streiten. Jetzt erzählte er ihm, was an dem Abend vorgefallen war.

Frank wirkte nicht gerade beeindruckt. »Mach dir keinen Kopf«, sagte er. »Das bringen die nicht, dass die zu den Bullen gehen und …«

»Polizisten«, sagte Ben.

»… und das Maul aufmachen. Hast du die Autonummer aufgeschrieben? Vielleicht kannst du mal im Computer nachsehen?«

»Vergiss es.«

»Okay.« Frank klopfte ihm auf die Schulter. »Danke, Mann.«

Ben nickte. Vielleicht hatte sein Bruder recht. Vielleicht hatte er sich zu sehr in die Sache reingesteigert.

»Du kommst doch heute Abend, oder?«

»Weiß noch nicht.«

»Kannst auch jemanden mitbringen. Ausnahmsweise. VIP-Lounge.«

»Ich muss los«, sagte Ben. »Eigentlich dürfte ich gar nicht hier sein.«

Auf dem Weg zurück ins Präsidium ließ seine Anspannung nach. Und als Petra Lammers sich zu seiner Überraschung überreden ließ, ihn zu der Party zu begleiten, bekam er zum ersten Mal seit Tagen wieder gute Laune.

Noch den Bericht zu Ende schreiben, dachte er, nachdem er im Präsidium angekommen war. Dann nach Hause, duschen, was beim Inder bestellen, mit einem Fläschchen Bier vorglühen …

Rademacher stieß die Tür auf, ohne zu klopfen. »Besprechungszimmer«, sagte er. Das klang nicht gut.

Petra saß schon da und wippte ungeduldig mit ihrem Stuhl. Webers Platz war leer. Rademacher fummelte an der Telefonanlage herum. »Der Chef ist zugeschaltet.« Fahrtgeräusche drangen aus dem Lautsprecher.

Das war's dann wohl mit der Party, dachte Dörfner. Wieso war die Welt bloß so ungerecht?

»Wie ist Melanie aus dem Haus gekommen?«, fragte Petra. »Sind die beiden vor der Tür eingepennt, oder was?«

»Hat die das Restless-Legs-Syndrom, oder wieso kann die nicht einfach mal ein paar Tage lang irgendwo bleiben?«, brummelte Rademacher.

»Das spielt jetzt keine Rolle«, sagte Kant. »Hat jemand eine Idee, wo sie sein könnte?«

»Wir haben schon versucht, ihr Handy zu orten. Es ist abgeschaltet«, sagte Rademacher. »Vielleicht trifft sie sich mit einem Freier.«

»Oder sie ist bei ihrem netten Freund Paul«, meinte Lammers.

»Ich weiß nicht«, sagte Ben. »Mir hat sie erzählt, sie hätte ihm neulich zum Abschied in die Eier getreten.«

»Überprüft Pauls Wohnung«, sagte Kant. »Anton, was ist aus der Personenabfrage geworden?«

»Es gibt nur einen Maximilian Horn in München und Umgebung. Er ist dreiundsechzig.«

»Verflucht. Wenn der Max, den wir suchen, adoptiert wurde, hat er vermutlich einen neuen Familiennamen angenommen. Wir müssen sofort die Unterlagen anfordern.« Der Lautsprecher knisterte. »Er müsste jetzt zweiundzwanzig sein. Keiner kann ihn richtig beschreiben. Vermutlich hat er eine Narbe an der Schläfe. Und er war wohl mit der Bundeswehr im Auslandseinsatz, falls das weiterhilft.«

Dörfner schmiss fast seinen Stuhl um, als er aufsprang. Rademacher warf ihm einen mahnenden Blick zu. »Ich weiß, wer das ist. Wir haben seine Mutter überprüft, wegen des Opel Kadett. Anne Roschek. Ihr Sohn hieß Max. Beziehungsweise, vielleicht ist es ja gar nicht ihr richtiger Sohn. Komischer Junge, irgendwie.«

»Worauf wartet ihr noch?«, sagte Kant. »Petra und Ben, ihr fahrt zu dieser Frau Roschek. Wenn ihr Max antrefft, nehmt ihr ihn vorläufig fest. Aber seid vorsichtig, vielleicht ist er bewaffnet. Anton, du bleibst da, um alle Informationen zu koordinieren. Schick einen Streifenwagen zu Paul Krumbach.«

Ben liebte es, Petra durch die Nacht zu chauffieren. Wie immer legte sie einen Fuß auf das Armaturenbrett und lehnte sich auf dem Sitz zurück, obwohl er mit Blaulicht durch die Straßen schoss. Sie vertraute ihm. Das gab ihm das Gefühl, ihr Beschützer zu sein, was er sich natürlich auf keinen Fall anmerken lassen durfte.

Er tippte nur kurz auf die Bremse, bevor er über eine rote Ampel fuhr. Die Stadt war merkwürdig leer, als hielte sie einen Moment lang den Atem an, bevor alle durchdrehten.

»Tut mir echt leid«, sagte Petra. »Das wär bestimmt nett geworden heute Abend.«

»Scheiß auf die Party«, sagte Dörfner. »Das hier ist doch viel besser.«

Den letzten halben Kilometer fuhr er ohne Blaulicht. Er parkte direkt vor dem Haus auf dem Bürgersteig. Ein paar Jugendliche, die vor dem Eingang standen und rauchten, warfen sich in Pose, um zu verdeutlichen, dass sie in ihr Revier eingedrungen waren. Aber als Petra aus dem Wagen sprang und zu ihnen lief, wurden sie nervös und wollten sich aus dem Staub machen.

»Hey«, rief sie. »Euer Joint interessiert mich nicht. Wer von euch hat einen Schlüssel? Sofort aufmachen.«

Ein Mädchen mit Dreadlocks und Bomberjacke schloss ihnen auf. Sie fuhren mit dem Aufzug in den achten Stock. Dörfner klingelte, während sich Lammers mit der Hand am Schulterholster neben der Tür postierte. Er sah sie an. Sie zwinkerte ihm zu.

Er hörte das leise Surren des Aufzugs, einen Staubsauger aus der Wohnung gegenüber, das Rauschen von Wasserleitungen. Irgendwo weinte ein Kind. Es roch nach dem gleichen Putzmittel wie in dem Wohnblock, in dem er selbst aufgewachsen war. Er erinnerte sich, wie oft er im Treppenhaus auf der Fußmatte gesessen hatte, weil niemand zu Hause gewesen war, als er aus der Schule kam. Mach endlich auf, dachte er, sonst trete ich die Tür ein.

Gerade als er zum zweiten Mal klingeln wollte, ging die Tür einen Spaltbreit auf. Frau Roschek sah ihn missmutig an. Die Sicherungskette verlief quer vor ihrem Gesicht.

»Sie schon wieder.« Sie wirkte nicht besonders überrascht.

»Würden Sie uns bitte reinlassen?«

»Er ist nicht da.«

»Bitte?«

»Irgendwann musste es ja rauskommen.«

Sie hakte die Kette aus und trat einen Schritt zurück. Dörfner sah, dass sie nur einen Bademantel trug. Im Wohnzimmer hinter ihr lief der Fernseher. Petra schob sich in die Diele, die Hand immer noch unter ihrer Jacke. Dörfner zeigte zur offenen Tür von Max' Zimmer. Mit zwei schnellen Schritten durchquerte Petra die Diele und warf einen Blick hinein. Sie schüttelte den Kopf.

»Keiner da.«

Ohne große Hoffnung sah Dörfner in der Küche und im winzigen Bad nach, während Petra zum Schlafzimmer ging. Frau Roschek protestierte nicht mal. Warum auch, sie wusste ja, dass sie zu spät gekommen waren. Verdammt, er hatte sich schon darauf gefreut, dem kleinen Scheißer Handschellen anzulegen.

Erst jetzt spürte er, wie angespannt er war. Unauffällig massierte er sich die Nackenmuskeln. »Wo ist er?«

»Weiß ich nicht. Er sagt mir doch nicht, wo er hingeht.«

Petra trat zurück in den Flur. »Sie wissen, was er getan hat?«

»Natürlich. Er hat sich betrunken mein Auto genommen und einen Unfall gebaut. Ist das so schlimm? Sie wissen ja nicht, was der Junge in Afghanistan durchgemacht hat.«

»Es geht hier weder um Afghanistan noch um Trunkenheit am Steuer«, sagte Dörfner. »Ihr Sohn – Ihr Adoptivsohn – wird des Mordes verdächtigt.«

Sie sah ihn an, als hätte er den Verstand verloren.

»Stimmt es, dass Max der Sohn von Birgitt und Erwin Horn ist?«, fragte Lammers.

»Jetzt nicht mehr. Jetzt ist er mein Sohn. Birgitt ist meine Cousine. Ich habe Max aufgenommen, als sie in die Klapse kam. Bei Erwin konnte er ja nicht mehr bleiben. Nach dem, was passiert ist.« Sie ging ins Wohnzimmer und ließ sich auf einen Sessel sinken. Dörfner und Lammers folgten ihr.

»Hat er in letzter Zeit von seiner Schwester gesprochen?«, fragte Lammers. »Dass er ihren Tod rächen wollte?«

Frau Roschek schaltete den Fernseher stumm. Sie tat Dörfner fast leid. Was für ein Elend, dachte er, an Silvester allein vor dem Fernseher zu sitzen. Und dann zu erfahren, dass das Kind, das man aufgenommen hat, ein Mörder ist.

»Ich kann das nicht glauben. Das ist doch alles schon so lange her.«

»Bitte beantworten Sie meine Frage.«

»Er hat überhaupt nicht mit mir gesprochen in letzter Zeit. Seit er wieder da ist. Wussten Sie, dass er einen Orden gekriegt hat?«

»Wann haben Sie ihn denn zuletzt gesehen, Frau Roschek?«, fragte Dörfner.

»Heute Morgen. Er ist nur gekommen, um irgendwelche Sachen zu holen, dann war er wieder weg.«

»Wirkte er nervös oder aufgebracht?«

»Nein. Im Gegenteil. Er war so fröhlich wie schon lange nicht mehr.«

»Hat er wieder Ihr Auto genommen?«

»Seit dem letzten Mal verstecke ich immer den Schlüssel.« Sie lächelte, als ginge es nur um einen Streich, den er ihr gespielt hatte. »Er hat sich einen Lieferwagen geliehen. Von dem Kurierdienst, wo er arbeitet. Am Wochenende und an Feiertagen dürfen die Fahrer die manchmal privat nutzen.«

»Woher wissen Sie das?«

»Ich bin auf den Balkon gegangen und habe ihm nachgesehen. Der Wagen stand vor der Tür.«

»Haben Sie eine Idee, wozu er den Wagen brauchte?«

Sie zuckte mit den Achseln. »Wie gesagt, er hat ja nicht mit mir geredet. Wenn ich ihn was gefragt habe, hat er immer gesagt, er ist schon erwachsen und es geht mich nichts an.«

»Ist Ihnen eigentlich klar, worum es hier geht?«, fragte Lammers. »Zwei Männer sind tot, eine Frau ist verschwunden. Sie haben Ihren Sohn schon mal durch eine Falschaussage gedeckt. Sie wollen sich doch nicht mitschuldig machen, oder?«

»Lassen Sie mich in Ruhe«, sagte Frau Roschek. »Ich habe ein Zeugnisverweigerungsrecht.«

»Haben Sie das im Fernsehen gesehen?«, fragte Lammers.

»Geben Sie mir eine Beschreibung des Lieferwagens«, verlangte Dörfner.

Frau Roschek stellte den Ton laut und schaltete auf einen anderen Kanal um. Ein Jahresrückblick. »Alles geht den Bach runter in Deutschland«, sagte sie.

»Dann rufen wir eben in der Firma an. Irgendjemand wird da ja wohl zu erreichen sein. Die Nummer bitte.«

Frau Roschek verschränkte die Arme vor der Brust. »Die lügen doch, wenn sie den Mund aufmachen, die Politiker.«

Dörfner hatte die Schnauze voll. Sie hatten schon viel zu viel Zeit verplempert. Er ging in Max' Zimmer, zog die beiden einzigen Aktenordner aus dem Regal und brauchte ungefähr zwanzig Sekunden, um eine Lohnabrechnung des Kurierdienstes zu finden.

Sie ließen Frau Roschek allein. Schon im Treppenhaus rief Dörfner Rademacher an und gab ihm den Namen der Firma durch. »Wenn du da niemanden erreichst, kannst du ja nach den Fahrzeugen googeln«, sagte er. »Falls du das hinkriegst.«

42

Vielleicht war das nicht die schlauste Idee, dachte Melanie, als sie Pauls Klingel drückte. Vielleicht hätte ich lieber zu Hause bleiben sollen. Ich wollte doch was Neues anfangen. Keine Arschloch-Typen mehr. Eine eigene Wohnung. Keine Drogen mehr. Zurück auf die Schauspielschule. Aber so einfach ist das eben nicht. Ein kleiner Rückfall heißt ja nicht, dass man aufgibt. Heute brauch ich ein bisschen Ablenkung, morgen fängt der Ernst des Lebens an. Im neuen Jahr. Das war doch ein passender Termin.

Aber warum machte er nicht auf? Sie klingelte noch einmal. Vielleicht waren seine guten Vorsätze schon verflogen, und er lag längst mit einer anderen im Bett. Er konnte eben nicht gut allein sein, wie er es formulierte. Wie auch immer: Wenn er sie versetzt hatte, würde sie in die nächste S-Bahn steigen und nach Hause fahren und nie mehr mit ihm reden.

Schließlich summte doch der Türöffner. Sie wusste nicht, ob sie sich darüber freuen sollte oder nicht.

Im selben Moment ertönte ein Geräusch über ihr, das klang, als würde eine volle Wasserflasche auf dem Boden zerspringen. Sie sah nach oben, aber das Vordach über der Tür versperrte ihr die Sicht. Hinter ihr regnete es Scherben. Dann prallte etwas auf dem Beton auf. Sie spürte die Vibrationen in den Knien. Jemand hatte etwas Schweres aus dem Fenster geworfen. Durch die Scheibe.

Als sie sich umdrehte, sah sie, dass es ein Mensch war. Er lag dort zwischen den Müllcontainern und der Tiefgarageneinfahrt. Reglos. Ohne nachzudenken, lief sie zu ihm.

Es war Paul.

Er lag auf dem Rücken, die Arme unter dem nackten Oberkörper. Im Scheinwerferlicht eines vorbeifahrenden Autos leuchtete seine Haut bleich. Warum war er halb nackt?

Sie nahm sein Gesicht in ihre Hände. Er rührte sich ein wenig und stöhnte leise. Erst jetzt sah sie das Klebeband auf seinem Mund. Vorsichtig zog sie es ab.

Er schnappte nach Luft. Sein Blick irrte durch die Gegend, bevor er schließlich an ihrem Gesicht hängen blieb.

»Tut mir leid«, sagte er mit schwacher Stimme.

»Ganz ruhig.« Sie spürte die Wärme des Bluts, als sie ihm durchs Haar strich. »Ich ruf einen Krankenwagen.«

»Nein.« Er drehte den Kopf, um zur Haustür zu sehen. »Lauf.« Er schloss die Augen, und sie spürte, wie er in ihren Armen erschlaffte.

»Halt durch.« Sie zog ihre Jacke aus, faltete sie zusammen und legte sie unter seinen Kopf. Hinter ihr klickte das Schloss der Haustür. Sie bekam Gänsehaut am ganzen Körper.

Er war hier.

Sie sprang auf und rannte. Vorbei an den Müllcontainern. Zwischen zwei Häuserblocks hindurch. Über einen Grünstreifen. Sie wagte nicht, sich umzudrehen. Fuck you, dachte sie. Bei jedem Atemzug. Fuck you, fuck you, fuck you.

Sie hüpfte über einen niedrigen Zaun und spürte, wie etwas Scharfkantiges ihr den Unterschenkel aufriss. Der Schmerz war nur ein Tropfen im Meer der Angst.

Sie wusste nicht, wo sie war. Sie wusste nicht, wo sie hinwollte. Sie wusste nicht, was sie tun sollte.

Endlich erreichte sie eine Straße. Ein Auto schoss vorbei. Aus dem Fensterspalt drang laute Musik. Kein Mensch auf dem Bürgersteig. Wo waren die Leute, wenn man sie mal brauchte? Sonst verstopften sie die ganze Stadt, nahmen einem die Luft zum Atmen, aber jetzt hatten sie sich alle verkrochen.

Eine grenzenlose Wut überkam sie. Auf ihre Eltern, weil sie sie in diese Welt geworfen hatten. Auf Georg, weil er so dumm gewesen war. Auf Benedikt, weil er so ein Feigling war. Auf Paul, weil er sie verraten hatte. Auf sich selbst, weil sie sich das alles gefallen ließ.

Scheinwerfer näherten sich von vorn. Sie sprang auf die Straße und wedelte mit den Armen. Der Lieferwagen bremste scharf, in der Windschutzscheibe spiegelten sich die Laternen. Melanie sah sich um. Hinter ihr war niemand. Vielleicht hatte sie ihn abgehängt.

Der Fahrer stieg aus. Melanie zog ihr Handy aus der Hosentasche, um die Polizei zu rufen. Und einen Krankenwagen. Mit dem Daumen schaltete sie es ein und gab den Code ein. Aber erst musste sie dem Fahrer erklären, warum sie sich beinahe vor sein Auto geworfen hatte. Er kam mit schnellen Schritten auf sie zu. Erst dachte sie, er wäre wütend, weil sie ihn so abrupt aufgehalten hatte, aber dann sah sie den fanatischen Ausdruck in seinem Gesicht und wusste, dass etwas nicht stimmte. Sie umklammerte ihr Telefon und schob es halb in den Ärmel.

Der Mann stieß mit einer Art Knüppel nach ihr. Erst jetzt kam Melanie auf die Idee zu schreien. Zu spät. Aus dem Knüppel schoss ein brennend heißes Prickeln durch ihren Körper. Sämtliche Muskeln verkrampften sich. Sie landete auf dem Boden und konnte nur noch keuchen. Als sie wieder klar sehen konnte, merkte sie, dass sie das Handy noch in der Hand hielt. Sie klammerte sich daran fest wie an einem Rettungsring.

Der Mann hob sie mit Leichtigkeit hoch, öffnete mit einer Hand die Hecktür und warf sie in den Laderaum. In die Dunkelheit. Sie tastete nach der Seitenwand. Verbeultes Blech. Eine Öse. Nieten. Eine scharfe Kante. Noch eine Metallplatte. Dazwischen ein Schlitz.

Sie spürte, wie ihr Entführer in den Laderaum sprang, und drehte sich zu ihm um. Im Licht einer Laterne sah sie seine Silhouette näher kommen. Er streckte den Arm mit dem Stock aus. Sie schob das Handy in den Schlitz. Eine Metallspitze bohrte sich in ihren Oberschenkel. Der Schmerz breitete sich im ganzen Körper aus, bevor die Bewusstlosigkeit sie erlöste.

43

Kant konnte sich nicht erinnern, die Autobahn schon einmal so leer erlebt zu haben wie auf dem Rückweg in die Stadt. Noch anderthalb Stunden bis Mitternacht. Gerade hatte Rademacher angerufen und ihn über die neuesten Entwicklungen informiert. Die Lage spitzte sich zu. Als die Streifenpolizisten, die sie zu Krumbach geschickt hatten, eingetroffen waren, wurde er gerade in einen Krankenwagen geladen. Der Notarzt wollte keine Einschätzung abgeben, ob er überleben würde.

Offenbar hatte ihn jemand aus dem Fenster gestoßen. Oder vielleicht war er auch gesprungen. Das spielte jetzt keine große Rolle. Entscheidend war, dass ein Nachbar aus dem Fenster eine junge Frau beobachtet hatte, die sich erst um Krumbach kümmerte und dann weglief. Kurz darauf war ein Mann aus der Haustür gekommen, den der Zeuge nicht näher beschreiben konnte.

Max Roschek war verschwunden. Mit einem Lieferwagen des Kurierdienstes. Kant hatte keine Zweifel, dass er in irgendeiner Form an Krumbachs Fenstersturz beteiligt war. Er fragte sich, ob Max Melanie in seine Gewalt gebracht hatte. Wenn ja, dann blieb ihnen nicht mehr viel Zeit. Vielleicht war es auch schon zu spät.

Er fuhr gerade von der Autobahn auf den Mittleren Ring, als sein Handy erneut klingelte.

»Wir haben Melanies Handy geortet«, sagte Rademacher. »Es wurde vor zehn Minuten eingeschaltet. Sie – beziehungsweise das Gerät – bewegt sich auf den südlichen Stadtrand zu.«

»In einem Auto?«

»Gemessen an der Geschwindigkeit, vermutlich ja. Sollen wir sie anrufen?«

Kant überlegte kurz. »Lieber nicht. Wenn Max Roschek sie geschnappt hat, habe ich eine Idee, wohin er sie bringen könnte.«

Er hätte Spicher auf viele Arten töten können, aber er hatte sich dazu entschieden, ihn zu überfahren, weil seine Schwester durch ein Auto getötet worden war. Vermutlich war das seine perverse Vorstellung von Gerechtigkeit. Und wenn er jetzt Melanie in seiner Gewalt hatte, dann war es durchaus möglich, dass er auch für sie etwas Spezielles vorgesehen hatte.

»Noch was«, sagte Rademacher. »Ich habe eine kurze Recherche durchgeführt. Max Roschek war mit der Bundeswehr in Afghanistan. Aber nur kurz. Er wurde vor vier Monaten zurückgeschickt und entlassen. Es läuft ein Verfahren gegen ihn. Wegen Misshandlung von Gefangenen. Sei vorsichtig. Der Mann ist gefährlich.«

Kant dachte kurz nach. »Fordere das SEK an. Ein Team soll nach Schelfing fahren und sich dort bereithalten. Aber unauffällig.«

Kant legte auf. Er löste ein Hupkonzert aus, als er quer über den Mittleren Ring wendete. Vielleicht sind sie gerade an mir vorbeigefahren, dachte er. Rademacher hatte herausgefunden, dass der Kurierdienst, bei dem Max arbeitete, verschiedene Lieferwagen ohne Aufschrift benutzte. Davon waren Hunderte im Stadtgebiet unterwegs, selbst am Silvesterabend.

Er fuhr dieselbe Strecke zurück, die er gerade gekommen war. Wann immer es ging, trat er das Gaspedal bis zum Anschlag durch. In den Vororten explodierten die ersten verfrühten Raketen am Himmel. Wenn der Abend so weiterging, würde er den Jahreswechsel auf der Autobahn verbringen.

Als er die Ausfahrt erreichte, spürte er die Anspannung im ganzen Körper, die das schnelle Fahren jedes Mal bei ihm auslöste. Er ging vom Gas und rieb sich die brennenden Augen, während er sich von Rademacher die letzten Positionsdaten von Melanies Handy durchgeben ließ. Ein Techniker schickte ihr immer wieder stille SMS, mit denen sich die aktuelle Funkzelle lokalisieren ließ. Die Daten reichten aus, um Kants Vermutung zu bestätigen.

Ein Reh sprang aus dem Wald, blieb mitten auf der Landstraße stehen und starrte ihn mit geweiteten Augen an. Kant trat auf die Bremse, und der BMW schlitterte auf der vereisten Fahrbahn. Mit einem Satz verschwand das Reh in der Dunkelheit. Kant fragte sich, ob dem Tier bewusst war, wie knapp es mit dem Leben davongekommen war, oder ob es ihn nur als kleine Störung auf seiner nächtlichen Wanderung betrachtete.

Die letzten Kilometer fuhr er langsamer. Die Ortung war nicht genau genug, um festzustellen, auf welcher Straße Melanie unterwegs war, aber er wusste, dass er einen Vorsprung hatte.

Die Lichter der Tankstelle, an der alles begonnen hatte, zogen an ihm vorbei. Wie viele Leben waren an jenem Abend zerstört worden? Wenn nur einer der drei Nein gesagt hätte, wäre das alles nicht passiert. Andererseits gab es unzählige Fälle, in denen junge Menschen aus Übermut Straftaten begingen, ohne dass es zu derart fürchterlichen Konsequenzen kam. Das jugendliche Gehirn war naturgemäß nicht in der Lage, Risiken richtig einzuschätzen, sonst würde sich wahrscheinlich auch niemand mit einem Mofa in den Straßenverkehr stürzen. Kant war froh, nicht über ihre moralische Schuld urteilen zu müssen.

Fünfhundert Meter vor der Brücke schaltete er vorsichtshalber die Scheinwerfer aus. Er ließ den Wagen auf dem Seitenstreifen ausrollen, bis er eine ebene Stelle fand, an der er ein paar Meter ins Gebüsch fahren konnte. Mit einem hässlichen Geräusch kratzten die Dornen des Brombeerstrauchs über den Lack. Wenn Rademacher bei ihm gewesen wäre, hätte er sich unter Schmerzen auf dem Beifahrersitz gekrümmt. Trotzdem wünschte sich Kant nichts mehr, als seinen Kollegen bei sich zu haben, während er ausstieg und das gefrorene Laub unter seinen Schuhen knisterte.

Er blieb neben dem Wagen stehen und lauschte. Äste knarrten leise im Wind. Irgendwo auf der anderen Seite des Hügels fuhr ein Lastwagen vorbei. Die verlassene Straße schimmerte im Mondlicht.

Er schaltete sein Handy aus und vergewisserte sich, dass die Pistole im Schulterhalfter steckte. Das hier war nichts, was man gern allein machte, aber Melanies Sicherheit ging vor. Ein großes Empfangskomitee war da nicht gerade hilfreich. Außerdem würde es noch eine Weile dauern, bis das SEK eintraf. Immerhin hatte Kant großes Vertrauen, dass die Beamten den Täter festnehmen würden, falls er selbst die Begegnung nicht überlebte.

Als er sich dicht am Waldrand auf den Weg zur Brücke begab, dachte er an Frida. An die Zeit, die sie nicht miteinander verbracht hatten. An die Jahre, die er verpasst hatte. Und an die Achtlosigkeit, mit der man einander begegnete, weil man nicht daran dachte, dass es das letzte Mal sein könnte.

44

So hatte er sich das nicht vorgestellt. In seinen Träumen ließ er sich Zeit, kostete den Augenblick aus, denn er hatte sich noch nie Gedanken gemacht, was danach kommen würde. Seit er erfahren hatte, dass Georg Kofler aus dem Knast entlassen werden würde, hatte sich sein Leben nur noch um diesen einen Moment gedreht. Und jetzt, da es endlich so weit war, stand er plötzlich unter Zeitdruck. Denn früher oder später würden sie ihn finden, nach dem ganzen Theater vor Pauls Wohnung.

Er musste zugeben, den Schnösel unterschätzt zu haben. Er hatte ihn für feige gehalten, obwohl er eigentlich hätte wissen müssen, dass sich erst im Angesicht des Todes herausstellte, wer ein Held und wer ein Feigling war. Es gehörte schon einiges dazu, mit gefesselten Händen durch ein Fenster aus dem zweiten Stock zu springen. Paul hatte versucht, seinen Verrat wiedergutzumachen. Dafür verdiente er Respekt, auch wenn er natürlich auf der falschen Seite stand.

Da tauchte die Tankstelle aus der Dunkelheit auf, ein letzter Außenposten der sogenannten Zivilisation. Ein paar Autos standen neben den Zapfsäulen, wahrscheinlich von jungen Leuten aus der Gegend, die sich mit Bier und Schnaps versorgten. Menschen, mit denen er zur Grundschule gegangen war und die trotzdem in einem anderen Universum lebten. Er fragte sich, ob er so sein könnte wie sie. Früher hatte er sich nichts sehnlicher gewünscht. Jetzt war er froh, dass es anders gekommen war. Wie konnte man so leben, ohne Sinn, ohne Ziel? Ihr einziger Zweck bestand doch darin, sich zu vermehren, und um sich vor dieser Einsicht zu schützen, mussten sie sich betäuben, mit Arbeit, mit Sex, mit Alkohol.

In einer langen Kurve führte die Straße durch den Wald. Die Lichter der Tankstelle verschwanden aus dem Rückspiegel, und er vergeudete keinen Gedanken mehr an das, was hätte sein können. Er war an dem Punkt angekommen, an dem sich alle Linien kreuzten und an dem Vergangenheit und Zukunft keine Rolle mehr spielten.

Kurz bevor der Randstreifen endete, hielt er an. Das Brückengeländer vor ihm schimmerte silbrig unter den Laternen, die nach dem Tod seiner Schwester aufgestellt worden waren. Er stieg aus und legte das Ohr an die Hecktür. Aus dem Laderaum drang kein Geräusch. Er hoffte, dass er es mit dem Elektroschocker nicht übertrieben hatte. Es wäre schade, wenn ihm schon wieder jemand wegstarb, bevor er seiner gerechten Strafe zugeführt werden konnte.

Als er die Tür öffnete, lag sie noch genauso da wie vorher. Auf der Seite zusammengerollt. Er sprang auf die Ladefläche und stieß sie mit dem Fuß an. Sie stöhnte leise. Na also.

Als er sich bückte, um sie aufzuheben, schlug sie ihm mit der Faust ins Gesicht. Er geriet einen Moment lang aus dem Gleichgewicht. Sofort sprang sie aus dem Auto. Natürlich, sie hatte sich nur verstellt. Lüge, Täuschung und Betrug lagen ihr schließlich im Blut.

Sie kam keine zehn Meter weit. Er warf sich auf sie, riss sie zu Boden und schlug ihren Kopf auf den Asphalt, nicht zu fest, nur als Warnung. Sie schrie nicht, ächzte nur leise.

Er stand auf und streckte ihr die Hand entgegen. »Komm«, sagte er.

Sie sah zu ihm auf. Unschuldig. Naiv. Als wäre *er* derjenige, der *ihr* Unrecht getan hatte.

»Wer bist du?«, fragte sie.

Offenbar erinnerte sie sich nicht mal an ihn. Oder war das nur ein weiteres Täuschungsmanöver? Letztlich spielte es keine Rolle. Nichts, was sie tat oder sagte, würde ihn von seinem Vorhaben abhalten.

»Steh auf.«

Er packte sie am Handgelenk und zog sie hoch. Sie wehrte sich nicht. »Sabine. Komm.«

Sie sah zur Brücke. »Ich weiß, hier ist sie gestorben. Da vorne ist die Stelle, wo sie über das Geländer geschleudert wurde.« Sie klang eher trotzig als ängstlich. Entweder hatte sie noch nicht begriffen, dass sie gleich sterben würde, oder sich schon damit abgefunden.

»Nein. Stell dir vor, du wärst Sabine.«

Er schob sie vor sich her auf die Brücke.

»Wer bist du?«, fragte sie noch mal.

»Ich bin der Unsichtbare.«

Er stieß sie weiter, bis sie die Mitte der Brücke erreicht hatten. Sechs Meter unter ihnen floss das Wasser durch den alten Kanal. Er konnte es nicht sehen, aber der modrige Geruch stieg zu ihnen auf. Auf dem Fahrweg entlang des Kanals stand ein kleiner Gedenkstein. Davor lag ein längst verwelkter Blumenstrauß. Er sah alles so deutlich vor sich, als hätte jemand ein Flutlicht angeschaltet.

Sie drehte sich zu ihm um. »Ich kann dich aber sehen.«

Langsam hob sie die Hand und strich über die Narbe an seiner Schläfe. »Max«, sagte sie. »Es tut mir so leid, was passiert ist.«

Er schlug ihre Hand weg.

»Steig über das Geländer.«

45

Es ist vorbei, dachte Melanie. Er hat Georg getötet, er hat Benedikt getötet, und jetzt bin ich dran. Die letzten sechs Jahre waren sowieso kein richtiges Leben. Und jetzt ist es für immer vorbei.

Sie hörte ihn atmen, kurz und abgehackt. Er stand so dicht hinter ihr, dass ihr sein Schweißgeruch in die Nase stieg. Sie hatte keine Chance zu fliehen.

Vielleicht sollte sie einfach springen. Vielleicht würde sie den Aufprall sogar überleben. Was würde er dann tun? Sie einfach liegen lassen, wie sie es mit seiner Schwester getan hatten, damit sie allein in der Kälte verblutete? Wahrscheinlich war das seine Vorstellung von Gerechtigkeit. Oder würde er runterkommen und ihr die Kehle zudrücken, so wie er es bei Benedikt getan hatte? Sie sah vor sich, wie sie mit gebrochenen Beinen da unten lag und auf ihn wartete.

»Steig über das Geländer«, wiederholte er.

Sie schüttelte den Kopf.

Er gab ihr einen Stoß. Sie prallte mit der Hüfte gegen das Metall.

»Steig über das Geländer.«

»Nein.«

Ihr halbes Leben hatte sie sich von irgendwelchen Arschlöchern rumkommandieren lassen, da würde sie nicht auch noch folgsam in den Tod gehen. Sollte er sie doch werfen, wenn er es schaffte. Sie drehte sich zu ihm um.

Eine Kirchturmuhr schlug zwölf. Aus dem nächsten Dorf zischten Raketen in die Luft und malten ihre Palmen in den Himmel. Melanie sah nach oben und versuchte, sich die bunten Muster einzuprägen. Irgendwo hatte sie mal gelesen, dass der letzte Eindruck für immer blieb. Ein schwacher Trost.

Sie hörte Rufe von Jugendlichen, die in der Nähe feierten, wahrscheinlich auf dem Hügel, von dem man auf den See blicken konnte. So wie sie früher. Sinnlos glücklich. Wenn man doch die Zeit zurückdrehen könnte.

Max packte sie an den Oberarmen. In seinen Händen fühlten sich ihre Arme an wie Strohhalme. Es tat weh, aber sie würde ihm nicht den Gefallen tun zu weinen.

Sie versuchte, ihm das Knie zwischen die Beine zu rammen, aber er stand schon so dicht vor ihr, dass der Stoß wirkungslos an seinem Oberschenkel verpuffte.

»Lass mich los!«, schrie sie. Ihre Stimme klang dünn, wie das Heulen der Raketen. »Hilfe!« Im Lärm der Knaller würde sie niemand hören.

Ihre Füße verloren den Kontakt zum Boden. Der kalte Stahl des Geländers drückte sich gegen ihren Rücken. Sie legte den Kopf in den Nacken und ließ ihn mit aller Kraft nach vorn schnellen. Etwas gab unter ihrer Stirn nach. Sein Nasenbein.

Sie hörte ihn stöhnen und spürte die Wärme seines Blutes im Gesicht, aber sein Griff lockerte sich nicht. Er war zu stark für sie.

Direkt über ihnen explodierte eine fehlgeleitete Rakete und tauchte die Brücke in grelles Licht. Sie sah einen dünnen Mann fünf Schritte hinter Max stehen. Er trug einen knielangen Mantel und hielt eine Pistole in der Hand.

»Frohes neues Jahr«, sagte er mit ruhiger Stimme.

46

Ein Schuss aus der Dunkelheit war ihm zu riskant erschienen, weil die beiden so dicht beisammenstanden. Vielleicht hätte er es dennoch versuchen sollen.

Kant hatte erwartet, dass Max zu ihm herumwirbeln würde, wenn er ihn ansprach, dass er sich erschrecken und Melanie loslassen würde, aber der Mann zuckte nicht einmal. Er hielt nur eine Viertelsekunde in der Bewegung inne, dann ging er geschmeidig in die Hocke, packte Melanie unterhalb ihres Schwerpunkts und hob sie noch weiter in die Luft.

Kant sprang nach vorn und trat ihm von hinten in die Kniekehle. Ein sauberer Kick, fast wie in alten Zeiten, schoss es ihm in einem kurzen Moment des Triumphs durch den Kopf. Aber Max schleuderte Melanie hoch, bevor er einknickte und auf dem Asphalt aufschlug. Sie flog über das Geländer. Kant warf sich auf ihn.

Der Mann blieb reglos unter ihm liegen. Kein Laut drang aus seiner Kehle, als Kant ihm den Arm auf den Rücken riss. Kant ließ die Handschelle um sein Handgelenk schnappen und befestigte sie an einer Strebe des Geländers. Schnell tastete er ihn nach Waffen ab. Er fand keine.

Die letzte Rakete verglühte am Himmel, und die Brücke versank wieder in Dunkelheit. Kant horchte in der Stille nach Schreien von unten. Nichts. Er verfluchte sich und die Welt, in der so etwas geschehen konnte.

Ein Nachzügler pfiff durch die Luft und verstreute seine bunten Kugeln in der Nacht. In ihrem Licht sah Kant etwas über dem Geländer hängen.

Einen Schuh.

Mit einem Bein daran.

Sie hatte es geschafft, sich mit einer Kniekehle am Geländer festzuhaken. Als er aufsprang und zu ihr lief, hörte er sie leise stöhnen. Sie hing über dem Abgrund, mit dem Kopf nach unten, und ihre Haare wehten im Wind.

Er beugte sich über das Geländer und griff nach ihrer Hand, zog sie hoch, bis sie zurück auf die Brücke klettern konnte. Sie fiel in seine Arme. Die Welt war wohl doch nicht so schlimm, wie er gedacht hatte.

Er strich ihr über den Rücken und musste an Frida denken.

»Wie lange wollten Sie mich denn da hängen lassen?«, fragte sie an seinem Ohr.

»Du hast nicht mal geschrien.«

»Ich hatte Angst, dass er ... dass er gewinnt und merkt, dass ich nicht gefallen bin.« Sie schniefte einmal. »Wo ist er? Weggelaufen?«

Kant ließ sie los und schaltete seine Taschenlampe ein. Max saß mit dem Rücken am Geländer und beobachtete sie. »Das kann nicht sein«, sagte er. »Das kann einfach nicht sein.«

Melanie drehte sich zu ihm um und machte einen Schritt auf ihn zu. Kant dachte, sie würde ihm ins Gesicht schlagen, ihn treten, anspucken, irgendetwas. Aber sie sah ihn nur an. »Es tut mir leid«, sagte sie schließlich. »Du tust mir leid.«

Max wandte den Blick ab und sah in die Tiefe.

»Ich finde, du solltest die Wahrheit wissen. Benedikt saß am Steuer. Ich wollte, dass er anhält, aber er ist einfach weitergefahren.«

Er ließ sich nicht anmerken, ob er sie gehört hatte. »Aber wahrscheinlich ist dir das egal. Wahrscheinlich glaubst du, du wärst der Einzige, der alles richtig macht. Du glaubst ja auch, dass man dich nicht sieht, wenn du die Augen zumachst. Unsichtbar? Das ist doch lächerlich.«

Kant wartete einen Augenblick, dann legte er ihr vorsichtig die Hand auf die Schulter. »Komm.«

Melanie sah ihn an. »Sie halten mich wahrscheinlich für eine blöde Schlampe. Wenn ich damals zur Polizei gegangen wäre, wäre das alles nicht passiert.«

»Die Vergangenheit kann man nicht ändern«, sagte Kant. »Aber die Zukunft.« Er musterte sie kurz. Ihr wirres Haar, das blasse Gesicht, das Blut auf ihrer Wange. »Du siehst ein bisschen mitgenommen aus. Setz dich ins Auto, bis der Krankenwagen da ist. Und komm bloß nicht auf die Idee, wieder abzuhauen.«

Sie lachte leise, bevor sie sich entfernte.

Kant wartete, bis die Einsatzkräfte anrückten und Max Roschek abtransportierten. Zwei Sanitäter kümmerten sich um Melanie und brachten sie zur Untersuchung ins Krankenhaus. Als die Rücklichter des Krankenwagens von der Nacht verschluckt wurden, stieg Kant in sein Auto und machte sich auf den Weg zurück in die Stadt.

Auf der Autobahn rief Rademacher ihn an. »Die Kollegen vom SEK sind ziemlich enttäuscht. Sie dachten, wenn sie schon an Silvester rausmüssen, könnten sie wenigstens ein bisschen Spaß haben.«

»Das tut mir leid.«

»Wie geht's dir?«

»Ich bin müde, aber ich glaub nicht, dass ich gleich schlafen kann.«

»Wir machen jetzt Feierabend«, sagte Rademacher. »Die Kollegen wollen unbedingt noch zu einer Party. Ben heult mir schon den ganzen Abend die Ohren damit voll.«

»Und du?«, fragte Kant.

»Meine Familie wartet auf mich. Mareike hat mir Essen warm gestellt. Willst du wissen, was es gibt?«

»Nicht unbedingt«, sagte Kant. Er hörte Rademacher am anderen Ende lachen.

Als er zu Hause ankam, war es schon fast zwei. Frida lag komplett angezogen im Wohnzimmer auf dem Sofa. Er setzte sich zu ihr und weckte sie sanft.

»Was machst du denn schon hier?«, fragte er.

Sie sah ihn verschlafen an. Die Schminke um ihre Augen war verlaufen. »Ich sollte doch um eins zu Hause sein.«

»Neues Jahr, neue Regeln«, sagte Kant. »Mach dich frisch, wir müssen noch auf eine Party. Oder bist du zu müde?«

47

Servus München, 2. Januar 2018,
Meldungen aus den Stadtteilen

Haidhausen: Vandalismus in der Silvesternacht.
Nahe der Amüsiermeile auf dem alten Industriegelände wurde ein Streugutkasten der Stadtwerke durch mehrere Silvesterknaller völlig zerstört. Vermutlich handelt es sich bei den Tätern um angetrunkene Jugendliche. Die Münchner Kriminalpolizei nimmt die Ermittlungen auf.

Horst Eckert

»Horst Eckert zählt zu den stärksten Autoren deutschsprachiger Kriminalromane.«
Hamburger Abendblatt

978-3-453-43966-5

978-3-453-44103-3

Leseprobe unter **www.heyne.de**

HEYNE